KB041130

컴퍼스
콤플렉스

2

컴퍼스 콤플렉스 2

초판 1쇄 인쇄 2014년 7월 4일
초판 1쇄 발행 2014년 7월 11일

지은이 백묘
발행인 오영배
기획 박성인　**책임편집** 이신옥
표지 · 본문 디자인 신경선　**일러스트** 이지선

펴낸곳 (주)삼양출판사 · 단글
주소 서울특별시 강북구 솔샘로67길 92
대표 전화 02-980-2112　**팩스** / 02-983-0660
블로그 blog.naver.com/dan_gul
출판등록 1999년 3월 11일 제9-00046호

ISBN 979-11-313-0047-3 (04810) / 979-11-313-0045-9 (세트)

단글 은 (주)삼양출판사의 로맨스 문학 브랜드입니다.

컴퍼스
콤플렉스

2

백묘 장편소설

달

|차례|

이야기 하나, 싫어하는 이유 007

이야기 둘, 좋아하지 않는 행동 065

이야기 셋, 다행이야 109

이야기 넷, 이기심과 이타심 155

이야기 다섯, 어떤 오해 193

이야기 여섯, 보고 있어도 243

이야기 일곱, 사랑할 수밖에 283

이야기 하나, 싫어하는 이유

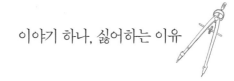

정비소를 나선 승민은 자신이 지갑도 안 가지고 나왔다는 것을 깨달았다. 돌아가서 현수에게 돈을 빌릴까 하다가 관뒀다. 현수에게 손을 벌리느니 걸어가는 게 나았다.

"일단 최 과장한테 전화를 해 둬야겠군."

피하고 싶지만 해야만 하는 일이었다. 회사에서 사표 수리를 하지 않은 이유를 알 수 없지만, 만약 승민이 돌아오기를 기다리는 거라면 최민석에게 전화를 걸어 사과를 하는 게 우선이었다. 전화를 걸려고 휴대폰을 꺼냈는데, 기다렸다는 듯 전화벨이 울렸다. 채영이었다.

[아직 본가에 있지?]

"응. 왜?"

[지금 데리러 가는 길이야.]

"데리러?"

[최 과장이 휴가 끝이라고 얼른 승민 씨 데리고 오래.]

"나 사표 냈었는데……."

[그러게 말이야. 그 의뭉스러운 인간 속은 알 수 없지만, 뭐…… 의외로 자기를 좋아하는 걸지도 모르지.]

"내가 아니면 뺏을 디자인이 없으니까?"

[그럴 수도 있고.]

대답하는 채영의 목소리에 웃음기가 묻어 나왔다.

[아무튼 거의 도착했거든. 준비하고 있어. 오늘은 그냥 안 돌아 갈 거야. 자기 꼭 데리고 가야겠어.]

"아, 어차피 돌아갈 생각이었어. 가는 길에 나 좀 태워 가. 내비게 이선에 '다고쳐 정비소'라고 치고 오면 그 근처에 있을 거야."

[다고쳐? 아, 그 귀여운 아가씨네 정비소 말하는 거지? 기다려 봐. ……대충 10분 정도 걸리겠네.]

전화를 끊은 후 승민은 걸음을 멈추고 도로변에 서서 채영을 기 다렸다.

'최 과장이 돌아오라고 했다고?'

최민석의 의도를 알 수 없었다. 면전에서 회사를 관두겠다고 하 고 나온 터였다. 권위적이며 자신의 지위에 자부심을 갖고 있는 최 민석은 자신에게 대드는 사원들을 가만 놔두지 않았다. 그런 최민 석이 승민을 데리고 오라고 할 이유가 없었다.

'무슨 꿍꿍이지?'

채영에게는 '뺏을 디자인이 없으니까?'라고 말하기는 했지만, 그건 말도 안 되는 이유였다. 디자이너는 많았고 그들이 뽑아내는 디자인은 특별할 것도, 그렇다고 확 떨어지지도 않는 고만고만한 수준을 유지했다. 승민의 디자인 역시 그 고만고만한 것들 중 하나일 뿐이었다.

자신이 한 생각에 승민은 쓴웃음을 지었다.

'고만고만한 디자인이라니.'

얼마 전까지만 해도 승민은 자신이 최고의 디자이너라고 생각하고 있었다. 하지만 지금은 자연스럽게 자신도 널리고 널린 다른 디자이너들과 다를 게 없다는 생각을 했다.

'아니, 어쩌면 원래부터 인지하고 있었는지도 모르지.'

나는 최고다, 라고 세뇌를 시켰을 뿐, 마음 한구석에서는 자신을 그렇게까지 믿지는 못했던 것 같다.

채영은 정확히 10분 후에 도착했다. 오픈형의 새빨간 스포츠카. 비스듬히 앉아 머리를 흩날리는 모습이 영화의 한 장면처럼 아름다웠다. 채영은 선글라스를 벗으며 장난스럽게 웃었다.

"헤이, 섹시 가이."

승민은 대답 없이 차에 올랐다.

채영은 스포츠카만 두 대가 있었다. 회사에 타고 다니는 세단까지 합치면 총 세 대. 승민이 못 봤을 뿐이지, 다른 차가 더 있을지도 몰랐다.

자동차 디자이너의 월급이란 게 뻔한데 비싼 차를 몇 대씩 가지고 있는 걸 보면, 아마도 돈깨나 있는 집안에서 자란 모양이다. 그러고 보니 채영과 긴 시간을 알고 지냈는데도, 심지어 사귄 적까지 있는데도 채영에 대해 아는 게 별로 없다는 걸 깨달았다.

"그런데 웬 심경의 변화야?"

채영이 본가 쪽으로 차를 몰며 물었다.

"뭐가?"

"당분간은 돌아올 생각 없었던 거 아니었어? 아니면 처음부터 몇 주 정도 최 과장 속 좀 태운 다음에 서울로 돌아오려던 계획이었던 거야?"

"아니. 갑자기 자동차를 만들고 싶어져서."

"흐응. 이상하네."

"뭐가?"

"자기 고집불통인 건 알아주잖아. 그런데 갑자기 왜 생각이 바뀐 거지? 뭔가 있는 것 같은데?"

"그런 거 없어."

현수가 떠올랐지만 승민은 재빨리 그 생각을 지워 버린 후 대답했다. 자신이 한 여자 때문에 결심을 바꿨다는 걸 믿고 싶지 않았다.

그래, 현수 때문에 마음이 변한 게 아니다. 이건 그저 돌아갈 때가 되었기에 돌아가는 것뿐이다.

그렇게 자신을 세뇌시키며 승민은 딴 주제로 대화를 돌렸다.

"최 과장 쪽 프로젝트는 어때?"

"잘되고 있겠지. 세찬 씨가 열정적으로 하는 모양이야. 머리 좋은 사람이니까 누구 편에 서야 할지를 아는 거겠지. 디자이너들 대부분이 그쪽 프로젝트에 붙어 있어. 설계팀도 그렇고."

"넌?"

"나도 제안을 받긴 했는데…… 거절했어. 그쪽이랑은 영 일할 맛도 안 나고. 차라리 자기랑 콘셉트 카를 만드는 게 낫지."

"그냥 받아들이지 그랬어?"

"뭐야, 나 힘들게 의리를 지켰는데 그런 식으로 말하면 서운하다?"

채영이 짓궂게 웃으며 승민의 볼을 살짝 꼬집었다. 승민은 얼굴을 뒤로 빼며 인상을 찌푸렸다.

"그런 걸로 의리를 지킬 필요 없어. 공적인 것과 사적인 것은 구분하는 성격이니까."

승민의 딱딱한 대답에도 채영은 기분 상한 기색을 보이지 않았다.

"물론 승민 씨 성격 그런 건 알지. 그래도 내가 몸도 마음도 자기 편이라는 거 확인하니까 기분 좋지 않아?"

"뭐, 나쁘진 않아."

채영의 유쾌한 웃음소리가 바람을 타고 퍼졌다.

마 교수 내외는 외출 준비를 하는 중이었다.

"현수랑 서울 가기로 했다면서?"

마 교수가 물었다.

"네, 그렇게 됐습니다. 벌써 소문이 퍼졌습니까?"

"소문이 빠른 동네거든. 오늘 마을 잔치한다더라."

"아…… 정말로 하는 건가?"

"정씨가 워낙 화려하게 노는 걸 좋아해서 말이야. 너도 얼굴 비추고 가."

"됐습니다. 서울 가는 게 뭐 대단한 일도 아닌데."

"너한테는 대단한 일이 아니겠지만 현수한테는 대단한 일이야. 우리 현수, 평생 시골에서 살겠다고 마음먹었는데, 너 때문에 그 마음을 바꾼 거잖아. 하나밖에 없는 딸을 외간 남자 손에 맡기는 정씨 마음은 어떻겠어?"

"아주 좋아하는 것 같던데요, 뭐."

"겉으로만 그러는 거지. 정씨, 속이 깊은 사람이야."

마 교수의 말에 승민은 정씨의 우락부락한 외모를 떠올렸다. 아무리 좋게 봐 줘도 속이 깊어 보이지는 않았다. 게다가 딸의 결혼이라는 중대한 사건을 제멋대로 결정한 사람 아니던가.

"현수 서울에 가는 것도 그렇고…… 여러 가지로 심란할 거야. 가서 듬직한 모습 좀 보여 주고 그래."

시골 잔치에 끼고 싶지 않았다. 거기다 현수가 주인공이라면 더했다. 이곳에 온 이후로 이골이 난 '우리 현수' 타령, 현수가 주인공인 잔치에서는 얼마나 많이 듣게 될까?

하지만 마 교수의 말이 맞았다. 아무리 우락부락한 남자라도 부정이라는 게 있다. 부인도 없다고 들었는데, 하나 있는 딸을 서울로 보내는 마음이 편치는 않을 것이다. 생각해 보면 결혼 이야기도 그렇다. 그때 이후로 결혼 얘기는 꺼내지 않는 걸로 미루어 아마도 마 교수와 마음이 맞아 장난을 친 게 분명했다. 마 교수는 아들 놀리는 걸 좋아하니까 분명 그 장단에 휘둘린 거겠지.

승민은 짐을 챙기며 채영에게 전화를 걸었다. 채영은 집 근처에 주차를 해 두고 승민을 기다리는 중이었다.

　"사정이 생겨서 내일 올라가야 할 것 같다. 너 먼저 올라가라."

　[무슨 일 있어?]

　"동네 잔치한대서 거기 가려고."

　전화기 너머로 채영이 작게 웃는 소리가 들려왔다.

　[자기가 그런 데도 가는 사람이었어?]

　"이유가 있어서."

　[그게 뭔지 나도 알고 싶은걸. 여기까지 데리러 왔는데 먼저 올라가야 하는 이유 정도는 알려 줘.]

　"정현수랑 같이 서울 가기로 했거든."

　거두절미하고 본론만 얘기했더니 잠시간 대답이 들려오지 않았다.

　"정현수랑 같이 일하려고."

　[정현수라면…… 세찬 씨 애인 말하는 거지?]

　"어? 아…… 어. 그 여자."

　현수와 세찬이 결혼을 약속한 사이라는 걸 새까맣게 잊고 있었다. 마치 처음 그 사실을 안 것처럼 심장 부근에 둔탁한 충격이 일었다.

　'왜지?'

　가슴이 술렁이는 이유를 알 수 없었다. 승민은 고개를 저어 불쾌감을 털어냈다.

　[정현수 씨랑 같이 일하겠다니? 무슨 사업이라도 하게?]

약간 높아진 듯한 채영의 목소리를 듣고 정신을 차렸다.

"아니, 그런 건 아니고. 하명에서 같이 일하려고."

[하명? 우리 회사? 우리 회사에서 정현수 씨가 무슨 일을 해?]

"엔지니어."

[쿡······.]

비웃음이 들려왔다. 기분이 상하지 않은 이유는, 채영의 심정을 이해할 수 있었기 때문이다. 시골 정비소에서 일하던, 학벌도 뭣도 없는 여자를 하명에 데려가겠다니. 채영은 그런 생각을 하고 있을 게 틀림없었다.

그러자 승민도 꿈에서 깨어난 듯 현실을 마주볼 수 있었다.

함께 자동차를 만들고 싶다는 거야 그럴 수도 있지만, 그 바람을 하명 자동차에서 이루겠다는 건, 그래서 현수를 서울로 데리고 올라가겠다는 건 짧은 생각이었다. 승민이 현수를 데리고 가서 대뜸 '이 여자, 입사시켜 주십쇼.'라고 말한다고 회사가 순순히 현수를 받아줄 리가 없었다. 면전에서 욕이나 먹지 않으면 다행이다.

[회사랑은 얘기가 됐고?]

아니나 다를까, 채영의 질문이 돌아왔다. 승민은 말문이 막혀 가만히 휴대폰을 쥐고 있었다.

[승민 씨. 내 말 너무 기분 나쁘게 듣지 마. 자기가 그 아가씨랑 일하고 싶어 하는 이유는 모르겠어. 그래, 마음이 잘 맞는 사람이랑 같이 일하면 좋긴 하겠지. 그런데 회사 쪽 상황, 자기도 알잖아. 안 그래도 불황이라서 판매량도 확 줄었는데 쉽게 사람 뽑고 그럴 상황이 아니야. 회사에서 사표를 수리하지 않은 것도 아마 새 사람을

들이는 거, 그 과정이 여러 가지로 힘들고 귀찮기 때문일 거야. 그런 와중에 현수 씨 데리고 간다고 회사에서 받아 줄 리가 없잖아. 세상은 자기가 원하는 대로 돌아가는 게 아냐.]

채영이 달래듯, 그러나 단호한 목소리로 말했다.

'세상이 내가 원하는 대로 돌아가지 않는다는 거, 나도 아주 잘 알고 있어.'

그 말은 하지 못했다. 채영에게 약한 부분을 드러낼 수는 없었다. 게다가 깊이 생각해 보지도 않고 현수에게 함께 일하자고 한 자신의 가벼움이 부끄러워서 고개를 들 수가 없었다. 만약 회사에서 현수를 절대 받아 줄 수 없다고 하면 현수에게는 뭐라고 말해야 하는 걸까?

현수가 서울 올라간다는 소식에 동네 사람들은 잔치 준비에 한 창이었고 행동력 있는 정씨는 서울에 벌써 집을 구했을지도 모른다. 승민의 닦달에 현수는 이미 짐을 싸고 있었다.

'나란 놈은 진짜……'

승민의 대답이 들려오지 않자 채영이 작게 한숨을 쉬었다.

[자기 화난 건 아니지? 난 그냥……]

"화 안 났어. 네 말이 맞아. 하지만 현수를 놔두고 가진 않아."

[승민 씨…….]

"난 정현수랑 같이 차를 만들 거야. 내가 회사로 돌아가는 이유는 그거 때문이니까, 그게 안 된다면 회사를 옮겨야겠지."

[하아. 자기가 그렇다면 할 수 없지. 그럼 그 잔치라는 거, 나도 같이 가.]

"네가 거길 왜 가?"

[현수 씨 어쩌면 우리 회사에서 일할 수도 있는 거잖아. 그러니까 같이 가야지. 그리고 난 항상 자기편이야. 알지?]

"그리고 난 항상 자기 편이야. 알지?"

[그래, 고마워. 금방 준비하고 나갈게.]

승민의 대답을 들은 후 전화를 끊었다. 채영은 휴대폰을 손에 쥔 채로 생각에 잠겼다.

최민석이 채영을 부른 게 바로 오늘 낮의 일이다. 최민석은 채영에게 승민을 데리고 돌아오라고 했다. 내심 기다리던 일이기는 하지만 자존심 강한 최민석이 먼저 그런 말을 할 줄은 몰랐다. 본인의 뜻이 아닌 듯 최민석은 오만상을 찌푸리고 있었다.

"누굴 데리고 올 거라고 하더군."

최민석이 덧붙인 말은 처음 듣는 소리였다.

"누굴 데려오려는지는 모르겠지만 채영 씨가 상황 좀 보다가 별 볼 일 없는 사람이면 쳐 내. 있는 인원도 감축하는 판에 또 다른 사람을 받아들일 여유는 없으니까."

언제부터 그렇게 회사 걱정을 하셨다고.

그런 생각이 들었지만 화사한 미소를 지으며,

"저만 믿으세요, 과장님. 저, 과장님 편인 거 아시잖아요."

라고 대답했다.

승민을 데리러 오는 내내 궁금했다. 도대체 누구를 데리고 오려 하는 걸까? 그 상대가 현수일 거라고는 상상도 하지 못했다.

'무슨 생각이지?'

시골 정비소에서 일하는 여자를 하명 자동차에 입사시키려고 하다니. 말도 안 되는 행동이다. 혹시 디자인을 뺏긴 일 때문에 승민의 이성이 끊어진 건 아닌지 걱정스러웠다.

걱정스러운 마음을 억누르며 기다리고 있노라니 정장을 말끔하게 차려입은 승민이 걸어오는 게 보였다. 겉으로 보기에는 멀쩡했다.

"왔어?"

"응. 내 차 타고 가자."

"왜? 이거 타고 가지."

"파티에 갈 땐 남자가 에스코트하는 거야."

승민의 진지한 어조가 싫지 않았다. 채영은 가볍게 웃으며 차에서 내렸다.

"시골 잔치에 뭐 있겠어?"

"그래도 격식은 차려야지. 하나 있는 딸을 외지로 보내는 마음이 가볍지는 않을 테니까."

현수를 데리고 가겠다는 승민의 마음은 변함이 없는 것처럼 보였다. 채영은 승민의 팔에 팔짱을 끼며 물었다.

"현수 씨, 윤 과장님한테 맡기려고?"

"응."

"현수 씨가 자기도 데리고 가 달래?"

"그런 건 아니야."

"그럼? 현수 씨 부모님이?"

"그런 것도 아냐."

승민이 현수를 데리고 가려는 이유를 알고 싶었지만 승민은 만족스러운 대답을 해 주지 않았다. 이것저것 캐묻고 집착하는 여자처럼 보이고 싶지 않았기에 채영은 입 안에서 맴도는 질문을 간신히 삼켰다.

승민이 운전대를 잡고 채영이 조수석에 앉았다. 채영은 고개를 돌려 운전하는 승민을 꼼꼼히 살펴봤다.

르네상스 시대의 조각상처럼 이마에서부터 부드럽게 떨어지는 완벽한 콧날과 입술은 조금도 흐트러짐이 없었다. 채영이 아는 그마 승민이 맞았다. 곧은 눈빛도, 굳게 다문 입술도 여전했다.

"뭘 그렇게 봐?"

"자기 생각이 알고 싶어서."

이 정도는 괜찮겠지, 싶어서 솔직하게 말했다.

"내 생각?"

"현수 씨를 굳이 데리고 가려는 이유. 알다시피 정비소에서 일한다고 해서 제대로 된 기술을 갖고 있는 건 아니잖아. 현수 씨가 알고 있는 지식이라 봐야 우리가 알고 있는 그 정도일 거야. 그런데도 꼭 데리고 가려는 이유가 뭐야?"

"그냥."

승민이 가볍게 대답했다.

"그냥은 대답이 안 돼."

의도한 것은 아닌데 토라진 듯한 어조가 되었다. 승민은 그런 채영의 말투가 이상하다는 듯 흘끗 쳐다보더니 어깨를 으쓱하고는 덧붙였다.

"그냥 그 여자랑 같이 차를 만들고 싶어. 그게 전부야."

진혁이 짐 싸는 걸 도와주겠다며 찾아왔을 땐 이미 포장을 마친 후였다. 딱히 할 일도 없어 마당에 나란히 앉아 수다를 떠는데, 전화 한 통이 걸려 왔다. 승민이었다.

[정비소 앞이야. 나와.]

승민은 언제나처럼 자기 할 말만 하고 끊었다. 이제는 화도 나지 않는다.

"형님이서?"

진혁이 눈을 반짝반짝 빛내며 물었다.

"응. 아버지가 잔치한다더니 거기 가려나 봐."

"아, 얘기 들었어. 우리 부모님도 갈 거라고 하시더라. 마을 회관에서 한다며? 황소집 아저씨가 소 잡을 거라고 하셨대."

"서울 가는 게 대단한 일도 아닌데 소까지 잡아?"

"넌 우리 마을 스타잖아."

"스타는 무슨."

현수는 투덜거리며 자리에서 일어났다. 외국도 아닌 고작 서울 가는 걸 두고 큰 사건인 것처럼 행동하는 아버지 때문에 민망했다.

잔치에 가고 싶은 마음은 조금도 없지만 다들 온다고 하니 현수도 가는 수밖에 없었다.

진혁과 함께 정비소로 향했다. 정비소 앞에는 승민의 차가 세워져 있었다. 아무 생각 없이 조수석 문을 연 현수는 그 안에 타고 있는 채영 때문에 당황했다.

이 여자가 왜 여기에 있는 거지?

채영도 함께라는 얘기는 듣지 못했다.

"오랜만이야, 현수 씨. 진혁 씨도 있네."

"안녕하세요, 누님!"

대답하지 못하는 현수 대신 진혁이 넉살 좋게 인사했다.

"나도 같이 가려고 하는데 괜찮은 거야?"

"그럼요. 자고로 파티는 사람이 많으면 많을수록 좋은 거죠."

진혁이 뒷문을 열고 현수의 등을 슬쩍 밀었다. 현수는 정신을 차리고 차에 올랐다.

"마을 회관이 어디야?"

승민이 물었다.

"쭉 내려가다가 사거리 나오면 좌회전하세요. 그 길 따라가면 있습니다."

현수가 기계적으로 대답했다.

마을 회관 앞은 북적거렸다. 정씨가 언제 연락을 돌린 건지 마을 사람들이 전부 모여서 현수를 기다리고 있었다. 현수는 낯 뜨거움을 느끼며 차에서 내렸고, 현수가 등장하자 다들 현수에게 다가와 어깨를 두드리며 잘 결정한 거라고, 자주 못 보게 돼서 서운하지만 열심히 일하라고 격려를 해 주었다.

오랜만에 보는 백수 봉구 오빠는 다짜고짜 현수를 끌어안으려고 했다. 진혁의 방어에 현수에게 손끝도 대지 못했지만.

"가지 마, 현수야! 너 없으면 심심해서 어떻게 살아?"

"집 밖으로 나오지도 않으면서 뭔 소리래."

진혁이 어깃장을 났다. 봉구는 입술을 비쭉거리면서도 거듭 현수와의 포옹을 시도했지만 매번 진혁에게 가로막혔다.

마을 사람들은 현수의 서울행보다는 잔치 자체에 관심이 있는 듯, 곧 저들끼리 모여서 수다를 떨고 먹고 즐기기 시작했다. 마을 회관 앞마당 구석에서는 아주머니들이 모여서 요리를 하고 있었다. 커다란 냄비는 소고기를 끓이는 듯 고소한 냄새를 풍겼다.

현수는 승민과 채영을 챙겨야 한다는 생각에 뒤를 돌아봤다. 승민이 조수석의 문을 열어 주는 모습이 보였다. 차에서 내린 채영은 당연하다는 듯 승민의 팔짱을 끼었다. 현수는 한 발 내디디려던 발걸음을 세웠다.

두 사람이 연인이라는 것은 알고 있었지만 서로를 챙겨 주는 다정한 모습을 두 눈으로 직접 보고 나니 어쩐지 혼란스러웠다.

부침개나 먹자.

현수는 자신이 계곡 앞에서의 입맞춤에 너무 집착하고 있다는 생각을 했다. 승민은 잠시 미국에서 유학 생활을 했다고 했다. 그렇다면 승민에게 있어 가벼운 입맞춤이나 포옹은 그저 인사일 뿐이다. 거기에 깊은 의미를 부여하려고 하는 건 바보 같은 행동이었다.

승민에게는 잘 어울리는 연인이 있다. 그 사실을 가지고 현수가 기분 나빠할 이유는 없었다.

"현수야."

마을 사람들과 함께 있던 정씨가 현수를 발견하고는 다가왔다. 현수는 음식을 하는 아주머니들 옆에 쭈그리고 앉아 부침개를 집어먹는 중이었다.

"네, 아부지."

"저 녀석, 저거…… 여자친구냐?"

정씨의 손가락이 승민을 가리키고 있었다.

정장을 입은 두 사람은 편한 차림으로 동네 마실 나온 듯한 마을 사람들과 몹시 동떨어져 보였다. 단팥죽에 고명으로 올라간 팝콘처럼 어색한 느낌. 둘은 마을 사람들 사이에 섞이지 못하고 멀뚱히 서 있었다. 붙임성 좋은 진혁이 아니었다면 두 사람은 저렇듯 어색하게 서성이다 그냥 가 버렸을지도 모른다.

"네, 여자친구래요."

"뭣이?"

발끈한 정씨가 그들에게 가려고 하기에 현수가 서둘러 정씨의 팔을 잡았다.

"아버지. 마승민 씨, 원래부터 애인 있었어요."

"하지만 저 녀석은……."

"결혼 얘기도 아버지랑 마 교수님이랑 둘이서 마음대로 진행한 거잖아요. 아버지가 그러시면 저 정말 곤란해요. 그냥 계세요."

"그래도……."

"아버지, 제발요."

현수는 더 이상 곤란해지고 싶지 않았다. 안 그래도 두 사람을 신경 쓰는 자신의 모습이 당황스러운데 정씨까지 나서면 감당할 자신이 없었다. 현수의 간절한 말에 정씨는 표정을 누그러뜨렸다.

"서울, 꼭 가고 싶지 않은 거면 안 가도 돼."

정씨가 현수의 옆에 쭈그리고 앉았다.

"이제 와서 무슨 말씀이세요. 동네 사람들 다 불러놓고선."

현수는 정씨에게 마음을 들킨 것 같아서 뜨끔했다.

"동네 사람들이야 잔치한다고 하면 좋아하니까 모인 거고. 너 서울 안 간다고 뭐라 할 사람은 아무도 없어."

"그래도요. 같이 일하기로 했는데 이제 와서 발 뺄 순 없죠."

승민과 채영이 연인 사이라고 해서 달라지는 건 아무것도 없었다. 승민과 어떻게 해 보고 싶어서 서울에 가겠다고 한 게 아니었다. 자동차에 대해 열정적으로 말하는 승민의 행동이 보기 좋았고, 그런 사람과 함께 자동차를 만들면 즐거울 것 같았다. 그리고 생활비와 병원비 등등. 그런 이유로 내린 결정이다.

그렇게 생각하자 마음이 조금 편해졌다. 아까부터 복부 위에 얹어져 있던 돌덩어리가 사라진 느낌이었다. 하지만 그 느낌은 오래가지 않았다.

자그마한 덩치의 봉구가 건들거리며 승민에게 다가가는 모습을 발견했다. 주책없는 사람이기 때문에 무슨 짓을 벌이지 않을까 싶어 걱정스러웠다. 현수가 벌떡 일어나는 것과 동시에 봉구가 승민에게 삿대질을 하며 외쳤다.

"네가 우리 현수를 서울로 데려간다는 놈이냐?"

카랑카랑한 목소리가 마을 회관에 울렸다. 마을 회관에 모여 있던 사람들이 모두 그쪽으로 고개를 돌렸다.

승민은 갑자기 등장한 키 작은 남자를 멍하니 쳐다봤다.

"너, 무슨 꿍꿍이야!"

"꿍꿍이라니요."

승민이 애써 미소를 지으며 정중하게 되물었다. 현수는 이런 와중에도 사람들이 있다는 이유로 정중한 척하는 승민에게 감탄했다.

"너, 우리 현수 좋아하지?"

"네?"

승민이 눈을 크게 떴다.

"우리 현수 좋아해서 옆에 놔두고 보려고 서울에 데려가려는 거잖아!"

"에이. 형, 왜 이래."

드디어 진혁이 나섰다. 진혁이 봉구의 팔을 잡아서 끌어내리려고 했지만, 작은 체구와 달리 힘이 좋은 봉구는 순순히 끌려가지 않았다. 승민의 미간이 좁아졌다.

"우리 현수, 넌 못 데려가. 너 같이 밴질밴질한 놈이 우리 현수를 감당할 수 있을 것 같아? 현수는 너 같은 놈한테 못 줘!"

봉구의 거침없는 말에 승민은 차갑게 대답했다.

"뭔가 오해를 하시는 것 같은데, 난 정현수 씨 안 좋아합니다. 정현수 씨 같은 여자는 내 스타일 아니에요."

승민의 목소리는 크지 않았다. 하지만 쥐죽은 듯 조용한 마을 회관에서 그 목소리는 크게 울려 퍼졌다. 봉구도, 봉구의 팔을 잡고 있던 진혁도, 마 교수와 최 여사도, 그리고 정씨도, 모두 무슨 말을 한 건지 믿을 수 없다는 듯 승민을 노려보고 있었다.

현수는 손가락 끝이 차게 식는 걸 느끼며 승민에게서 시선을 떼기 위해 노력했다.

'알고 있었잖아. 나도 저 남자 싫은데, 뭐.'

승민이 현수를 싫어한다는 것은 현수도 알고 있는 사실이었다. 특별히 승민에게 잘 보이고 싶다는 생각도, 승민의 사랑을 받고 싶다는 생각도 해 본 적 없다.

그런데도 심장이 멎은 듯, 온몸의 피가 빠져나간 듯 손가락이 차게 식은 이유를 알 수 없었다. 승민을 향하는 시선을 거둘 수 없는 이유도.

'이건 꼭 내가 저 인간을 좋아한다는 거 같잖아.'

"그냥 아빠랑 여기서 살자."

정씨가 현수의 손을 꼭 잡으며 말했다. 현수는 간신히 침을 삼켰다.

승민과 함께 서울에 가고 싶지 않다. 저 남자가 차가운 음성으로 자신을 부정하는 소리는 두 번 다시 듣고 싶지 않다.

그러나 현수는 여기서 물러날 수 없었다. 승민의 말 때문에 서울행을 포기한다면 그건 결국 자신이 승민을 좋아하고 있다는 소리밖에 안 됐다.

'난 저 인간 안 좋아해. 저 인간이 날 싫어한다고 해서 도망칠 이유가 없어.'

현수는 천천히 일어나 승민을 똑바로 바라봤다. 두 사람의 시선이 마주쳤다. 현수는 승민을 응시하며 똑똑히 말했다.

"나도요. 나도 마승민 씨 아주 싫어합니다. 그래도 이왕 같이 일하기로 한 거, 싸우지 말고 잘 지내는 게 좋을 것 같네요."

"현수 씨, 그렇게 안 봤는데 되게 성격 있더라."

승민은 채영의 말에 대꾸하지 않고 묵묵히 운전만 했다.

눈이 쫙 째진 자그마한 남자의 말에 정곡을 찔린 기분이 들었다.

— 옆에 놔두고 보려고 서울에 데려가려는 거잖아!

그 말이 맞았다. 함께 자동차를 만들고 싶다는 이유도 있지만, 옆에 놔두고 보고 싶다는 생각이 더 컸다. 그 사실을 촌스러운 남자의 말을 듣고서야 깨달았다. 현수와 함께 서울에 간다는 사실에 들떠 있다는 것도 그제야 알게 되었다. 다른 때라면 절대로 참여하지 않을 시골 마을 잔치에 참여한 이유도 들떴기 때문이었다.

'제기랄.'

그 감정을 아무에게도 들켜선 안 된다는 생각에 마음에도 없는 대답을 하고 말았다. 그 대답 때문에 잔치 분위기가 싸늘하게 가라앉았다. 승민을 향하는 마을 사람들의 시선에는(심지어 부모님의 시선에도) 적대감이 실려 있었다.

하지만 그들의 적대감 따위는 아무래도 상관없었다. 그 순간 승민의 눈에 들어온 것은 현수의 눈동자였다. 승민을 비난하는 듯한 연갈색 눈동자.

'당신은 정말 어쩔 수 없는 인간이야. 가식이나 떠는 비겁한 남자 같으니.'

현수는 그런 눈으로 승민을 보고 있었다.

몰매를 맞고 쫓겨나도 어쩔 수 없을 것 같은 분위기는 현수의 말 덕분에 가라앉았다. 그러나 승민은 조금도 고맙지 않았다.

'내가 왜 싫은데? 나 같은 남자를 싫어할 이유가 없잖아.'

"꼭 현수 씨를 데리고 가야겠어?"

승민의 눈치를 살피던 채영이 물었다.

"싫어하는 사람이랑 같이 일하는 거, 자기도 알겠지만 굉장히 힘들고 지치는 일이야. 안 그래도 최 과장 때문에 힘들면서 꼭 힘든 일을 하나 늘려야 해? 혹시 협박이라도 받은 거야?"

"협박?"

"현수 씨 아버지라는 분 무섭게 생기셨더라. 자기 약점 같은 거라도 잡힌 게 아닌가 싶어서."

"난 약점 같은 거 없어."

그렇게 말한 순간, 대답과는 달리 '약점'이라고 할 만한 것들이 여러 개 떠올랐다. 그중 하나가 현수와의 첫 만남이었다. 바지를 입지 않은 모습에, 배고파서 현수의 자장면을 먹은 것까지. 현수를 만나서 지금까지 보여준 모습 중 약점이 아니라고 할 만한 게 없었다. 다만 그 약점이라는 걸 정씨에게 잡힌 것이 아니라 현수에게 잡힌

게 문제였다.

하지만 현수가 그것을 여기저기 떠벌리고 다닐 거란 생각은 들지 않았다. 현수에 대해 잘 아는 것도 아닌데 현수가 남의 창피한 모습을 소문낼 사람이 아니라는 믿음을 갖게 된 이유를 모르겠다.

승민은 채영의 차 근처에 차를 세웠다.

"먼저 서울에 가라."

"자기랑 같이 갈 거라니까."

채영은 차에서 내리지 않았다.

"먼저 올라가. 내일 오전에 현수 데리고 갈게."

"현수 씨가 자기 싫대. 그런데도 꼭 데리고 와야겠어? 아까도 말했지만 회사에서 현수 씨를 받아 주리란 보장도 없어. 그러면 현수 씨한테 미안해서 어쩔 거야?"

질책하는 듯한 말에 대답하지 않았다. 가만히 승민을 노려보던 채영은 어쩔 수 없다는 것을 알았는지 조수석의 문을 열었다. 차에서 내린 채영이 운전석 쪽으로 돌아와서 창문을 두드렸다. 승민이 창문을 내리자 채영이 허리를 굽혀 승민의 눈을 똑바로 쳐다보며 말했다.

"난 자기를 아주 많이 걱정하고 있어. 알지?"

승민은 건성으로 고개를 끄덕였다.

"꼭 서울에 와야 돼. 알겠지?"

"알았어."

"그럼 내일 봐."

채영이 또각또각 걸어가 차를 타고 떠나는 모습을 지켜본 후에야 승민은 차에서 내렸다. 그동안 잊고 있었던 두통이 불식간에 엄습해 왔다.

새벽에 일어나 조깅을 하고 돌아오던 현수는 정비소 앞에 세워진 CM3를 보고 달리기를 멈췄다. 승민의 차는 아닐 거라고 생각하며 다가갔다가 운전석에 비스듬히 기대어 있는 승민의 뒤통수를 발견했다.

모르는 척 지나가려고 하는데 현수를 본 승민이 차창을 열고 현수를 불러 세웠다.

"어이."

움찔했지만 돌아보진 않았다.

"어이, 돌팔이!"

"뭡니까?"

현수는 돌아보지 않고 물었다.

"데리러 왔다."

"알아서 가겠습니다. 짐도 있고."

"짐은 이삿짐센터 부르면 되잖아. 어제 하루 기다려 줬으니까 오늘은 내 뜻대로 해."

현수는 대답하지 않고 다시 달리기 시작했다. 승민의 차에 시동이 걸리는가 싶더니 현수의 속도에 맞춰 옆에 따라붙었다.

"서둘러서 가야 회사 들어가서 인사도 할 수 있으니까 오늘은 내

차 타고 가."

"짐 옮겨 놓고 연락드리죠."

"왜 이렇게 말을 안 들어?"

"마승민 씨야말로 왜 이렇게 남의 생각을 안 하십니까? 저도 서울에서 살 집 좀 구경하고 짐도 옮기고 해야 되지 않겠습니까?"

"그런 건 나중에 해도 되잖아. 짐이 그렇게 걱정되면 내 차에 실어도 되고."

"짐 많습니다."

현수가 뿌리치듯 말했지만 승민은 포기하지 않았다. 정말 끈질긴 사람이다. 결국 승민의 차는 현수의 집 앞까지 따라왔다. 그나마 다행인 것은 승민이 집 안까지 따라 들어오지 않았다는 점이다.

일찍 일어난 정씨가 마당에 앉아 담배를 피우고 있었다. 어젯밤 정씨는 진지한 목소리로 굳이 서울에 갈 필요 없다고, 네가 원한다면 정비소를 팔지 않겠다고 말했다. 현수의 기분을 생각해 주는 정씨에게는 고마웠지만 현수는 거절했다.

이미 결정한 일이다. 승민에게 싫어한다는 말을 들었다고 해서 도망칠 수는 없었다. 남의 말에 휘둘려 모든 걸 때려치우는 나약한 여자로 보이고 싶진 않았다.

"일찍 일어나셨네요."

"우리 딸 서울에 가는데 데려다 줘야지."

"마승민 씨가 데리러 왔어요."

사실 승민의 차를 타고 서울에 갈 생각은 없었다. 하지만 아버지가 서울까지 데려다 주는 것보다는 승민의 차를 얻어 타고 가는 게 나을 것 같았다. 떠나는 길, 아버지의 배웅을 받고 싶긴 하지만 딸을 데려다 준 후 홀로 쓸쓸하게 돌아올 정씨를 떠올리니 벌써부터 마음이 불편했다.

정씨가 서운한 듯 입을 비쭉거렸다.

"벌써 애비 버린 거냐?"

"버리긴 누가 버렸다고 그러세요. 올라가서 연락드릴게요."

"그래. 집 보고 마음에 안 들면 말해. 슈퍼마켓 김씨 멱살 잡고 올라갈 테니까."

나 아직 안 죽었다는 듯 주먹을 불끈 쥐어 보이는 정씨를 향해 현수는 배시시 웃었다. 오랜만에 딸의 미소를 본 정씨가 헤벌쭉 웃으며 현수의 머리를 쓰다듬었다.

"우리 딸. 가서 이기고 와라."

뭘 이기라는 건지는 모르겠으나 일단은 고개를 끄덕였다.

몇 개 안 되는 상자였기에 혼자서 옮길 수도 있었지만 정씨가 도와주겠다고 나섰다. 정씨가 세 개, 현수가 두 개를 들고 대문 밖으로 나갔다.

차에 기대어 서서 기다리던 승민이 정씨를 보고는 허리를 똑바로 세웠다. 군기가 바짝 들었다.

승민은 서둘러 걸어와 현수의 상자를 받아 들려고 했다. 그러나 현수는 승민을 보지도 않고 지나쳤다. 손이 어색해진 승민은 현수의 것 대신에 정씨의 것을 받아 들었다.

"이거 어디에 실어요?"

현수가 물었다.

"뒷좌석에 두 개 넣고 트렁크에 세 개 넣자."

현수는 뒷문을 열고 상자를 넣었다. 그런 와중에도 조수석을 살폈다. 아까는 못 봤지만 혹시 채영이 타고 있는 게 아닌지 의심스러웠기 때문이다. 다행히도 채영은 없었다.

'다행이라고? 왜 그게 다행인 건데?'

안도감을 느끼는 자신의 심정이 이해되지 않았다. 짐을 실은 현수가 조수석에 앉았을 때, 승민은 트렁크에 상자를 가지런히 넣고 있었다. 승민의 옆에 서서 그 모습을 지켜보던 정씨가 문득 입을 열었다.

"우리 딸, 선머슴처럼 저래도 마음만은 유리알 같은 애야."

뜬금없는 말에 승민은 고개를 돌려 정씨를 쳐다봤다. 정씨는 앞쪽을 향해 아련한 시선을 보내며 말했다.

"현수 엄마도 현수랑 똑같았어. 말괄량이 같고 걱정 없는 것처럼 행동했는데 속은 굉장히 여렸지."

"그렇……습니까……?"

현수의 속이 여리다는 건 승민으로서는 납득할 수 없는 말이었다. 자기보다 두 배는 큰 듯한 남자를 한 번에 쓰러뜨리는 여자의 속이 여릴 리가 없다.

그러다가 불쑥 얼마 전의 일이 떠올랐다. 서울에서 세찬과 함께 있는 현수를 만났을 때의 일이다. 이탈리안 레스토랑에서 식사를 하는 두 사람을 찾아갔었는데, 승민이 계산을 할 때에 현수가 화장실에 간 적이 있다. 그때 현수를 기다리다가 현수가 앉아 있던 자리 아래에서 그것을 발견했다.

프라이팬.

약간 낡은 그 프라이팬이 바로 자신이 찾아낸 '보물'이라는 것을 단번에 알아봤다.

버렸을 줄 알았는데 현수는 그 프라이팬을 계속 간직하고 있었다. 그걸 깨닫는 순간 가슴이 벅찰 만큼 기분이 좋아졌다.

화장실에서 나온 현수는 프라이팬의 존재를 잊은 듯 홀로 나가 버렸지만 그래도 승민은 괜찮았다. 서울에까지 가지고 올 만큼 현수가 애지중지했다는 것만으로도 충분히 만족스러웠던 것이다. 그래서 카운터 직원에게 프라이팬을 맡겨 두고 왔다. 다음에 꼭 찾으러 올 테니까 간직하고 있으라고.

현수가 언젠가는 그 프라이팬을 다시 찾을 거라고 믿었다.

'그래, 의외로 속은 여릴지도.'

승민에게 어깃장을 놓으면서도 프라이팬을 버리지 않았으니까 겉보기만큼 무심하고 차갑지는 않을지도 모르겠다.

"상처 주는 일은 없을 겁니다."

승민의 말에 정씨가 피식 웃었다.

"어제는 줬잖아. 우리 현수, 좋아하지 않는다며?"

"그거야 당연히…… 따님에게 개인적인 감정은 없습니다."

승민이 딱 잘라 말하자 정씨가 어쩔 수 없다는 듯 고개를 저었다.

"자넨 정말 여자 마음을 몰라."

"여자 마음을 모르다니요."

'저보다 아저씨가 더 모르게 생겼습니다.'라는 말은 꿀꺽 삼켰다.

"우리 현수 함부로 덮치지 말고."

"그런 일은 절대로 없습니다."

현수에게 충동적으로 입맞춤한 사건을 머릿속에서 지워 버리며 승민은 단호하게 대답했다.

걱정스러운 시선을 보내는 정씨에게 인사를 하고 출발했다. 현수는 조수석에 앉아 조용히 정면만 응시하고 있었다.

"서울에 가면 어디서 지내? 집은 구했어?"

"빨리도 물어보시네요."

"……."

"아버지 지인분께서 구해 주셨습니다."

"그래, 집은 좋고?"

"안 가봐서 모르겠습니다."

"……그래."

침묵 속에서 운전을 하는 건 곤욕스러웠다. 두통 때문에 제대로 자지 못해서 졸음이 밀려 왔다. 승민이 피곤해하는 걸 느낀 현수가 아무렇지도 않게 물었다.

"졸리면 내가 운전할게요."

"됐어. 내 차는 나만 운전해."

"그래요, 그럼."

현수는 깨끗하게 받아들였다.

"한 번 더 물어보면 안 되냐? 우리 조상들은 삼세번이라는 좋은 문화를 가지고 있었지."

"하아. 내가 운전할까요?"

"응, 부탁 좀 할게."

원래는 남에게 운전대를 넘겨 주는 일이 절대로 없는 승민이었다. 하지만 피곤해서 더 운전을 했다가는 사고를 낼 것 같았다. 승민은 갓길에 차를 세우고 현수와 자리를 바꿨다.

현수는 묵묵히 운전을 했다. 차는 규정 속도를 지키면서 조용히 달려 나갔다.

승민은 비스듬히 기대어 앉아 현수가 운전하는 모습을 지켜봤다. 운전하는 남자가 멋있다는 말은 들어 봤지만, 운전하는 여자가 멋있다는 말은 들어 본 적 없었다. 채영이 센스 있게 차려입고 스포츠카를 몰아도 멋있다는 생각을 해 보진 않았다.

그런데 오늘 승민은 처음으로 운전하는 여자가 멋있다는 생각을 했다.

침묵을 지키며 정면을 똑바로 응시하고 운전하는 현수의 모습은 멋있었다. 창문으로 들어오는 햇빛에 금색으로 빛나는 머리카락과 눈동자도, 그 아래에 오밀조밀 자리 잡은 눈코입도 이 세상의 것이 아닌 듯 멋져서 눈을 뗄 수가 없었다. 아침이라 그런지 평소보다 도톰하게 부푼 입술이 탐스러웠다. 하마터면 또 이성을 잃고 현수의 입술을 만질 뻔했다.

손가락 끝에 느껴질 촉촉한 입술의 감촉을 떠올리는 것만으로도 심장이 쿵 내려앉았다. 승민은 간신히 현수에게서 시선을 떼고 눈을 감았다.

오늘 아침에는 서둘러 나오느라 두통약도 먹지 못했다. 한번 생기면 며칠 동안 지속되는 두통이 지금은 깨끗이 사라지고 없었다.

엔진음만 은은하게 들려오는 고요함이 마음에 들었다. 그 고요함에 섞인 달콤한 향기도 좋았다. 복숭아향 같기도 하고, 장미향 같기도 한 이 향기는 현수에게서부터 시작되고 있었다.

따뜻한 물에 감싸인 것 같은 편안한 기분을 느끼며 승민은 잠에 빠져들었다.

서울에 들어선 현수는 차가 신호에 걸린 틈에 내비게이션을 켰다. 승민은 침대에서 자는 것처럼 푹 잠들어 있었고, 기분 좋게 자는 승민을 깨우고 싶지 않았다. 내비게이션으로 자주 가는 목적지를 찾던 현수의 눈에 '채영'이라는 이름이 들어왔다.

[우리 집]

[회사]

[채영]

[시골구석]

자주 가는 목적지에 저장된 이름은 네 개였다. 그중 하필이면 채영의 이름이 가장 먼저 눈에 띄었다.

연인의 집을 자주 가는 목적지로 등록해 놓는 건 당연한 일이다. 기분 나쁠 이유는 없었다. 하지만 가슴 한구석이 뻐근해졌고 그게 현수를 더욱 기분 나쁘게 만들었다. 승민을 좋아하는 것처럼 반응하는 자신의 모습이 마음에 안 들었다.

현수는 서둘러 '회사'를 누르고 운전에 집중했다.

회사 근처에서 길이 막히는 바람에 예상 시간보다 30분 정도 늦게 도착했다. 현수는 본사 건물 아래에 있는 지하 주차장에 차를 세웠다.

하명 자동차의 본사 건물은 현수가 생각한 것보다 훨씬 크고 번듯했다. 승민 같은 사람이 다니는 회사라는 생각에 이름이 알려진 곳임에도 약간은 무시하고 있었던 것 같다. 이런 건물을 드나드는 사람은 죄다 올곧고 인텔리한 사람일 줄 알았다. 세찬처럼.

뒤늦게 박세찬의 존재를 떠올린 현수는 그제야 세찬도 하명 자동차의 직원이라는 것에 생각이 미쳤다. 세찬에게는 승민과 함께 일하게 되었다는 말을 전하지 않았다.

이런 일이 생길 때마다 알려야 하는 사이는 아니다. 하지만 한 회사 식구가 될지도 모르는 사람이니까 미리 말해 뒀어야 했는지도 모르겠다.

"저기요. 마승민 씨."

목소리를 크게 낸 것도 아닌데 승민이 눈을 번쩍 떴다. 승민은 잠든 적 없다는 듯 단정하게 머리를 쓸어 넘겼다.

"응."

하지만 목소리는 심하게 가라앉아 있었다. 승민이 흠흠 헛기침을 했다.

"어디냐?"

"다 왔습니다."

"회사에? 벌써?"

승민이 놀랍다는 표정으로 차장 밖을 내다봤다.

"어떻게 알고 왔어? 우리 회사 와 본 적 있나 보지?"

"내비게이션에 등록되어 있더라고요."

"아아, 그래. 깨우지 그랬어?"

"자는 걸 굳이 깨울 필요는 없죠. 내릴까요?"

"아, 내리기 전에 해 둘 말이 있는데……."

현수는 시동을 끄며 승민을 흘끗 쳐다봤다. 승민은 말하기 힘든 듯 입술을 열었다가 닫기를 반복했다.

"그러니까…… 음…… 하명 자동차는 내 회사가 아니야."

난데없는 고백에 현수는 인상을 찌푸렸다.

"압니다."

"아, 그러니까…… 음…… 내가 원한다고 해서…… 뭐든 다 되는 게 아니란 말이지. 그래서 말인데……."

승민은 말을 잇지 못하고 우물쭈물했다. 현수는 승민이 하려는 말을 짐작할 수 있었다. 더한 말도 툭툭 내뱉는 사람이 이런 말 하나 제대로 전하지 못한다는 게 신기했다. 그래서 팔짱을 끼고 승민이 말하기를 기다렸다.

이유는 모르겠지만 승민이 곤란해하고 우물쭈물하는 모습을 보는 건 즐거운 것을 떠나 경쾌하기까지 하다.

"그러니까…… 내가 하고 싶은 말은…… 날씨가 꽤 더운 것 같기도 하고…… 시원한 것 같기도 하고…… 그치?"

승민은 분위기 전환을 위해 날씨 이야기를 꺼냈다. 현수가 빤히 쳐다볼 뿐 맞장구를 치지 않자 승민은 시선을 옆으로 돌리며 덧붙였다.

"뭐, 집에서 놀고먹기에도 나쁜 날씨는 아닌 것 같고…… 생각해 보면 이런 날씨야말로 구직 활동을 펼치기에 괜찮은 것 같기도 하고……."

승민은 끝내 본론을 꺼내지 않았다. 더듬더듬 말을 이어가던 승민은 제발 눈치채 달라는 듯이 현수를 쳐다봤다.

이제 그만 놀려야겠다.

현수는 피식 웃으며 말했다.

"알아요. 마승민 씨 회사 아니라는 거. 마승민 씨가 원한다고 해서 내가 여기에 취직할 수 있단 보장이 없는 것도 알고요."

"아, 알아?"

승민이 반갑다는 듯 눈을 크게 떴다. 순간 백구 '승민'이 꼬리를 치는 듯한 환각이 보였다.

"네, 알아요. 걱정 마세요. 큰 기대는 안 하고 왔으니까."

"아…… 그래. 너도 걱정 마. 네가 여기서 일 못 하면, 나도 여기 때려치우고 너랑 같이 구직 활동할 거니까."

승민이 덧붙인 말은 현수가 예상하지 못한 말이었다. 현수가 취직을 못 한다고 해서 승민까지 회사를 관둘 이유는 없었다. 하명 자동차는 자동차 업계에서 1위. 게다가 하명에는 승민의 연인인 채영도 다니고 있었다.

"그럴 필요는 없습니다."

"그럴 필요가 없다니. 난 너랑 같이 자동차를 만들고 싶은 거지, 하명 자동차에서 일을 하고 싶은 게 아니야."

"마승민 씨 마음 잘 알겠으니까요, 그쯤 해 두세요."

"네가 내 마음을 뭘 알아."

건성으로 대꾸하며 내리려는 현수의 손목을 승민이 붙잡았다. 현수는 깜짝 놀랐다.

이 남자가 왜 이래?

"넌 내 마음 몰라."

현수를 응시하는 승민의 눈동자는 당장이라도 현수를 집어삼킬 것처럼 검게 빛났다. 현수는 승민의 눈동자에서 시선을 비키며 웅얼거렸다.

"마승민 씨도 내 마음 모르잖아요."

"난 알아."

"알긴 뭘 압니까?"

"네가 나랑 일하고 싶어서가 아니라 돈 때문에 서울에 왔다는 거."

"……."

"네가 남자가 되고 싶어 한다는 거. 남자가 될 수 없다면 남자처럼 보이고 싶어 한다는 거. 남자라는 이유로 나를 질투한다는 거."

정곡을 찔렸다.

현수는 승민의 손을 뿌리쳤다. 현수의 센 힘에 승민의 손이 계기판에 세게 부딪쳤다. 현수는 신경 쓰지 않고 도망치듯 차에서 내렸다.

'어떻게 알았지?'

승민에게 그런 표현을 한 적은 단 한 번도 없다. 승민의 검은 눈동자는 현수를 집어삼키려는 게 아니라 현수의 속을 읽고 있었다.

지금껏 승민이 현수의 속내를 읽어왔다고 생각하니 오싹한 기분이 들었다. 꼭꼭 감춰둔 추악한 마음을 누군가에게 보였다는 사실이 불쾌했다.

집으로 돌아가고 싶다.

승민과 함께 있고 싶지 않았다. 승민과 계속 같이 있으면 그가 더 많은 것을 알아낼 것만 같았다.

딸이라는 이유로 아버지에게 버림을 받을까 봐 두려운 마음. 아버지가 언젠가 사내아이를 입양할까 봐 걱정되는 마음. 여자라는 이유로 여성의 일을 강요받으며 떠밀리듯 결혼해야 될지도 모른다는 마음. 두 번 다시 기계를 만지지 못하고 집안일이나 하며 세월을 보내야 할지도 모른다는 마음.

그런 것들을 승민이 눈치챌까 두려웠다.

아니, 어쩌면 벌써 눈치챘을지도 모르겠다.

"왜 그래?"

뒤따라 내린 승민이 다가와서 현수의 어깨에 손을 얹었다. 현수는 소스라치게 놀라며 승민의 손을 뿌리쳤다.

"건드리지 마세요."

"왜 그러는데? 내가 못 할 말 했어?"

"……난 마승민 씨 질투한 적 없습니다."

"없긴 뭐가 없어. 있으면서."

"없어요. 내가 당신 같은 사람을 왜 질투합니까?"

"흐음."

어느새 현수의 정면으로 나선 승민이 현수의 얼굴을 내려다봤다. 현수가 고개를 숙이려 하자 승민의 두 손이 현수의 볼을 감싸 고정시켰다. 마치 키스를 할 것 같은 자세로 승민은 현수의 양 볼을 감싼 채 현수를 내려다봤다.

현수는 승민의 새까만 눈동자를 견디기 힘들었다. 눈을 감고 싶은데, 그러면 더 우스워 보일 것 같아서 힘겹게 눈꺼풀에 힘을 줬다.

"그게 네 약점이야?"

"뭐요?"

"남자가 되고 싶은 거. 그게 네 약점이냐고?"

"아, 아닙니다."

강한 부정을 하느라 목소리가 어긋났다. 삑, 갈라지는 대답을 들은 승민의 입꼬리가 올라갔다.

"그래, 그게 네 약점이었군."

그 순간에도, 승민의 입가에 그려진 부드러운 곡선이 보기 좋다는 생각이 들었다.

"잘됐네. 내 약점만 잡힌 것 같아서 좀 그랬는데."

"마승민 씨…… 약점이요?"

"응."

"마승민 씨 약점이 뭔데요?"

현수의 질문에 승민이 그것도 모르냐는 듯 눈을 크게 떴다.

"많이 잡았잖아."

"많이?"

현수는 감을 잡을 수가 없었다. 승민은 자기 입으로 말하기 부끄러운지 한참 망설이다가 간신히 하나를 꺼냈다.

"우리 처음 만났을 때 바지 안 입은 것도 그렇고……."

"아……."

"자장면도 그렇고…… 뭐, 넌 남들이 모르는 내 모습을 많이 알고 있잖아."

"그런 게…… 마승민 씨 약점이었습니까?"

"몰랐어?"

"전혀…… 생각도 못 했는데……."

워낙 뻔뻔한 사람이라서 자신의 그런 모습들조차 사랑하고 있을 줄 알았다.

그래, 나 팬티만 입어. 그래, 나 남의 자장면 먹고도 투덜거려. 그래, 우리 아버지는 개 이름을 내 이름으로 붙였어. 그게 뭐 어때서? 그래도 난 잘났으니까 괜찮아.

승민의 사고는 그렇게 돌아갈 줄로만 알았기에, 그것이 승민의 약점이 될 거라고는 생각하지 않았다.

"그게 내 약점이야."

"그랬구나……."

승민은 여전히 현수의 볼을 감싸고 있었다. 하지만 현수는 더 이상 그 손길이 부담스럽지 않았다. 현수를 똑바로 응시하는 검은 눈동자도 두렵지 않았다.

"괜히 말했네."

승민이 툴툴거렸다.

"하여간 너도, 나도 약점 하나씩 있으니까 이런 거 가지고 거짓

말하진 말자. 난 너랑 일할 거고 너랑 일하는 곳이 하명이 아니어도 상관없어."

"만약…… 전부 다 안 받아주면요?"

"……그런 건 생각해 본 적도 없지만, 뭐…… 그렇게 되면 너네 정비소에서라도 만들면 되지."

승민의 말은 현수가 이제껏 들어본 어떤 사랑 고백보다 감미로 웠다. 나직한 음성이 만들어내는 언어가 마법처럼 현수를 에워쌌 다. 현수는 생전 처음으로 남자를 앞에 두고 꿈 속 구름 위를 걷는 듯한 기분을 느꼈다.

심장 안에 가득 들어온 노랑나비가 파드닥파드닥 날갯짓을 했 다.

멍하니 고개를 끄덕이며 승민을 쳐다보는데 승민의 얼굴이 가까 워지는가 싶더니 입술 위에 살포시 승민의 입술이 부딪쳐 왔다. 따 뜻하고 폭신하고 촉촉한 감촉에 화들짝 놀라서 두 손으로 승민의 가슴을 밀쳤다.

현수는 손등으로 입술을 닦으며 승민을 노려봤다.

"대체 또 뭡니까?"

이제 막 좋아지려고 했는데, 갑자기 키스를 하다니. 현수는 황당 함을 금할 수가 없었다. 가슴 안에 가득 차 있던 노랑나비는 저 멀 리 날아가 버린 지 오래. 방금 전 구름 위를 걷던 감각이 떠오르지 도 않을 만큼 싸늘한 기분이 되었다.

"그냥……."

승민은 자기가 한 행동에 자기도 놀란 듯, 뭍에 올라온 붕어처럼 입술을 뻐끔거렸다.

"그냥 이건…… 그러니까…… 잘 부탁한다는 인사."

이러니까 싫은 거다, 라고 생각하며 현수는 엘리베이터의 숫자 버튼을 노려봤다. 바로 뒤에 승민이 서 있었다. 무슨 짓을 할지 몰라 위험한 남자였다.

그래, 외국에서 공부를 하는 동안 입맞춤이 그저 인사가 되었다고 치자.

'하지만 여기는 한국이라고!'

승민의 행동을 이해할 수가 없었다. 채영은 승민이 아무 여자에게나 인사랍시고 입맞춤을 한다는 걸 알고 있을까? 알면서도 아무 말 안 하는 걸까?

엘리베이터가 멈췄다. 2층에서 내리는 것이 맞는지 알 수 없어서 가만히 서 있었더니 승민이 현수의 어깨에 손을 얹었다. 현수는 소스라치게 놀라며 한 발 내디뎌 승민의 손을 떼어냈다. 승민이 손을 올렸던 자세 그대로 놀란 듯 현수를 쳐다봤다.

"왜 그렇게 과민 반응이야? 접촉 기피증이라도 있어?"

"네, 있습니다. 함부로 손대지 마세요."

"참나, 얼마나 비싼 몸이라고. 내리자."

승민은 투덜거리며 엘리베이터에서 내렸고, 현수도 그 뒤를 따랐다. 깨끗한 복도가 펼쳐져 있었다. 직원으로 보이는 몇몇 사람들이 승민에게 다가와 인사를 했다. 승민은 동료들에게나 보여 주는 멋진 모습으로 돌아가 가볍게 그 인사를 받았다.

승민이 하명 자동차 사원이라는 것이 실감이 됐다.

'그래, 이 사람…… 백수 아니었구나.'

그동안은 집에서 노는 봉구 오빠와 비슷한 느낌을 풍겼었다. 놀고먹는 사람이라고 해도 믿을 법한 분위기였는데, 회사에서의 승민의 모습은 평소와는 사뭇 달랐다.

"내 자리에 앉아서 잠깐 기다려. 과장한테 보고하고 나서 설계팀 과장님 소개시켜 줄게."

"전 설계팀에서 일하게 되는 겁니까?"

"다른 데서 일하고 싶어?"

"용접을 해도 괜찮은데요."

"조립팀은 본사에 없어. 또 시골구석으로 돌아가고 싶어서 그래?"

"전 그래도 상관없습니다."

"쓸데없는 소리 하지 마."

학벌도 없는데 본사의 설계팀에 들어가는 건 무리겠지 싶었다. 게다가 처음부터 설계팀에서 한 자리 차지하고 앉아 자동차 구상에 참여하려고 승민을 따라온 게 아니었다. 조립팀에서 잡일을 하며 일을 배우고, 틈틈이 설계 쪽의 공부도 한 후에 원하는 부서에 스스로 지원을 해 볼 생각이었다.

제 딴에는 승민을 생각해서 한 말인데 승민이 딱 잘라 버리니 말문이 막혔다. 주차장에서만 해도 자기 회사가 아니라고 우물쭈물

하더니, 복도를 밟자마자 자신감이 상승했나 보다.

'아무것도 없는 날 입사시켜 달라고 하면 엄청 까일 텐데.'

걱정스러운 마음으로 승민의 뒤를 따라 디자인팀 사무실 안으로 들어갔다. 사무실 안의 사원들이 고개를 들어 방문객을 확인하고는 놀란 표정을 짓는 것이 보였다. 그리고 이내 반가운 표정을 짓는 그들에게 부드러운 미소를 지어 보인 승민은 현수를 자신의 자리에 앉혔다.

"도망치지 말고 가만히 있어."

"안 도망칩니다."

승민은 미심쩍다는 표정을 지으며 과장실로 향했다.

사원들의 시선이 현수에게 향했다. 현수는 처음으로 자신의 옷차림이 신경 쓰였다. 이곳에 있는 사람들은 금방이라도 패션쇼에 나갈 것처럼 잘 차려입었다. 그러나 딱히 외출복을 따로 갖고 있지 않은 현수는 조깅할 때의 차림 그대로였다.

'그리고 보니 박세찬 씨도 여기 있으려나?'

눈만 살짝 들어 사무실 안을 두리번거리는 현수의 귀에 아는 음성이 들려왔다.

"세찬 씨 찾아?"

채영이었다.

채영은 진회색 치마 정장을 입고 있었다. 허벅지를 드러내는 정장 치마가 채영을 성숙하고도 매력적으로 보이게 했다. 현수는 다시 한 번 자신의 옷차림을 신경 쓰며 의자에서 일어났다.

"안녕하세요."

"나가자. 여기 불편하지?"

채영은 대답도 듣지 않고 걸음을 옮겼다. 채영을 따라가는 게 모르는 사람들이 잔뜩 있는 사무실에 앉아 있는 것보다는 나을 것 같았다. 현수는 채영을 따라 사무실 밖으로 나왔다.

"정말로 하명에서 일할 생각으로 온 거야?"

휴게실을 향해 걸어가며 채영이 물었다.

"네, 그럴 생각으로 왔습니다."

질문하는 채영의 어조가 어쩐지 마음에 들지 않아 무뚝뚝하게 대답했다.

"그래, 그랬구나. 오지 말지 그랬어?"

잘못 들은 줄 알았다.

회사 직원들에게 환영받을 거라 생각한 건 아니었다. 하지만 채영이 이런 말을 할 줄은 몰랐다. 승민이 현수를 데리고 오는 것에 대해서 채영과는 이미 얘기가 끝났을 줄 알았다. 게다가 어제 마을 잔치에도 오지 않았던가.

"현수 씨 때문에 우리 승민 씨, 많이 곤란해."

휴게실에는 아무도 없었다. 예전에는 흡연실이었는지 재떨이용 쓰레기통이 구석에 놓여 있었지만, 공기는 담배 연기에 찌들지 않고 쾌적했다. 아마도 얼마 전부터 시행된 금연법 때문에 흡연실에서 금연 휴게실로 바뀐 모양이다. 그렇다면 흡연자들은 어디서 담배를 피우고 있는 걸까?

이 상황과 관계도 없는 금연법에 대해 생각하는 이유는 난감하기 때문이었다. 채영과 마주친 적이 많지는 않지만 처음 만났을 때도 그렇고 어제도 그렇고, 채영은 상냥했다. 갑작스러운 태도 변화를 어떻게 받아들여야 될지 모르겠다.

"취직이라는 게 쉬운 게 아니야. 그치?"

채영이 소파에 앉아 다리를 꼬았다. 치마가 말려 올라가며 흰 허벅지가 드러났다. 현수는 멍하니 그 허벅지를 응시했다.

"그렇다고 해서 다른 사람한테 기대는 건 나쁜 버릇이라고 생각해."

"그렇……습니까……?"

간신히 한 마디를 내뱉었다.

"우리 승민 씨, 안 그래도 상사한테 밉보여서 회사 내 입지가 곤란해졌어. 그런 상황에서 현수 씨까지 데리고 왔으니 더 힘들어질 거야. 내가 현수 씨를 싫어하는 건 아니야. 현수 씨, 귀엽고 좋아. 게다가 세찬 씨 연인이기도 하고. 후배의 연인을 미워하고 싶지 않아. 그런데 지금 현수 씨 행동은 정말 곤란하고 밉다."

"……."

"승민 씨 책임감 있는 사람이야. 그래서 후배의 연인이 시골 정비소에서 일하면서 힘들어하는 거, 그냥 두고 볼 수가 없었겠지. 그런 승민 씨 마음 이해 못 하는 건 아닌데 지금은 시기가 안 좋아. 다른 때라면 나도 두 손 벌리고 환영해 줬을 테지만…… 승민 씨가 진짜로 회사에서 잘릴지도 모르는 상황이거든."

"……."

"자동차를 좋아하는 사람이야. 아마 나보다도 더 자동차를 좋아하겠지. 나도 그래서 승민 씨를 좋아하는 거고. 그런데 현수 씨가 승민 씨한테서 좋아하는 걸 빼앗아 갈 것 같아서 걱정이 돼."

채영은 마치 현수가 승민을 졸라 억지로 하명에 데려오게끔 했다는 투로 말하고 있었다. 승민이 채영에게 그런 식으로 말을 해 둔 걸까? 울컥했지만 승민의 마음을 이해 못 하는 건 아니었다. 연인에게 다른 여자랑 같이 일하고 싶다는 이야기를 하는 건 어려웠을 것이다.

현수는 승민의 심정을 이해하기 위해 노력했다. 그리고 채영의 심정 역시 이해해야만 했다. 지금 채영의 눈에 보이는 현수는 자신의 연인에게 매달려 회사에 입사하려는 뻔뻔한 계집밖에 안 됐다. 그건 채영을 탓할 일이 아니다. 누가 봐도 그렇게 보일 테니까.

집에 있을 때는 이런 일이 없었다. 현수는 하고 싶은 말을 다 하는 성격이었고, 친구들은 그런 성격을 좋게 받아들여 주었다. 마치 형제처럼 친하게 지내왔기 때문에 서로 간에 오해가 싹틀 일이 없었다.

누군가가 대놓고 자신을 미워하는 일은 처음이어서 현수는 도망치고 싶어졌다. 질책하는 듯한 시선을 받아들이기가 힘들었다.

채영이 찌르는 듯한 시선을 보냈다. 자, 이제 그만 포기하고 시골로 돌아가. 여기는 네가 있을 자리가 아니야. 채영의 눈동자는 그렇게 말하고 있었다.

채영의 눈동자에 담긴 강한 거부를 현수는 고스란히 받아들였다. 회사 직원들이 보낼 곱지 않은 시선은 이미 예상한 바다. 채영이 뭐라고 오해를 하든, 승민과 현수는 남녀 간의 달콤한 관계 따위가 아니다. 그러니까 채영에게 거리낄 것도, 미안할 것도 없다. 채영의 시선은 수많은 사원들 중의 한 명이 보내는 그런 시선으로 생각하면 되는 거다.

"승민 씨를 힘들게 하지 마."

현수가 대답하지 않자 채영이 다시 한 번 확인 사살을 했다. 현수는 묵묵히 고개를 끄덕였다. 그것을 동의한다는 뜻으로 받아들였는지 채영의 표정이 밝아졌다.

"그럼 돌아가는 거야? 돌아갈 땐 내가 데려다 줄 수도 있어. 세찬 씨 연인이니까 일 문제만 아니라면 나도 잘해 주고 싶거든. 친하게 지내고 싶고."

채영의 음성이 다시 상냥해졌다. 채영의 음성이 계속 상냥하게 남아 있어 주었으면 좋겠지만, 모든 것을 다 가질 수는 없었다.

현수는 단호하게 대답했다.

"돌아가지는 않을 겁니다. 그리고 마승민 씨를 힘들게 하는 일은 없을 겁니다."

승민이 들어가자 여유롭게 앉아 커피를 마시던 최민석이 피식 웃으며 커피잔을 내려놨다.

"아이고, 우리 후배님 오셨나? 영원히 안 돌아올 것처럼 나가더니."

"그땐 죄송했습니다."

"죄송했어? 죄송한 줄은 아나 보지?"

"……."

"승민 씨랑 같이 일한 지 참 오래됐지? 승민 씨, 어린 나이에 들어왔잖아. 이제 대리라는 직급까지 오르기는 했지만, 나는 승민 씨가 처음에 우리 회사에 들어왔을 때 모습을 아직도 기억해. 참 어렸었지."

최민석이 턱을 문지르며 생각에 잠겼다. 최민석과 추억 놀이를 할 여유는 없었다. 그러나 승민은 잠자코 최민석의 말을 기다렸다.

"그래서 나는 승민 씨를 아껴. 그런데 지난번의 행동은 날 정말 실망시켰어. 승민 씨가 박 디자이너님 눈에 들어서 회사 생활 쉽게 시작하고 쉽게쉽게 생활한 거 알아. 그래도 이제 서른이 넘었잖아. 박 디자이너님도 회사에는 없고. 이젠 성장하고 성숙해질 때도 됐어. 안 그래?"

"……."

"승민 씨. 아니, 마 대리. 내가 지금껏 마 대리를 대리라고 안 부르고 이름을 부른 이유를 알아? 난 마 대리를 개인적으로도 아꼈어. 그래서 회사의 직급이 아니라 이름을 부르는 상대로 다가가고 싶었던 거고. 그런데 마 대리가 그걸 가지고 날 무시할 줄은 몰랐어. 내가 잘해 주니까 투정부리고 삐치는 건 알겠는데, 그래도 회사잖아. 정도를 지켜야지."

'삐치고 투정을 부려? 남의 디자인 훔쳐간 주제에 말은 잘하는군.'

속이 부글부글 끓었다. 그래도 승민은 분노를 겉으로 드러내지 않았다. 정말로 잘못을 저지른 사람처럼 풀죽은 모습을 유지하며 최민석의 말이 끝나기를 기다렸다.

최민석은 대들 줄 알았던 승민이 가만히 듣고만 있는 게 마음에 드는지 한참을 더 주절거렸다.

너, 회사 생활 그렇게 하지 마라. 이제 십 대가 아니다. 기분이 상해도 참을 줄을 알아야 한다. 언제까지도 네 뒤를 봐줄 수는 없다. 선배한테는 깍듯하게 해라.

술주정뱅이처럼 같은 말을 여러 번 반복하는 최민석의 말을 들으며 속으로는 현수를 생각했다. 아는 사람도 없는 사무실에 혼자 앉아 있느라 불편하진 않을까. 채영에게 챙겨 주라고 말을 해둘 걸 그랬나. 세찬이 출근했다면 알아서 챙겨 주겠지. 그런 생각을 하다 보니 최민석이 비로소 본론으로 들어갔다.

"그래도 아직까지는 마 대리를 믿고 싶은 마음이 있어. 모터쇼 콘셉트 카를 맡기려는 생각도 변함이 없고. 마 대리가 팀을 꾸려서 한번 해 봐. 하는 거 봐서 마 대리에 대한 내 생각도 달라질 테니까."

최민석이 은혜라도 베푸는 듯한 어조로 말했다.

감사합니다, 그렇게 가볍게 대답하고 나가려는데 최민석이 불러 세웠다.

"그런데 마 대리. 누구 데리고 왔다면서?"

승민의 눈이 날카로워졌다. 최민석이 그 사실을 어떻게 알고 있는 걸까?

"놀다 보니 같이 일하고 싶은 사람이라도 생겼나?"

"네, 같이 일하고 싶은 사람이 생겼습니다."

어차피 한 번은 넘어야 하는 산이었다. 승민의 솔직한 대답에 최민석이 비릿한 미소를 지었다.

"그래, 같이 일하고 싶은 사람이 있다는 건 정말 좋은 일이지. 다시 한 번 말하지만 난 여전히 마 대리를 믿고 싶은 마음이 있어. 인원 추가할 계획은 없었는데 인사과에 말해 둔 것도 전부 마 대리 생각해서 한 거야."

"말씀해 두셨습니까?"

승민은 놀라움을 금치 못했다.

같이 일하고 싶은 사람이 있다고 하면 당연히 안 된다고 딱 잘라 거절할 줄 알았다. 윗선에 줄이 닿은 최민석이 강하게 반대하고 나서면 현수를 하명에 들이는 건 불가능했다. 가장 높은 산이라고 생각했던 최민석이 이렇게 쉽게 허락해 줄지는 몰랐다.

"그래. 제대로 일할 수 있게 될 때까지는 인턴으로 있어야겠지만."

"그런 건 괜찮습니다."

"그래? 그럼 인사과에 가서 서류 작성하고 나서 데리고 와 봐. 마 대리가 같이 일하고 싶은 사람이 어떤 인물인지 좀 보게."

사람의 눈에서 불꽃이 튀는 건 처음 봤다. 채영의 눈동자 안에는 싸늘한 불꽃이 일렁거리고 있었다.

저게 질투라는 거구나.

현수는 새삼스럽게 감탄했다. 사랑을 해 본 적이 없어서 질투라는 감정 역시 잘 알지 못한다. 남자를 사랑하는 여자의 질투가 이렇게나 서늘하고 섬뜩한 것이라는 걸 처음 알았다.

　채영의 눈빛은 휴게실 문 열리는 소리와 함께 달라졌다. 서늘한 불꽃은 사라지고 처음의 상냥한 눈빛만 남았다. 이번에도 현수는 감탄했다. 이렇게나 빠른 표정 변화라니.

　서울의 큰 회사에서 일하려면 이렇게 몇 가지 모습을 감추고 살아야 하는 건가 보다. 이중인격 같은 모습을 보이는 승민이 이상한 게 아니었다.

"현수야."

　휴게실에 들어온 사람은 세찬이었다.

"아, 선배님."

　한발 늦게 채영을 발견한 세찬이 정중하게 인사했다.

"응, 세찬 씨. 회의 끝났어?"

"잠깐 쉬는 시간입니다. 사무실에 들어갔다가 승민 선배님이 누굴 데리고 돌아왔다는 얘기를 들어서…… 혹시나 했는데…….."

　세찬의 시선이 현수에게로 향했다. 왜 미리 말하지 않았냐고 질책하는 듯한 시선이었다.

"뭐야? 세찬 씨도 몰랐던 거야?"

　채영이 놀란 듯 물었다.

"네. 전혀…… 언제 온 거야?"

"오늘이요."

"승민 선배님이랑 같이?"

"네. 차 얻어 타고 왔습니다."

"아…… 그래?"

"현수 씨, 우리 회사에서 입사하려나 봐. 승민 씨가 아주 벼르고 왔더라고."

채영이 끼어들었다. 세찬의 눈이 커졌다.

"우리 회사에서……? 정말?"

"가능하다면요. 아직 정해진 건 아닙니다."

"아…….."

"현수 씨, 차갑네. 그런 건 애인한테 먼저 말해 줬어야지. 세찬 씨가 서운하겠다. 난 들어가 볼게."

채영이 휴게실 밖으로 나갔다. 세찬은 무슨 말을 꺼내야 할지 모르는 사람처럼 가만히 서 있다가 뒤늦게 정신을 차리고 의자를 가리켰다.

"앉자."

현수는 순순히 세찬의 옆에 앉았다. 이런 상황에서 세찬과 마주친 것이 불편했지만 사무실에 있는 것보다는 나았다.

"우리 회사에서 일하게 됐구나."

"확실한 건 아닙니다. 어찌하다 보니 그런 이야기가 나왔고, 일단 서울에 올라와 본 거예요. 만약 여기서 안 된다고 하면 구직 활동이라도 해야겠죠."

"그래. 승민 선배님이 부탁한 거야?"

"……아뇨. 제가 부탁했습니다."

채영과 승민의 입장을 생각해서 거짓말을 했다.

"서울은 싫다고 하지 않았어?"

"시골 정비소에서 일해서는 돈을 벌 수가 없더라고요. 아버지께서 언제 아프실지 모르니까 병원비도 벌어 둬야 하고."

"나한테 얘기하지 그랬어?"

세찬의 목소리가 따뜻해졌다.

"아닙니다. 그런 걸 부탁할 만한 사이도 아니고."

"그런 말은 서운한데? 그럼 승민 선배님은 그런 걸 부탁할 만한 사이야?"

"……마 교수님이랑 저랑 아는 사이니까요."

"우리 아버지랑도 아는 사이잖아."

말문이 막혔다. 오히려 조금 전 채영과 있을 때보다 더 불편했다. 그런 현수의 기색을 눈치챈 세찬이 서둘러 사과했다.

"미안하다. 몰아붙이려던 건 아닌데…… 좀 섭섭해서 그랬어. 서울에 올라온다고 말했으면 내가 이사하는 거라도 도와줬을 텐데."

"짐도 별로 없는데요, 뭐. 미리 말 안 해서 죄송합니다."

어색한 침묵이 흘렀다.

승민은 뭘 하고 있을까? 빨리 뭐라도 결정이 돼야 이 회사에 남아 있든, 나가든 할 텐데.

현수는 오지 않는 승민을 원망하며 천천히 숨을 쉬었다. 휴게실이 너무 조용해서 숨 쉬는 소리가 크게 느껴졌다.

"네가 가끔 우리 집에 올 때마다 아버지의 표정이 밝아져."

침묵을 견디기 힘든 건 마찬가지였는지 세찬이 다시 말을 꺼냈다.

"네가 얼마나 차를 좋아하는지, 지식이 풍부한지 틈만 나면 이야기하곤 해서. 그래서 나도 너랑 같이 자동차 이야기를 하고, 또 내가 만들게 된 차에 대해서 의논도 하고 그러고 싶었어."

"네에……."

"널 좋아한다는 말은 진심이야. 너랑 사귀고 싶다는 말도 진심이고. 너랑 같이 시간을 보내면서 여러 가지 이야기를 하고 싶어."

"……."

"이제 대답해 줬으면 좋겠어."

"대답……이요……."

세찬이 무슨 말을 하는지 알고 있지만 대답하기 난감해서 되물었다. 이런저런 일들이 많아서 세찬의 고백에 대해 심각하게 생각해 본 적이 없었다.

"응. 너랑 사귀고 싶어. 네가 나랑 함께해 주었으면 좋겠어."

세찬의 말에 현수는 고개를 푹 숙이고 손바닥을 내려다봤다.

고백을 하는 세찬의 음성은 들을 때마다 달콤하고 묵직했다. 그래서 가슴이 간질거리고 아릿한 느낌을 주었다.

하지만 이게 세찬을 좋아해서 그러는 건지, 고백을 받았다는 사실 때문에 그러는 건지를 모르겠다.

세찬이 재촉하듯 현수의 손을 잡았다. 세찬의 손은 크고 따뜻했다. 그리고 전에도 그랬던 것처럼 땀에 젖어 있었다. 여유로운 듯하지만 실제로는 긴장하고 있는 걸 테지.

그렇다면 더는 미룰 수 없다. 세찬이 솔직하게 부딪쳐 온다면 현수도 그래야만 했다.

"감사합니다. 그렇게 생각해 주셔서요."

현수가 입을 열었다. 세찬은 어떤 대답이 나올 줄 예상한 듯 작게 한숨을 쉬었다.

"저는 아직 누군가를 사귀고 싶은 생각이 없습니다. 박세찬 씨가 좋기는 한데⋯⋯."

"사귀고 싶은 생각은 들지 않는구나."

"네."

"그럼 승민 선배님은 어때?"

현수는 잘못 들은 줄 알고 고개를 번쩍 들었다. 대체 여기서 승민의 이름이 왜 나오는 거지?

"승민 선배님이랑은 사귀고 싶은 마음이 있어?"

"아니요. 절대 없는데요."

"그래?"

"네. 마승민 씨는 이미 애인도 있고, 게다가⋯⋯ 그런 식으로 생각해 본 적은 없습니다. 그럴 관계도 아니고요."

당황해서 말이 빨라졌다. 세찬은 그런 현수를 물끄러미 응시했다. 세찬의 눈동자가 '거짓말하지 마.'라고 말하는 듯했다. 현수는 눈을 피하며 덧붙였다.

"마승민 씨 따라서 서울 올라온 건 일 때문입니다. 돈 벌고 싶어서요. 오해하지 말아 주세요."

"응, 오해 안 할게."

질책하는 눈빛과는 달리 세찬은 다정하게 말했다.

"잘됐으면 좋겠다. 하명에 입사하면 언젠가는 나랑도 같이 일할 날이 올 텐데."

그 말에 거짓된 감정은 담겨 있지 않았다. 현수의 입사를 반기지 않는 채영의 말을 듣다가 따뜻한 환영의 말을 들으니 감동적이기까지 했다.

세찬에게 잡힌 손을 어떤 식으로 빼내야 할지 고민하고 있을 때, 승민이 휴게실로 들어왔다. 손을 꼭 잡고 있는 두 사람을 발견한 승민이 인상을 찌푸렸다.

"내 자리에 있으라니까 왜 이런 데에 숨어 있어?"

"선배님."

"어, 나 현수 데리고 인사과 가야 되니까 가 봐라."

"저도 같이……."

"내가 데리고 왔어. 애인 챙기고 싶은 마음은 알겠는데, 이건 업무야. 들어가 봐."

승민이 단호하게 말했다.

"네, 죄송합니다. 현수야, 이따 저녁 때 보자."

세찬이 나간 후 승민이 현수에게 다가왔다.

"아주 신 났구만. 박세찬 때문에 하명에 입사하려는 거냐?"

채영도 그렇고 승민도 그렇고, 왜 다들 세찬과의 사이를 오해하는 건지 모르겠다. 처음 만났을 때 세찬이 오해받을 만한 행동을 하기는 했지만 아직도 그 오해를 안 풀어 둔 걸까?

"그런 거 아닙니다. 마승민 씨가 같이 일하자고 해서 입사하려는 거예요."

승민의 얼굴이 풀어졌다.

"그렇겠지. 여하튼 인사과에 가 보자."

"그…… 과장이라는 사람이랑은 얘기 잘 풀렸습니까?"

"응. 네가 온다는 것도 알고 있더라."

"어떻게요?"

"글쎄. 네가 세찬이한테 말해 둔 거 아냐?"

"말 안 했는데……."

"뭐, 잘됐잖아. 불경기라 취직도 힘든데 어떻게든 됐으니."

"정말 생각 없이 절 데리고 오신 거네요. 그러다가 진짜로 저 취직 안 됐으면 어쩔 셈이었습니까?"

"말했잖아. 너랑 같이 구직 활동할 거라고. 한 번도 해 본 적 없으니까 새로운 것에 도전하는 것도 재미있겠지. 면접관들이 내 능력을 보고 깜짝 놀라는 걸 구경하는 재미도 있을 거고."

"마승민 씨는 정말 긍정적인 사람이네요."

"뭐 하나 빠지는 구석이 없지."

묘하게 즐거운 듯한 승민과 함께 인사과로 향했다. 승민의 기분이 좋아 보였기 때문에 승민이 원하는 대로 설계팀에서 일하게 된 건 줄 알았다. 하지만 인사과에서는 승민이 원하는 답을 들려주지 않았다.

"안산 생산 공장이라니…… 조립팀으로 가는 겁니까?"

최민석이 내준 자리는 설계팀이 아니었다. 생산 공장에서 일하던 용접공이 다쳐서 급하게 사람을 구하고 있다고 했다.

"단기 계약직이라니…… 인턴이라고 들었는데요."

"요새 사람 쉽게 뽑지 않잖아요. 그 자리도 최 과장님 부탁 때문에 어렵게 낸 거예요. 검증되지 않은 사람은 안 뽑으려고 했는데, 최 과장님이 마 대리 원하는 대로 해 주자고 밀어붙이셔서."

인사팀장이 달래듯 말했지만 승민의 표정은 풀어지지 않았다.

"서울 쪽에는 자리 없습니까?"

"마 대리도 회사 사정 알잖아요. 얼마 전에도 인원 감축했어요."

"……본사 카센터에도 자리 없습니까?"

"카센터? 사람 몇 명 뽑고 있기는 하지만……."

"그럼 거기로 해 주세요."

"마 대리, 사람 뽑는 게 그렇게 쉽게 돌아가는 거 아니에요. 억지부리지 마세요."

인사팀장의 말투가 짜증스럽게 변했다. 현수는 승민의 팔을 톡톡 쳤다.

"저, 용접공도 괜찮은데요. 단기 계약이어도 괜찮고요."

"내가 안 괜찮아."

"왜요? 어차피 일은 제가 하는 거 아닙니까?"

"생산 공장 안산에 있어. 일도 많고, 출퇴근하기 힘들 거야."

"정 힘들면 안산에 집 구해도 되고요."

"안 돼. 안산은 멀어. 넌 그냥 내 옆에 있어."

이 남자는 자기가 무슨 말을 하는지 알고나 있는 걸까?

애정이 가득 담긴 것 같은 말투에 현수가 황당해하는 만큼 인사팀장 역시 황당하다는 듯한 표정이었다. 현수는 인사팀장에게 설명해 주고 싶었다.

우리 아무 사이도 아닙니다. 이 남자, 원래 말투랑 행동이 좀 이래요.

결국 인사팀장은 짜증 난 목소리로 결정한 일을 번복할 수 없으니 계약서를 쓰든가, 아니면 그냥 나가라고 두 사람을 닦달했다. 현수는 승민이 말리기 전에 얼른 펜을 들었다. 하지만 계약서를 작성하려는 가느다란 손목은 곧 승민의 손에 붙잡혔다. 현수가 돌아보자 승민이 눈으로 이야기했다.

하지 마.

그래서 현수도 눈으로 대답했다.

저는 일만 할 수 있다면 어디든 상관없습니다.

승민의 손에서 힘이 빠졌다. 현수는 계약서를 작성했고 인사팀장은 다음 주 월요일부터 출근하라고 말하고는 두 사람을 쫓아냈다.

"일이 이렇게 돼서 미안하다."

승민이 솔직하게 사과했다. 뻔뻔한 사람인 줄 알았는데 먼저 사과를 하는 일도 있나 보다.

"아닙니다. 본사에서 일할 생각으로 온 건 아니었어요."

"왜 그렇게 자신감이 없어? 어떻게든 밀어붙여서 본사 자리를 하나 따냈어야지."

"밀어붙이다가 아예 발도 못 붙이게 되는 것보다는, 그래도 붙어 있는 게 나으니까요."

"계약직은 월급도 얼마 안 되잖아. 그걸로 돈을 모을 수나 있겠어?"

"야근 수당은 나온다니까 열심히 일하면 어떻게든 되겠죠."

승민이 걱정스럽게 현수를 쳐다봤다. 현수는 괜찮다는 의미로 승민의 가슴을 툭툭 쳤다. 정씨 말마따나 선머슴처럼 자라온 탓에 별 의미 없는 행동이었는데도 승민이 얼굴을 붉히며 두 손으로 가슴을 가렸다.

"왜 남의 가슴을 만지고 그래?"

현수는 대답할 의욕을 잃고 엘리베이터를 향해 걸음을 옮겼다.

이야기 둘, 좋아하지 않는 행동

하명 자동차 조립부의 용접팀에서 일한 지도 2주일이 흘렀다. 용접팀 팀장은 말투가 거칠지만 후배들을 잘 챙겨 주는 사람이었다.

"기계보다는 사람 손이 최고지! 아무리 자동화가 되어 있다고 해도 사람이 한 번씩은 다 검사를 해 봐야 한다는 말이야."

팀장은 하루에도 몇 번씩 인력의 중요성을 강조했다. 대량 생산되는 자동차이기에 자동화된 기계들이 대부분의 일을 하고는 있지만 마지막으로 검사를 하고 잘못된 부분을 손보는 건 사람이었다.

현수는 혼나기도 하고 칭찬을 받기도 하면서 일을 배웠다. 끄적거리기만 하던 용접이었는데 제대로 배우기 시작하니 재미있었다. 용접이 끝난 부분을 마무리하는 작업도 좋았다. 울퉁불퉁 튀어나온 용접 부위가 매끄럽게 변한 후에는 쾌감까지 생겼다.

서울로의 이사가 끝난 후, 승민과는 딱 한 번 더 만났다. 현수가 첫 출근을 하는 날 새벽이었다. 승민은 현수의 집 앞에서 기다리고 있었다.

집 앞에 세워진 CM3를 발견했을 때는 긴가민가한 기분이 들었다. 이처럼 이른 시간에 승민이 찾아올 리가 없었기 때문이었다. 현수가 다가가자 승민이 기다렸다는 듯 차에서 내렸다.

"이 시간에 웬일이세요?"

놀란 현수가 묻자 승민은 현수에게 보온병을 하나 내밀었다.

"첫 출근이잖아. 잘하고 와. 그거 내가 직접 탄 커피니까, 운전하다가 졸리면 마시고."

"그것 때문에 일부러 여기까지 오신 거예요?"

"……괜히 성격 드러내서 잘리지 말고. 나도 잘할 테니까."

승민은 투덜거리듯 대답하더니 서둘러 차를 타고 떠났다. 보온병 너머까지 온기가 전해질 리 없는데도 손에 쥔 그것이 무척 따뜻하게 느껴졌다.

현수가 서울에 올라온 걸 알게 된 박 교수는 현수에게 출퇴근용 차를 빌려 주겠다고 했지만 현수는 거절했다. 아버지에게 차가 필요하다고 말했더니, 트럭을 빌려 주어서 그것을 타고 다니게 되었다. 승차감이 좋지 않았지만 그 덕에 졸음을 쫓을 수 있었다.

덜컹거리는 차를 타고 첫 직장을 향해 달려가며 현수는 몇 번이나 승민이 준 보온병을 흘깃거렸다.

보온병은 여전히 트럭의 조수석에 놓여 있다. 용접팀 선배들의 텃세에 힘이 들 때면 주차장에 달려가 그 보온병을 손에 쥐곤 한다. 그러면 그날에 느꼈던 온기가 따스하게 번져 왔다.

용접팀에서 일하면서 가장 힘든 것은 '여자'라는 점이었다. 용접팀에 여자는 현수밖에 없었다. 홍일점을 기대하고 들어온 건 아니지만, 여자라는 이유로 무시당할 때는 화가 치밀었다. 남자인 게 벼슬도 아니면서.

그중 몇몇은 심각할 정도로 현수를 무시하고 인신공격도 서슴지 않았다. 그래도 현수는 견뎠다.

이 정도로 물러서면 안 돼. 여기서 관두면 아버지는 결국 정비소를 나한테 안 물려주기를 잘했다는 생각만 할 거야.

인격모독적인 말을 들어도 현수는 이를 악물고 버텼다.

그래도 일이 없는 주말에는 즐거웠다. 세찬을 만나기도 하고, 진혁을 만나기도 하면서 시간을 보냈다. 서울에 자주 방문하기는 했었지만 못 가본 곳이 많았다. 처음으로 아쿠아리움에도 가보고 63시티에도 올라갔다. 남산에 데리고 가 준 것은 세찬이었다.

새로운 일로 바쁜 평일과 그나마 숨통이 트이는 주말, 그렇듯 분주하게 오가는 시간 속에서도 잊히지 않고 불쑥불쑥 떠오르는 건 다름 아닌 승민이었다.

'그 인간은 뭘 하고 있는 거지?'

현수가 서울 생활과 용접팀 일에 익숙해지기 위해 애쓰는 동안 승민도 놀고 있는 것은 아니었다. 예상했던 바지만, 다시 돌아온 이후로 회사 내의 입지가 좁아졌다. 콘셉트 카를 같이 만들 팀원들을 섭외하는 것도 승민에게는 어려운 일이었다.

함께할 사람을 섭외하면서 한편으로는 오래전에 그렸던 디자인 화들을 밖으로 끄집어냈다. 지금 보면 유치하기 짝이 없는 디자인 화였지만 그것들을 이용해 보기로 했다.

꿈과 즐거움이 있을 때에 그렸던 디자인이다. 허무맹랑할 정도로 유치하지만, 그래도 뭔가를 꿈꿀 수 있었던 시절의 디자인. 자동차를 좋아하는 사람이라면 누구나 한 번쯤은 꿈꿔 봤을 그런 디자인의 자동차.

어차피 시중에 판매할 것도 아니니 미래형 자동차라면 어떤 것이든 상관없다고 했다. 게다가 모터쇼의 콘셉트 카 전시장 한 자리를 승민에게 맡기겠다는 확답을 받아냈다. 그러니까 이젠 거리낄게 없다.

회사와 집, 어디에서든 가리지 않고 밤낮으로 디자인을 그리는 생활이 이어졌다. 예전에 그린 디자인에 새로운 걸 덧붙이기도 하고, 빼기도 하고, 마음에 안 들면 수정한 것을 전부 버리기도 했다. 본가에 있을 때는 사라졌던 두통과 불면증이 다시 찾아왔지만 개의치 않았다. 두통과 불면증은 승민에게 익숙한 고통 중 하나였다.

그런 것보다는 얼른 디자인화를 하나 완성해서 설계팀과 이야기를 나눠야 했다. 설계팀에서 디자인화를 보고 무리라고 한다면 수정을 하거나 다시 그려야만 하니 시간이 많지 않았다.

'보고 싶다.'

펜을 내려놓은 승민은 한 손으로 뒷목을 주물렀다.

'왜 돌팔이 따위가 보고 싶은 거지?'

무언가를 보고 싶어 하는 감정은 처음이다.

본가에 내려와 있을 때 회사의 컴퓨터가 보고 싶기는 했다. 또, 유학을 갔을 때 크게 아팠던 적이 있는데 그때 딱 한 번 어머니가 보고 싶었다. 그게 전부다.

지금은 아픈 것도, 외로운 것도 아닌데 현수가 보고 싶다. 승민과 마주치면 피하지 않고 올곧게 바라보는 연갈색 눈동자가 몹시도 그리웠다.

그립고 그리워서 오히려 연락을 할 수 없었다. 고민을 하고 잠을 자지 못해서 초췌해진 모습을 현수에게 보이고 싶지 않았다. 번듯한 디자인을 완성하고 팀을 꾸린 후에 현수를 만나고 싶었다.

나 이만큼 해냈어. 그러니까 이제 너도 같이하자.

갑자기 나타나 그렇게 말하면 현수는 어떤 표정을 지을까.

현수의 표정을 떠올린 승민은 피식 웃고 말았다. 현수는 어느 여자들처럼 감동을 받거나 대단하다는 표정을 짓진 않을 것이다. 무뚝뚝한 얼굴로 승민을 빤히 쳐다보다가 '됐거든요?' 하고 퉁명스럽게 말하겠지.

처음에는 그게 얄미워서 견딜 수가 없었는데, 이제는 얄밉지 않다. 무뚝뚝한 표정, 퉁명스러운 말투는 남자처럼 보여야 한다는 생각에서 나온 행동임이 분명했다. 그걸 알고 나자 현수의 그런 행동이 오빠를 따라 하려는 어린 동생처럼 귀엽게 느껴졌다. 현수에게 말해 주고 싶었다.

남자라고 해서 다 무뚝뚝하고 퉁명스러운 건 아니야.

그때 어깨를 주무르는 손길과 함께 채영의 목소리가 들려왔다.

"피곤해? 차 한 잔 하러 갈까?"

"그럴까?"

승민은 모니터를 끄고 일어났다.

둘은 회사 내에 있는 커피숍으로 향했다. 사원들보다는 외부인이 더 많았다. 대부분은 회의를 하기 위해 거래처에서 온 사람들이었다.

그중 아는 얼굴을 발견한 승민은 다가가서 인사를 하고 명함을 건넸다. 자리에 앉아 기다리던 채영이 의아한 듯 물었다.

"웬일이야, 먼저 인사를 다 하고?"

"회사 내에서 입지가 낮아졌으니 거래처에라도 잘 보여야지."

"그런 건 자기가 할 일이 아니야."

"그럼 누가 해? 현수한테 시킬 수도 없고."

불현듯 나온 그녀의 이름에 채영이 살짝 미간을 좁혔지만 승민은 그것을 보지 못했다. 채영은 곧 표정을 갈무리하고 나긋나긋하게 걸어가 커피를 두 잔 사 왔다.

"자기 힘드니까 내가 쏠게. 대신 이따 저녁 사 줘."

"차라리 내일 점심을 쏠게. 저녁은 무리야."

"왜? 또 본가에 가?"

"아니, 일이 남아서."

"무슨 일을 그렇게까지 해? 콘셉트 카 때문에 그러는 거야?"

승민은 대답하지 않았다.

"그러지 말고 그냥 나도 팀원에 넣어 줘. 내가 도와줄게."

"괜찮아."

채영은 처음부터 승민에게 팀에 넣어 달라고 했지만 승민은 지금껏 그것을 거절해 왔다. 채영의 실력을 못 믿어서가 아니라, 채영의 입지까지 덩달아 낮아질까 봐 걱정이 되어서였다. 여차하면 회사에서 잘릴지도 모르는데 채영까지 끼워 넣을 수는 없었다.

"세찬 씨도 신차 때문에 바쁘고, 자기도 바쁘고. 나만 따돌림당하는 기분이야."

"세찬이가 너한테 같이하자고 했었다면서. 그거 같이하지그래?"

"그건 자기를 배신하는 게 되는 거잖아."

"일하는 건데 배신이 어디 있어? 인간적으로만 배신하지 않으면 돼."

"인간적인 배신이 어떤 건데? 내가 다른 남자 만나는 거?"

농담 반 진담 반인 채영의 질문에 승민이 웃었다.

"우린 이제 사귀는 사이 아니야. 네가 누굴 만나든 축하해 줄 수 있어."

"그거 아쉽네. 그런데 콘셉트 카, 대체 어떻게 진행하려고? 자기가 이렇게까지 불붙은 거 보니까 장난 아닐 것 같은데."

"그래 봐야 시중에 판매되지도 않을 차인데, 뭐."

"디자인 조금만 보여 주면 안 돼?"

"안 돼."

채영을 믿지 못하는 건 아니지만 지난번의 사건으로 조심성이 생겼다. 그래서 팀을 꾸리고 제대로 회의를 하기 전까진 누구에게도 디자인화를 보여줄 생각이 없었다.

모두가 모인 회의 자리라면 보는 눈이 많아 빼앗기도 힘들어질 테니 그 순간에 공개할 작정이었다.

'내 디자인을 보면 현수는 뭐라고 하려나?'

언제부턴가 마음속에서 '돌팔이'라는 별명 대신 '현수'라는 이름으로 그녀를 부르게 되었지만 승민은 그것을 깨닫지 못했다. 채영과 함께 있는 순간에도 현수를 떠올리고 있는 자신의 상태 역시 승민은 깨닫지 못하고 있었다.

생각에 잠긴 승민을 물끄러미 응시하던 채영이 붉은 입술을 핥으며 승민의 허벅지에 손을 얹었다.

"승민 씨."

"응?"

"나 이번 주 주말에 선봐."

"아, 그래?"

"개인 병원 의사래. 집안에 돈이 좀 많나 봐."

"잘됐네. 너 람보르기니 갖고 싶어 했잖아. 남자한테 사 달라고 해."

"그런 농담은 하지도 마. 나, 남자한테 돈 뜯어내는 여자 아니거든. 게다가 이번에 선보는 것도 내가 원해서 보는 것도 아니야. 부모님이 억지로 밀어붙이는 거지. 나도 이제 나이가 있잖아."

"뭐, 요새 여자들 다들 늦게 결혼하는데 너는 아직 젊은 거지. 게다가 아름답고."

"정말? 정말 내가 아름다워?"

"응. 무척."

"빈말이라도 고맙네."

"빈말 아니야. 넌 내가 딱 좋아하는 스타일이니까."

"그런데 왜……."

이어진 '나는 안 돼?'라는 말은 소음에 섞여 그대로 묻혀 버렸다. 승민이 '응?' 하고 되묻자 채영이 웃으며 고개를 저었다.

"아니, 아무것도 아니야. J 호텔에서 하는데 구경하고 싶으면 와."

"남이 선보는 걸 뭐가 재미있다고 구경 가? 일어나자."

승민은 남은 커피를 한 번에 들이마시고 일어났다.

최근 들어 채영의 태도가 이상하다. 예전에는 좀 더 쿨하고 확실한 여자였는데, 요새는 뭔가 초조한 듯 승민에게 들러붙는다. 마치 헤어진 후에도 그것을 받아들이지 못하고 계속해서 접근하는 여자처럼.

채영이 그럴 이유는 없었다. 이별을 고한 쪽은 채영이었다.

'과민 반응이겠지.'

채영은 모든 일에 확실한 여자니까 이별한 남자에게 들러붙는 짓 따위는 하지 않을 것이다. 아무래도 피곤해서 모든 걸 예민하게 받아들이고 있는 것 같다.

사무실로 돌아온 승민은 휴대폰을 꺼내 일정을 확인했다. 토요일에는 아무런 계획도 없었다.

'주말이라.'

현수를 본 지 오래됐다. 역시 보고 싶다.

모든 것을 확실하게 한 후에 만날 생각이었지만 승민의 상담의인 재우는 보고 싶을 때 마음껏 만나야 한다고 했다. 그러니까 처방에 따라 현수를 만나러 가야겠다.

그러지 않으면 심장이 터질 것 같으니까.

집에 돌아오니 12시가 넘은 시간이었다. 현수는 옷도 벗지 못하고 침대에 드러누웠다.

슈퍼마켓 아저씨가 구해 준 집은 거실과 방이 분리되어 있는 13평짜리 깨끗한 빌라였다. 작은 원룸에서 살아도 감지덕지한데 방이 분리되어 있어서 고마웠다. 게다가 신축 빌라라서 엘리베이터도 있었다.

혼자서 사는 것은 처음이다. 아버지가 입원했을 때 혼자 집에 있었던 적은 있지만, 아주 나와서 사는 것과는 달랐다. 집에 돌아와도 반겨 주는 사람이 없는 건 생각보다 쓸쓸한 일이었다.

고향에서 가지고 온 인형들이 있지만 전부 챙겨 온 건 아니기 때문에 허전했다. 손을 뻗어 잡히는 인형을 끌어안고 눈을 감았다.

보일러를 켠 지 20분 정도 지나자 집 안이 따뜻해졌다. 방은 따뜻한데 공기는 차게 느껴진다.

─기집애가 뭘 이런 걸 하겠다고 나서서 사람 귀찮게 해?

철근을 나르다가 힘에 부쳐 떨어뜨렸다. 철근에 발등이 찍혀 아픈 것보다는 옆에 있던 다른 직원의 외침이 더 아팠다.

기술은 배우면 할 수 있다. 하지만 근본적인 힘의 차이는 어찌할 도리가 없었다.

'헬스라도 끊을까?'

남자보다 힘이 센 여자는 얼마든지 있다. 결국은 노력의 부족이다.

'남자로 태어났으면 좋았을 텐데.'

한숨을 쉬며 인형에 얼굴을 묻었다. 볼에 닿는 포근한 털도 위로가 되지 않았다.

우우웅.

어딘가에 던져둔 휴대폰이 진동했다. 진혁이겠거니 싶어서 못들은 척했는데 또 울렸다. 현수는 무거운 몸을 일으켜 휴대폰을 찾아냈다. 문자가 두 통 와 있었다.

[토요일에 보자.]

[왜 답장이 없어?]

보낸 시각 12시 3분. 12시 4분.

그 1분을 못 참고 닦달을 하다니, 참을성 없는 남자 같으니라고.

1분 동안 답장이 오나 안 오나 휴대폰을 노려봤을 승민을 떠올리자 웃음이 나왔다.

[갑자기 왜요?]

답장을 보내자마자 문자가 왔다.

[보여 줄 게 있어.]

[뭔데요?]

[뭐가 그렇게 급해? 토요일에 보여 줄게.]

미간을 잔뜩 좁히고 있을 승민의 모습이 생생하게 그려졌다. 옆에 없는 사람인데도 바로 옆에 존재하는 것처럼 그의 존재가 확실하게 느껴졌다.

현수를 에워싸고 있는 공기가 더 이상 차갑게 느껴지지 않았다.

[알겠어요. 토요일에 봐요.]

[그래. 자라.]

[그쪽도요.]

문자를 확인하길 잘했다. 몸이 조금 가벼워졌다.

떠오르는 거라고는 찌푸리고 있는 얼굴, 거만한 얼굴, 짜증 난 얼굴뿐인데 왜 기분이 나아진 건지는 모르겠다. 다만 그 얼굴이 아주 가까이에 있는 것 같아서 더는 외롭지 않았다.

벌써부터 토요일이 기대되기 시작했다.

채영은 헤어 아티스트에게 머리를 맡기고 거울에 비친 자신의 모습을 바라봤다. 다른 여자들은 미장원에서 거울을 보면 자신의 얼굴이 못 생겨 보인다고 하지만 채영은 그렇지 않았다. 자그마한 얼굴, 쌍꺼풀이 진한 눈, 작고 오뚝한 코와 선이 고운 입술. 자신의 얼굴인데도 예쁘다는 생각이 들었다.

일이 바쁠 때에도 헬스와 요가는 쉬지 않았다. 술을 마시고 늦게 들어가는 날조차 집에서나마 한 시간씩 요가를 했다. 그렇게 만들어진 얼굴과 몸매는 채영을 더 나은 여자로 만들어 줬다. 채영은 자신감 있게, 어깨를 펴고 살아갈 수 있었다. 남자들과 대등한 위치에서.

손에 못 넣는 남자가 없었다. 마음만 먹으면 누구라도 손에 쥐고 흔들 수 있었다. 첫 입사한 회사에서 승민을 발견했을 때 승민의 영혼 역시 가질 수 있을 거라고 확신했다.

승민은 어렵지 않게 넘어 왔다. 자기 일은 제대로 해내는 쿨한 현대 여성의 이미지를 보여 줬더니 채영에게 관심을 보였다.

하지만 그뿐이었다.

승민이 채영에게 준 것은 '관심'일 뿐, '영혼'이 아니었다. 채영이 아무리 노력해도 승민의 마음을 다 가질 수가 없었다.

매너가 몸에 밴 승민은 채영에게 다정하고 늘 채영을 우선으로 챙겨 주었으나 그걸로는 부족했다. 채영은 승민이 자신에게 목을 매고 매달리기를 바랐다. 승민은 그럴 기미를 보이지 않았지만.

그러나 승민과 헤어진 이유는 그런 것 때문이 아니었다. 마음 따위는 아무래도 좋았다. 중요한 것은 승민의 집안이었다.

승민은 귀티가 흘렀고 행동 역시 잘 교육받은 사람답게 정중하고 우아해서 있는 집 자식일 줄 알았다. 언젠가 승민에게 지나가는 말로 부모님의 직업을 물어본 적이 있다. 그때 승민은 가볍게 대답했다.

"닭 키우셔."

믿을 수가 없었다. 닭을 키운다니. 크게 농장이라도 하는 거냐고 물었더니,

"농장은 무슨. 마당에 닭 키우고 텃밭 키우고 하시면서 사시는 거지. 동네 사람들이랑 이것저것 나눠서 나름 사실 만한가 봐."

부모님이 텃밭이나 가꾸면서 먹고 사는 집안의 남자와는 만날 수 없었다. 승민 자신이 아무리 빛나더라도, 배경이 안 좋으면 말짱 헛거다. 자식은 결국 부모처럼 살게 되어 있으니까.

좋은 집안에서 태어나 양질의 교육을 받고 살아왔다. 그러니까 만나는 사람 역시 그런 사람이어야만 했다. 그래서 이별을 고했다.

승민은 황당하게 느껴질 만큼 깨끗하게 받아들였다. 이유를 묻지도 않았다. 그저 '내일부터는 동료로서 잘 부탁할게.'라고 말했을 뿐이다.

남들보다 조금 더 친한 동료로서 잘 지내 왔다고 생각한다. 잘난 얼굴과 늘씬한 몸을 볼 때마다 아깝다는 생각이 들기는 했지만 다시 어떻게 해 봐야겠다는 생각은 없었다. 정현수라는 여자가 나타나기 전까지는.

'정말 싫다…….'

싫은 건 질투하는 자신의 모습이었다.

헤어진 남자니까 승민이 누구를 만나든 채영이 상관할 바는 아니었다. 그걸 머리로는 알고 있는데 마음이 따라 주질 않았다. 승민은 어떻게 봐도 현수를 좋아하는 것처럼 보였고, 채영에게는 보여 주지 않았던 모습을 현수에게는 보여 줬다.

같이 일을 하고 싶다는 이유로 뒤는 생각하지 않고 서울에 현수를 데리고 온 것만 봐도 그랬다.

현수가 잘못한 것도 없는데 현수에게 쓴소리를 하고 말았다. 시골에서 자란 잡초 같은 여자는 그 정도 말에 상처를 받은 것처럼 보이진 않았다. 오히려 눈을 동그랗게 뜨고 건방진 소리를 해댔다.

'난 그냥 그 여자가 싫은 거야.'

채영은 헤어 아티스트의 손에 의해 예쁘게 변하는 머리 모양을 보며 생각했다.

'건방지고 경우가 없으니까. 승민 씨한테 일거리 달라고 졸라 댄 것도 너무 철부지 같은 행동이고. 게다가 걘 너무 후지잖아. 나 다음으로 골라잡은 여자가 시골 여자라니…… 내 값어치까지 같이 떨어지는 짓이야.'

토요일 아침. 눈을 뜨니 오전 11시가 넘어 있었다.

금요일 저녁에 회식이 있다고 해서 따라갔다가 잘 마시지도 못하는 술을 실컷 마셨다. 안 그래도 곱지 않은 시선을 받는 터라, 선배들이 주는 술을 거절할 수가 없었다.

간신히 택시를 타고 집에 돌아와서 쓰러진 게 기억났다. 숙취 때문에 머리가 울렸다.

한 손으로 왼쪽 관자놀이를 꾹꾹 누르며 휴대폰을 확인했다. 부재중 전화 4통에 문자 4개. 수신 목록을 보니 진혁과 세찬에게서 전화가 걸려 왔다. 문자 역시 두 사람에게 온 문자였다.

[오늘 뭐 해? ─진혁]

[썹냐? ─진혁]

[서울 오더니 날 버리는군. 이래서 친구 다 소용없다고 하나 보다. 그래, 잘 먹고 잘살아라. ─진혁]

[오늘 시간 되면 만날까? ―세찬]

오늘이 토요일이라는 자각도 없었기에 왜 다들 만나자고 하는 걸까 고민했다. 뒤늦게 토요일이라는 것을 깨닫고 세찬에게는 선약이 있다는 문자를 보내고, 진혁에게는 전화를 걸었다.

선약이 있다고 했더니 진혁은 누구를 만나느냐, 어디서 만나느냐 꼬치꼬치 캐물었다. 승민과의 약속이라고 말하면 결혼이 어쩌고저쩌고 시끄럽게 굴 것이 뻔했기에 건성으로 대답하고 전화를 끊었다.

토요일은 승민을 만나기로 한 날이다.

현수는 비틀거리며 부엌으로 향했다. 차가운 물을 한 잔 마시자 정신이 들었다. 씻고 나와서 입고 나갈 옷을 골랐다. 몇 벌 안 되는 옷을 뒤적거리다가 문득 그런 생각이 들었다.

'대체 내가 왜 그 남자 만나는데 잘 차려입고 나가려고 하는 거지?'

지금껏 어디를 가든 입을 옷을 고민해 본 적이 없는 현수였다. 그나마 괜찮은 옷을 찾으려고 고민하는 자신의 모습이 어색하고 의아했다.

현수는 손에 잡히는 옷을 아무거나 끄집어냈다. 물 빠진 청바지에 후드 티셔츠. 창문으로 들어오는 바람이 쌀쌀했지만 본가에서 점퍼를 챙겨 오지 못했다.

'뭐, 밖을 돌아다니진 않을 테니까 괜찮겠지.'

뭔가 보여 줄 것이 있다고 했으니까 실내에 있을 시간이 많을 거라고 생각했다.

'그러고 보니 몇 시에 어디서 만날지도 안 정했네.'

그날 이후, 승민은 연락이 없었다. 혹시 약속을 잊은 게 아닐까 싶었다. 휴대폰을 들었지만 전화를 걸기 망설여졌다. 주말은 연인들끼리의 시간. 만약 승민과 채영이 함께 있다면 현수의 전화가 두 사람에게는 다툼의 씨앗이 될 것이다.

현수를 노려보던 채영의 섬뜩한 눈빛이 떠올랐다. 얼굴 볼 일 많지 않은 사람이지만 어쨌건 더 이상의 오해를 쌓고 싶진 않았다.

'약속을 잊은 거면 어쩔 수 없지, 뭐.'

휴대폰을 내려놓으며 자신이 토요일을 기대하고 있었다는 걸 깨달았다. 아니, 정확히는 승민과 만나는 것을 기대했다.

'내가 왜?'

투덜거리고, 거만하고, 순 자기 잘난 맛에 사는 사람이다. 같이 있어서 좋을 게 하나도 없는데 어째서 만나는 걸 기대했는지 모르겠다. 하지만 숙취에 고생을 하면서도 서둘러 샤워를 하고 옷을 고르던 모습은 들떠 있었다고밖에 설명할 길이 없었다.

작게 한숨을 쉬고 있는데 초인종이 울렸다.

"네, 나갑니다."

현수는 느릿하게 일어나 문을 열었다.

"왜 밖에 누가 있는지 확인도 안 하고 문을 열어?"

현수는 멍하니 문 앞에 서 있는 남자를 올려다봤다. 승민이었다.

이 남자가 왜 여기에 있는 거지?

승민은 서울 온 첫날 짐을 옮겨 준 이후로 현수의 집을 찾아오지 않았다. 오는 길도 잊었을 거라고 생각한 남자의 등장에 현수는 할 말을 찾을 수가 없었다.

아니, 이건 거짓말이다. 할 말을 찾을 수 없는 건, 승민의 음성을 듣는 순간 심장이 터질 것처럼 뛰었기 때문이다. 이유도 없이 두근, 두근, 두근, 거세게 울리는 심장박동 소리가 귀를 어지러이 흔들었다.

"여기는 네가 살던 곳이 아니야. 여자 혼자 살면서 아무한테나 문 열어 주고 그러면 안 돼."

까칠한 말투였지만 걱정이 담겨 있었다.

"여자 혼자 사는 집만 노리고 침입하는 놈들도 있거든. 뉴스도 안 봐? 어이. 왜 말이 없어?"

대답을 못 하는 현수가 이상했는지 승민이 현수의 어깨에 손을 얹었다. 현수는 소스라치게 놀라 뒷걸음질을 쳤다. 거부하는 듯한 현수의 태도에 승민이 미간을 좁혔다.

"왜 사람을 피하고 그래? 결벽증 있어?"

"여긴…… 왜 오셨습니까?"

현수는 간신히 정신을 차렸다.

"오늘 만나기로 했잖아. 잊고 있었어?"

"아뇨, 그런 건 아닌데…….'"

"데리러 왔어."

"왜, 왜요?"

"내가 그러고 싶으니까."

승민이 분명한 어조로 말했다. 승민의 시선이 현수를 쭉 훑었다.

"정말 약속 잊고 있었던 거야? 옷도 안 갈아입고."

"이게 외출복입니다."

"……밖에 추우니까 겉옷 준비해."

"겉옷이 없어요. 서울 올 때 안 챙겨 와서."

"뭐? 왜? 너 그럼 그동안 이러고 출근했던 거야?"

"네, 뭐…… 어차피 차 타고 다니니까……."

"감기 걸려. 너 감기가 얼마나 무서운 병인지 몰라? 감기 걸려서 죽는 사람도 있어! 혼자 살면서 건강관리 제대로 안 하는 건 최악이야."

이 남자는 왜 이렇게 오버를 하는 걸까?

고작 감기 가지고 열을 내는 승민을 이해할 수가 없었다. 더 이해가 안 되는 것은 어미 닭처럼 현수를 걱정하는 승민의 태도였다. 최근 일교차가 심해지긴 했지만 이렇게까지 걱정할 정도는 아니었다. 승민의 닦달에 현수는 자신이 큰 죄라도 저지른 기분이 들었다.

"하아. 아무튼 나와. 집 앞에 대충 주차해 둔 거라 오래 못 놔둬."

승민의 차에 오르자마자 잔소리가 또 시작됐다. 여자가 조심성이 없다는 둥, 서울은 눈 감으면 코 베어 간다는 둥, 독감 걸리면 죽는 사람도 있다는 둥…… 끝이 없는 잔소리가 시끄러울 법도 한데 현수는 짜증보다는 당황하는 감정이 앞섰다.

이 남자, 정말 왜 이러지?

의아함이 담긴 현수의 시선을 눈치챘는지 승민이 한결 누그러진 목소리로 물었다.

"일은 할 만하냐?"

아아. 미안해서 그랬구나.

본사에서 같이 근무하자고 데리고 왔는데 안산 공장에서 일을 하게 된 것이 승민은 못내 마음에 걸렸던 모양이다. 이렇게까지 오버를 하면서 미안해할 필요는 없는데. 의외로 순진한 사람이라는 생각이 들어서 웃음이 나왔다.

"네, 재미있습니다. 팀장님도 좋으시고."

"용접이 뭐가 재미있어. 일 험하고, 눈 나빠지고……."

승민이 데리고 간 곳은 백화점이었다. 백화점에 있는 커피숍이라도 가려나 보다, 생각했는데, 승민은 2층에 있는 여성복 매장으로 향했다. 여성들이 많은 여성복 매장에서 승민의 존재는 눈에 띄었다. 훤칠한 키에 흰 피부를 가진 승민을 손님들이나 점원들이나 흘끗흘끗 쳐다봤다.

저들끼리 속닥거리며 승민을 구경하는 그들의 모습을 보자, 학창 시절 여학생들이 진혁을 보고 꺅꺅거리던 모습이 떠올랐다. 그 당시 진혁은 거의 왕자님 대우를 받았었다.

'이 남자가 그렇게 잘생겼나?'

턱선이 가늘고 여자처럼 생긴 얼굴은 현수의 취향이 아니었다. 예쁘게 생기기는 했지만 남자다운 구석은 전혀 없는 그 얼굴이 현수의 눈에는 아무런 감흥을 주지 못했다.

승민의 얼굴을 훔쳐보던 시선이 입술에서 멈췄다. 피를 머금은 듯 붉은 입술은 약간 말라 있는 상태. 피곤해서 그런지 입술 가장자리가 터 있었다. 그리고 보니 저번에 입술에 닿은 느낌이 거칠했었던 것 같다.

불현듯 떠오른 입맞춤의 기억에 현수는 우뚝 멈춰 서고 말았다.

입술을 눌렀던 까칠하고도 뜨거운 감촉이 생생하게 떠올랐다. 그리고 함께 덮쳐 온 승민의 향기도. 남성용 스킨 냄새와 승민만의 체취가 섞인 향기가 떠오르자 문득 숨이 막혔다.

현수가 걸음을 멈춘 걸 깨달은 승민이 현수에게 다가왔다. 승민에게서는 여전히 그 향기가 났다. 그 향기는 그날의 기억을 동반해 현수의 가슴을 옥죄었다. 심장이 멎은 것 같기도 하고, 거칠게 뛰는 것 같기도 한 모순되는 감각이 현수를 에워쌌다.

"왜 그래?"

붉은 입술이 움직였다. 현수는 그 입술에서 시선을 뗄 수가 없었다. 그 입술이 만들어냈던 간질거리는 감촉. 그것을 한 번 더 느끼고 싶었다.

"어디 아파?"

승민이 현수의 이마에 손을 얹었다. 현수는 그 손을 뗄 생각도 하지 못했다.

자신이 어떤 생각을 하고 있는지 깨달았다. 절대로 해서는 안 되는 생각이었다. 또 한 번 입맞춤을 하고 싶다니. 임자가 있는 남자와 키스를 하고 싶다는 생각을 하는 자신이 역겨웠다.

'나 진짜 왜 이래?'

세상에서 가장 더러운 여자는 불륜을 하는 여자. 애인이 있는 남자를 건드리는 여자. 그렇게 생각하면서 살아왔다. 그런데 지금 자신이 그 더러운 여자가 하는 짓을 하고 싶어 한다.

'안 돼, 정현수.'

현수는 승민에게서 떨어지기 위해 한 걸음 뒤로 물러났다. 부질

없는 시도였다. 승민이 이상하다는 표정으로 현수에게 다가섰고 승민과의 거리는 솜 선보나 가까워졌다.

　사람들의 시선에 온몸이 따끔거렸다. 모두가 현수를 비난하는 듯 느껴졌다.

　너 지금 뭐 하는 거니?

　그 남자 애인 있잖아.

　그런 남자랑 키스를 하고 싶다는 거야?

　두 사람의 사정을 알 리 없는 사람들인데 그렇게 질책하는 것만 같았다.

　"가, 갈래요."

　현수는 돌아섰다.

　"어딜 가?"

　승민이 현수의 손목을 붙잡았다. 현수는 승민의 표정을 보고 싶었다. 하지만 똑바로 볼 수 없었다.

　"약속이 있어서요."

　"그 약속 나랑 한 거잖아."

　"아니요. 저…… 선약이 있었습니다. 그걸 깜빡했어요. 마승민 씨랑 한 약속이 나중 약속입니다."

　"거짓말 마."

　승민이 현수를 끌어당겼다.

　"정말 왜 그래?"

　의도하지 않았는데 승민과 눈이 마주쳤다. 걱정이 담긴 검은 눈동자가 현수를 향하고 있었다. 검은 눈동자는 마치 흑진주처럼 아름답게 빛났다. 이 남자의 눈동자가 아름답다는 생각을 도대체 언제부터 하기 시작했을까.

"가야겠어요. 아픕니다."

"아파? 거봐. 감기 걸린 거지?"

"그런가 봐요. 갈래요."

"가긴 어딜 가? 병원 가야지."

"아뇨, 됐습니다. 그냥 약 먹고……."

"정현수. 너 정말 왜 그래?"

승민의 입술을 한 번, 그리고 그의 눈을 한 번 바라봤다. 현수의 입술이 멋대로 움직였다.

"나는……."

하지만 간신히 참았다.

말하면 안 돼.

입술이 만들어 내려는 말은 이미 알고 있었다. 하지만 해서는 안 되는 말이었다.

"마승민 씨가 싫습니다."

마음과는 반대되는 말을 내뱉었다. 착각인지는 모르겠지만 순간, 승민의 눈이 상처를 입은 듯 보였다. 그 모습에 현수도 상처를 받았다. 자신이 한 말이 그대로 되돌아와 현수의 심장에 박혔다.

"그러니까 소중한 주말을 같이 보내고 싶지도 않습니다."

"……."

"가겠습니다."

승민의 손에서 힘이 빠졌다. 현수는 승민의 손을 떨쳐냈다. 걸어가는 등 뒤로 승민의 시선이 느껴졌다. 서둘러 빠져나가고 싶었다. 그러나 도망치는 것처럼 보이고 싶지 않았다. 가슴에 닦은 감정을 그에게 들킬 수는 없었다.

현수는 천천히 백화점을 빠져나왔다.

언제부터일까? 언제부터 그런 감정이 자리를 잡은 걸까?

현수는 도저히 알 수 없었다.

싫은 사람이었다. 거만하기 짝이 없고 자기만 아는 귀찮은 남자. 이중인격인 데다가 연인이 있으면서 다른 여자에게 입을 맞추는 나쁜 남자. 곱상한 얼굴에 호리호리한 체구를 가진, 현수가 딱 싫어하는 스타일의 남자.

그게 승민이었다.

그런 남자에게 이런 감정을 갖게 될 줄은 몰랐다.

사랑을 해 본 적은 없지만, 이것이 사랑이라는 걸 모를 정도로 바보는 아니다.

승민과의 만남이 기다려졌다. 승민과 함께인 채영을 보면 뱃속이 당겼다. 승민과의 입맞춤이 당혹스럽기는 해도 싫지는 않았다. 승민이 풀 죽은 모습을 보면 기운을 차리도록 뭐든 해 주고 싶었다.

'대체 왜 그런 남자를?'

첫 만남부터 좋지 않았다. 멋있을 구석도, 매료될 구석도 없는 남자였다. 그런데 사랑하게 되어 버렸다.

도대체 언제부터 이런 감정이 생긴 건지 아무리 고민을 해도 알수 없다. 사랑에 빠질 만한 순간이 전혀 없었다.

승민과 함께했던 시간들을 떠올려 봤다.

고물상에서 프라이팬과 수저를 찾아내고 좋아하던 모습은 꽤 귀여웠던 것도 같다. 굉장한 자동차를 만들어 내겠다고 눈을 빛내던 모습은 멋있었다. 현수를 본사에서 근무하게 해 주지 못해 미안해하는 모습은 인간적이었고 오늘 현수의 감기 걱정을 하며 투덜거리던 모습은 다정했다.

'그런 것 때문에? 단지 그런 것 때문에 좋아하게 된단 말이야?'

연인이 있다는 걸 알면서도 '단지 그런 것' 때문에 사랑에 빠진자신을 이해할 수 없었다. 지금껏 자기 자신이 이렇게까지 혐오스럽게 느껴진 건 처음이다.

채영이 독기 어린 시선을 보낼 만도 했다. 같은 여자인 채영은현수가 승민에게 품고 있는 마음을 눈치챈 게 틀림없었다. 현수도깨닫지 못했을 때부터.

'안 돼.'

현수는 마음을 다잡았다.

'절대로 안 돼.'

연인이 있는 남자를 사랑하다니. 그건 절대로 안 될 일이다. 절대로.

이미 사랑하게 되어 버린 건 어쩔 수 없으니, 이 마음을 서둘러없애 버려야만 한다. 두 번 다시 승민에게 그런 여자 같은 모습을보이며 도망치는 일은 없어야만 한다.

같이 일하기로 했으니까 안 볼 생각은 없다. 그러니까 아무도 눈치 못 채도록 이 마음을 정리해야만 했다.

"우리 쑤. 나 버린 줄 알았는데 나 몰래 여기까지 찾아오다니, 감동이야!"

예고도 없이 집으로 밀어닥친 현수를 진혁은 따뜻하게 맞아 주었다. 현수는 말없이 들어가 소파에 앉았다. 현수의 상태가 심상치 않다는 걸 느꼈는지 진혁은 장난을 치지 않고 현수의 옆에 앉았다. 진혁이 허벅지를 툭툭 두드렸다. 현수는 진혁의 허벅지를 베고 누웠다.

진혁이 현수의 머리를 쓰다듬었다.

"일 많이 힘드냐?"

"그냥 그래. 남자로 태어났으면 좋았을 뻔했어."

'그러면 그 남자한테 이런 감정도 안 느꼈을 테니까.'

라는 말은 하지 않았다.

전에는 아버지에게 인정을 받고 싶어서, 또 여자라서 제한을 받는 것이 많으니까 남자로 태어났으면 좋겠다는 생각을 했다. 그런데 지금은 단지 한 남자 때문에 그런 생각을 한다. 그게 우스웠다.

"남자로 태어나는 거, 은근 안 좋아. 군대도 가야 하고, 결혼하려면 집도 장만해야 하고."

"결혼할 생각은 있고?"

"졸업하고 돈 좀 벌다가 괜찮은 여자 만나면 해야지. 왜? 나랑 결혼하고 싶냐?"

"끔찍한 소리는 하지도 마. 꿈에 나올라."

"세찬 형님이랑은 어때? 잘 지내?"

"그냥…… 가끔 만나."

"좋은 사람이더라."

"응, 좋은 사람이지."

세찬은 좋은 사람이다. 다정하고 부드럽고 어른스럽다. 게다가 현수를 좋아해 주기까지 하고, 연인도 없다. 사랑에 빠진다면 세찬에게 빠지는 게 좋았을 텐데, 왜 하필이면 승민을 사랑하게 된 건지 모르겠다.

"그럼 이런 날엔 세찬 형님 만나서 놀아. 세찬 형님을 만나는 거라면 날 버려도 상관없다. 아주 버리면 슬프겠지만."

"버리긴 누굴 버려? 그리고…… 세찬 오빠랑 나는 그런 사이도 아냐."

"남녀가 가끔 만나서 밥 먹고 헤어지고, 그러다 보면 언젠가 특별한 사이로 발전을 하게 되는 거지."

"그런가?"

"마음을 좀 열어둬. 너무 꽁꽁 닫으면 찾아올 사랑도 안 찾아와. 너 이제 스물 중반인데, 한 번쯤은 연애 경험이 있어야 되지 않겠냐?"

진혁의 조언을 들으며 생각했다.

마음을 너무 열어서 탈이야. 너무 열어둔 탓에 연인이 있는 사람을 좋아하게 됐거든. 좋아할 일 절대로 없을 거라고 생각한 사람을 좋아하게 되어 버렸거든.

차라리 사랑이라는 것을 깨닫지 못했을 때가 나았다. 그때는 승민을 떠올려도 알싸한 고통은 없었으니까. 만나기로 한 날을 기대하면서도 그 사실을 부정하지 않아도 됐으니까. 그냥 순수하게 승민을 만나고 툭탁거릴 수 있었으니까.

이제는 승민을 어떻게 대해야 할지 모르겠다. 무슨 짓을 해도 승민을 좋아하는 것처럼 보일까 봐 걱정이 됐다. 대답을 해도, 대답을 하지 않아도, 웃어도, 웃지 않아도, 만나도, 만나지 않아도…… 승민이 좋아서 그러는 것처럼 보일까 봐 두려웠다.

사랑에 빠지지 않은 여자는 어떤 식으로 행동할까? 이제는 그조차 고민이 되었다.

결론이 나온 건 진혁의 집을 나설 때였다.

"힘내, 쑤. 우리 쑤가 울적해 보이니까 내가 다 힘이 빠지네."

진혁은 나가려는 현수를 뒤에서 끌어안고 말했다. 귓가에 진혁의 숨결이 닿았지만 승민과 있을 때처럼 야릇한 기분이 들지 않았다. 현수는 귀찮다는 듯 한 손을 휘이 저어 진혁을 떼어 버리며 생각했다.

'그래, 진혁이를 대할 때처럼 대하자.'

"넌 돌팔이야."

친구의 느닷없는 폭언에도 재우의 여유로운 표정은 변하지 않았다. 재우는 잔에 술을 채우고 나서 담배를 입에 물었다. 친구의 여유로움에 기분이 나빠졌는지 승민이 재우의 손에서 담배를 낚아챘다.

"내 앞에서 담배 피우지 마."

재우는 무시하고 새 담배를 꺼냈다.

"내 앞에서 담배 피우지 말랬지?"

승민이 으르렁거렸다. 재우는 피식 웃으며 손가락에 끼운 담배를 흔들었다.

"너 때문에 한국까지 왔다. 네 증상 지켜보려고 한국에 남아 있고. 그러면 이 정도는 이해해 줘야 되는 거 아니냐?"

승민은 여전히 기분이 나쁜 눈치였지만 더는 담배를 빼앗아 가지 않았다. 미국에 있을 때와는 달리 알기 쉬운 승민의 행동에 웃음이 나왔다.

그 마승민이 사실은 이런 녀석이었다니. 지금껏 감쪽같이 속았다.

"오늘은 또 뭔데? 나 바쁘다."

"휴가 즐기는 녀석이 뭐가 바빠? 돌팔이 주제에 병원에서 일하는 것도 신기하다."

재우는 투덜거리는 승민을 가만히 지켜봤다. 승민은 한참 구시렁거리다가 너무 흐트러진 모습을 보였다고 생각했는지 허리를 곧게 세웠다. 어느새 미국에서의 바로 그 표정으로 돌아간 승민이 진지하게 말했다.

"네가 말한 대로 해 주고 싶은 거 해 주려고 만나자고 했어. 그런데 그 여자가…… 오늘…….."

승민은 떠올리기만 해도 괴로운 듯 미간을 좁혔다.

"내가 싫대."

"싫대?"

"응. 소중한 주말을 같이 보내고 싶지도 않대."

"흐음."

"그 여자가 나 싫다는 말은 진짜 자주 했거든. 그런데 오늘은…… 뭔가 달랐어. 그 말을 하는 눈빛이…… 하여간 오늘은 달랐어. 더 다른 건 여기야."

승민이 가슴에 손을 얹었다.

"여기가 아프더라. 오늘은."

"음."

"다른 때라면 잡았을 텐데, 오늘은 잡지도 못하겠더라. 현수가 그렇게 돌아서서 가 버리는데…… 따라가지도 못하겠더라고."

'그 여자의 이름이 현수인가?'

평생 볼 일 없을 줄 알았던 승민의 괴로운 낯빛을 보며 재우는 생각했다. 눈앞에 보이는 승민의 모습 하나, 하나가 현실적이지 않아서 자꾸만 다른 생각을 하게 된다.

정말 마승민인가? 얘가 진짜로 자기 잘난 맛에만 살던 내 친구 마승민이 맞나?

"현수 씨가 널 왜 싫어해? 이유는 들어봤냐?"

"이유? 글쎄……."

표정을 보니 짐작 가는 일이 많은 것 같다. 하지만 승민은 그것을 입 밖으로 꺼내지 않았다.

'이 녀석은 현수 씨한테 무슨 짓을 해댄 거지?'

여자한테는 한없이 정중하고 예의 바르게 행동하던 승민이다. 현수라는 여자한테도 다르지는 않았을 거라고 생각했는데 그게 아닌 모양이다. 하긴. 현수와 사귀지도 않는데 입맞춤을 했을 정도니, 말 다했다.

'하지만 입맞춤 한 번 한 것 정도로 싫어한단 말이야? 뭐, 처음부터 엄청 싫은 남자였으면 그럴 만도 하지만…….'

"어떻게 해야 되지? 이젠 날 만나기도 싫어하는 것 같아. 일단 만나야 해 주고 싶은 걸 해 주든, 안 해 주든 할 거 아냐."

승민은 알고 있을까?

오늘 승민은 현수에게 느끼는 감정을 얘기하는 내내 한 번도 정신병이라는 말을 꺼내지 않았다. 승민은 사랑에 빠져 어쩔 줄을 몰라 하는 평범한 남자처럼 보였다.

"오늘 현수 씨한테 뭘 해 주려고 했는데?"

재우의 지적에 승민이 정신을 차렸다.

"원래는…… 디자인화를 보여 주려고 했지. 아니, 사실 그건 거짓말이고…… 서울 구경이나 시켜 주려고 했어. 그런데 현수가 겉옷이 없더라고. 날씨도 쌀쌀한데. 이런 날씨에 감기 걸렸다가 앓아누우면 어쩌냐? 이제 막 취직해서 병가를 내는 것도 눈치 보일 텐데. 게다가 현수는 고집이 있어서 아파도 기어코 출근했을걸?"

승민은 변명을 주절주절 늘어놨다.

"그래서?"

"그래서…… 옷을 좀 사주려고 백화점에 데리고 갔어. 그런데…… 진짜 아무것도 안 했거든? 그냥 매장에 올라가서 돌아보려던 참이었는데 갑자기 가겠다는 거야. 싫어하는 나와 소중한 주말을 같이 보내고 싶지 않다면서."

"네가 억지로 데리고 나온 거 아냐?"

"아니야. 분명히 약속을 했다고! 약속했고, 대충 일어날 시간이라서 데리러 갔고. 모시러 가기까지 했는데 갑자기 내가 싫어진 이유가 뭐냐고!"

분통을 터뜨리는 승민을 보며 재우는 생각에 잠겼다.

현수가 승민을 정말로 싫어했다면 승민과 함께 일을 하기 위해 고향을 떠나지도 않았을 것이다. 승민을 따라 서울에 올라왔고, 승민이 만나자고 하니 만나기까지 했다.

'그러다가 갑자기 싫다고 했다라…….'

현수를 만나 본 적이 없으니 확신하기는 힘들었다.

'지난번에 망치를 들었다고 했지. 좀 과격하고 드센 스타일에 고집이 세고…… 그럼…….'

재우는 승민의 얼굴을 살펴봤다. 흰 피부, 갸름한 눈과 오뚝한 코, 붉은 입술. 같은 남자가 보기에도 단정하고 매력적인 얼굴이다. 게다가 키도 크고 어깨가 넓어서 옷을 입으면 모양새가 좋았다. 승민의 외모에 열광하는 여자들 여럿 봤다.

'그 여자라고 다르지는 않겠지. 저 곱상한 얼굴에 반했을지도…….'

그 현수라는 사람이 눈치가 없고 둔한 편이라면 승민과 마찬가지로 자신의 감정을 뒤늦게 알아챘을지도 모르겠다. 고집이 있는 여자 같으니까 승민에게 반했다는 걸 알리고 싶지 않아서 싫다는 말을 내뱉고 도망쳤을 가능성이 있다.

"그녀를 위해 뭔가를 해 주고 싶다…… 그 생각은 여전한 거지?"

결론을 낸 재우가 말했다.

"그래. 변함없어."

"그럼 현수 씨가 뭐라든 해 주고 싶은 건 계속 해 줘."

"내 꼴도 보기 싫다잖아."

"뭔 상관이야. 어차피 네 병을 고치기 위한 건데 살려면 무조건 해야지."

"병?"

"정신병이라며, 그거."

"아, 그래…… 병. 병이었지…… 그래서 네놈 얼굴을 보고 있는 거지."

승민은 자신이 재우를 찾은 이유를 그제야 깨달은 듯 혼란스러운 표정이었다. 승민의 눈동자가 재우의 손에 들려 있는 잔을 향했다. 채워진 술처럼 승민의 검은 눈동자도 넘실거렸다. 넘실거리던 검은 물결이 잠잠해지자 승민의 입술에 자조적인 미소가 떠올랐다.

"병 아니었네."

재우는 묵묵히 승민을 지켜봤다.

"병은 뭔 놈의 병……."

승민이 두 손으로 머리를 거머쥐었다.

"빌어먹을. 왜 그런 여자를……."

그런 여자가 아니었다. 현수는 '그런 여자' 따위가 아니었다.

첫 만남은 좋지 않았다. 두 번째 만남 역시 좋지 않았다. 그러나 그 좋지 않은 만남은 특별했다. 승민은 현수에게 자신의 모든 것을 여과 없이 보여 줄 수 있었고, 그것은 승민을 편하게 만들어 주었다.

현수와 함께 있으면 자신을 포장하지 않아도 됐다. 현수는 그런 승민을 황당하게 쳐다봤지만 비난하지는 않았다. 그래서 더 편안했다.

회사를 그만두고 괴로울 때 현수를 찾아간 이유는 편했기 때문이다. 괴로운 모습을 보여도 괜찮으니까, 절망한 모습을 보여도 괜찮으니까. 그런 모습을 보였더니 현수는 승민을 데리고 고물상에도 가고 닭장에도 갔다. 경치가 좋은 계곡에도 데리고 갔다. 현수에게 휘둘려 여기저기 다니다 보니 회사 생각은 사라지고 현재에 집중할 수 있었다.

쓸 만한 고물을 찾는 일, 닭장의 닭들을 피하는 일, 험한 산길을 걷는 일. 그리고 정현수.

현수와 있을 때면 오롯이 현수에게 집중되는 마음을 깨달았다. 디자인이라든가, 자동차라든가, 최민석 과장이라든가…… 늘 승민을 지배하고 있는 문제들은 깨끗이 사라지고, 눈앞의 여자에게 집중했다. 연한 갈색의 깨끗한 눈동자, 오밀조밀 자리 잡은 이목구비와 도톰한 입술.

"나…… 사랑하고 있네."

"그래, 사랑하고 있지."

재우는 얄미울 정도로 담담하게 대꾸했다.

사랑하고 있다.

그렇게 생각하니 모든 것이 이해가 됐다. 현수와 세찬이 함께 있는 걸 볼 때마다 가슴 근처가 답답해지는 것. 다른 사람이 아닌 현수를 놀라게 할 만한 디자인을 하고 싶었던 것. 현수와 같은 회사에서 일하고 싶었던 것. 못 만나는 일주일 동안 끊임없이 그녀를 그리워했던 것. 질투와 욕심이라는 감정이 단 한 사람에게 집중되고 있었던 이유가 모두 설명이 되었다.

"사랑하는구나."

그 단어를 입 밖에 내는 것만으로도 가슴이 벅찼다.

"나는 현수를 사랑해."

승민은 새로운 걸 깨달은 사람처럼 자꾸만 그 말을 되뇌었다.

"나는 현수를 사랑하고 있어."

"그래, 그래."

재우가 어린애를 달래듯 고개를 끄덕였다.

재우는 첫 상담 때부터 눈치채고 있었던 게 분명하다. 하지만 그런 재우를 탓할 마음은 들지 않았다.

만약 그때 재우가 '너 그 여자 사랑하는 거야.'라고 말했다면 승민은 틀림없이 그것을 부정하고 두 번 다시는 현수를 볼 생각도 하지 않았을 것이다. 과격하고 촌스러운 여자를 사랑한다는 오해를 받고 싶지 않으니까.

자신의 꼴이 우스웠다. 그런 이유로 사랑을 부정했다니. 부정했을 뿐 아니라 정신병이라며 바보 같은 변명을 해 댔다니. 이래서야 재우가 승민을 애 취급하고 조롱해도 할 말이 없다.

"미치겠군……."

현수의 옆에 세찬이 있다는 사실이 새로운 의미를 지니고 다가왔다. 현수의 옆자리는 승민의 자리가 아니다. 바로 몇 분 전까지만해도 아무렇지 않게 넘길 수 있었던 그것이 승민의 가슴을 아프게 찔렀다.

승민은 미간을 문지르며 세찬과 함께 있을 때의 현수를 떠올렸다. 세찬의 옆에 있는 현수는 조금 수줍어 보였고 승민과 있을 때와는 달리 얌전했다. 말투도 더 부드러웠다. 아마도 세찬에게는 예쁘게 보이고 싶기 때문이겠지. 예쁘게 보이고 싶은 이유는 좋아하기 때문일 거고.

'그 두 사람, 정말로 사귀는 건가?'

잘 사귀고 있는 연인의 사이에 끼어들고 싶지는 않았다. 게다가 세찬은 좋은 녀석이기까지 했다.

능력 있는 남자. 여자들에게 인기가 있는데도 함부로 여자를 건드리지 않는 남자. 안 좋은 소문 한 번 돈 적 없는 남자. 승민을 배신하게 되어서 미안하다고 고백할 정도로 솔직한 남자.

세찬의 행동을 통틀어 봤을 때 세찬은 좋은 녀석임이 틀림없었다. 다정하고 섬세하니까 현수를 잘 보살펴 주고 이끌어 줄 것이다. 이번 프로젝트를 제대로 해내면 회사 내에서의 위치가 승민보다 높아질지도 모른다. 그렇게 되면 최민석을 잘 설득해 현수를 본사로 데리고 올 수도 있을 것이다.

승민이 못 한 일을 세찬은 할 수 있다. 승민이 못 해 주는 것을 세찬은 해 줄 수 있다.

그렇게 생각하자 자조적인 기분이 들었다. 어느새 손바닥이 땀에 젖어 있었다. 체온은 차갑게 식어가는데 땀이 났다.

승민은 지금껏 자신을 이렇게까지 형편없이 여긴 적이 없었다. 사랑하는 여자를 위해 무엇 하나 해 줄 수 없다는 생각이 승민을 나락으로 떨어뜨렸다. 괴롭고 처참했다.

지금껏 열심히 살아왔다. 내가 최고라고 생각했고 최고가 아니라면 최고의 자리에 서겠다고 결심했다. 하지만 이제 와서 드는 생각은 딱 하나.

'난 뭘 위해서 최고가 되고 싶었던 거지?'

그렇게 발버둥 치면서 살아왔는데 현실은 이거다. 자동차에 자기 이름 붙이면 뭐 하겠는가. 처음으로 사랑하게 된 여자에게 사랑한다는 말조차 할 수 없는데.

여자 때문에 모든 것을 포기하는 녀석들을 심심치 않게 봐 왔다. 여자가 삶의 전부도 아닌데 차였다고 자포자기하는 놈들, 헤어졌다고 자살하려는 놈들을 이해할 수 없었다.

"사랑이나 여자는 인생의 전부가 아니야."

그들에게 해 주고 싶었던 말을 소리 내서 말했다. 재우가 고개를 끄덕였다.

"그럴 수도 있지."

"그럴 수도 있다고?"

"사랑이나 여자가 인생의 전부인 사람도 있고, 사랑이나 여자가 인생의 전부가 아닌 사람도 있는 거지. 안 그래?"

재우의 대답은 의외였다.

재우와 친하게 지낸 건 재우가 승민과 비슷한 인종이었기 때문이다. 재우는 승민에게 워커 홀릭이라고 했지만 그건 재우도 마찬가지였다. 동양인을 부시하는 곳에서 사람들의 감탄사를 자아냈던 재우 역시 승민 못지않은 일 중독자였다. 재우는 항상 최고의 위치를 유지하기 위해 노력해 왔다.

"네가 그런 소리를 할 줄은 몰랐는데."

"내가 왜?"

"너한테 가장 중요한 건 일이라고 생각했거든."

승민의 말에 재우가 빙그레 웃었다.

"그렇다면 넌 나에 대해 잘 모르는 거네. 내가 최고가 되고 싶었던 건, 언젠가 생길 내 가족에게 많은 걸 누리게 해 주고 싶어서거든. 나한테 최고 순위는 항상 사람이었어. 내 사람, 내 가족, 내 여자. 그리고 언젠가 생길 내 아이들. 내 일 때문에 그들에게 소원해진다면 난 언제든 내 일을 포기할 수 있어."

"충격이네. 징그러울 지경이다."

"넌 뭘 위해서 최고가 되고 싶었던 건데?"

그런 건 생각해 본 적 없다. 그냥 최고라는 소리를 듣고 싶었을 뿐이다.

"궁극적으로 바라는 게 있을 거 아냐. 설마…… 그냥 사람들을 내려다보고 싶다는 이유로 최고가 되고 싶었던 건 아니겠지?"

"그게…… 나쁘냐?"

"누군가에게 피해를 주지 않는다면 나쁘지 않지."

"그래."

"그 '누군가'에는 너 자신도 포함이 돼. 최고의 위치에 앉았는데도 네 가슴이 충족되지 않고, 무언가를 더 원하게 된다면…… 그건 나쁜 거지. 허영심인 거야."

"허영심이 뭐가 나빠?"

"벗어날 수 없으니까 나빠. 아무리 좋은 차를 타도 더 좋은 차를 바라게 되니까. 자신을 한껏 꾸며도 더 잘 꾸며야 하니까. 그걸로 끝나면 다행인데…… 싸구려 자동차를 탄 사람을 비웃게 되고, 못 꾸민 사람을 조롱하게 되니까. 그럴 수 있는 위치에서 절대로 내려오기 싫다고 생각하고, 점점 더 헤어 나올 수 없게 되니까. 그러다가 결국은 허영심 자체에 잡아먹혀서, 너 자신을 잃게 되니까 나쁜 거야. 안 그래?"

재우의 판단은 정확했다.

"하지만 누군가를 위해 최고가 되고 싶을 때는 상황이 달라지지. 그 사람이 최고의 기분을 느끼면 되는 거니까 자신을 낮추는 법, 타인의 기분을 생각하는 법을 배우게 되거든."

"그런가."

"최고를 위한 최고가 되어야만 한다고 생각하면 너도 지치게 될 거야. 중요한 건 무엇을 위한 최고가 되려는가, 그거지."

나는 무엇을 위해 최고가 되고 싶은 걸까?

전에는 생각해 본 적도 없었던 것이 인생에서 가장 큰 질문이 되었다. 재우의 말을 이해하고, 또 그걸 받아들여 스스로에게 물을 만큼 승민은 성장했다.

모두가 치켜세워 주는 삶을 살아왔다. 외모도, 능력도 부족함이 없었다. 사회생활을 하면서 몇 번씩 한계에 부딪히고 한 여자를 만나 사랑하게 되면서부터 승민의 시야는 그 자신도 모르는 새에 조금씩 넓어지고 있었다.

"컴퍼스 콤플렉스라는 말 아냐?"

승민이 물었다.

"처음 듣는데?"

"그렇겠지. 우리 아버지만 사용하는 말이니까."

언젠가 승민을 보면서 마 교수가 했던 말이다.

　　—승민이 넌 컴퍼스 콤플렉스야.

그때 자신은 아무것도 모르는 모습을 보이고 싶지 않아서, 마 교수 앞에선 한껏 아는 체를 했다.

　　—그럴지도 모르죠. 하지만 심각하진 않습니다.

그렇게 대답하고 인터넷으로 컴퍼스 콤플렉스에 대해 검색을 해보니 나오는 게 없었다. 나중에 마 교수를 찾아가서 무슨 뜻이냐고 물어보자 잘난 체를 했던 승민을 비웃으며 설명해 주었다.

　　—컴퍼스라는 물건은 원을 그리잖아. 작게도, 크게도 원을 그릴 수가 있지. 그런데 그 원은 아주 작아질 수는 있지만 무한대로 커지진 않아. 컴퍼스의 최대 크기, 딱 거기까지만 커질 수 있는 거지.

승민은 그 당시 마 교수에게 들었던 설명을 그대로 재우에게 말해 주었다. 재우는 진지하게 승민의 설명을 들었다.

"사람들은 보통 작은 크기의 원을 그려. 중간 크기의 원을 그릴 수도 있고. 그런 사람들은 늘 이야기를 해. 나는 이보다 더 나아질 수 있고, 더 나은 존재라고. 더 대단한 일을 할 수 있고, 그걸 넘어서서 최고가 될 수 있다고. 나에게는 한계가 없다고. 하지만 그렇게 말하는 사람들도 결국은 컴퍼스의 크기라는 한계를 가지고 있는 거야. 컴퍼스를 최대한으로 벌린 크기, 거기에 한계점을 두는 거지. 자신도 모르는 새에."

"나는 슈퍼맨이다, 라고 말하면서도 사실은 진짜로 날 수 있을 거라고는 생각하지 않는, 그런 걸 말하는 건가?"

"그래. 나는 최고의 디자이너가 될 거고 그럴 자신이 있어, 라고 말하지만 실상 마르첼로 간디니를 뛰어넘을 수 있을 거라는 생각은 안 할 거라는 거야. 그런 사람은 될 수 없고, 될 리도 없다는 전제를 깔아 두고 시작한다는 거지."

"너도 그렇게 생각하고?"

"아버지한테 설명을 들었을 때만 해도 말도 안 된다고 생각했지. 난 한계를 정해 두지 않았다고, 늘 내 자신을 최고라고 생각한다고. 그런데 얼마 전에 회사에서 안 좋은 일을 당하고 그만두겠다고 결심을 한 적이 있어. 그런 경험을 하면서 내가 나 자신을 최고라고 생각하는 것이 얼마나 위태로운 기반 위에 쌓아 올린 자신감인지 깨닫게 됐지. 내가 나 자신을 정말 대단한 인간이라고 생각했다면 상사가 내 디자인 뺏어 갔다고 무너지는 일도, 회사를 관두고 본가에 들어가서 빈둥거리는 일도 없었을 테니까."

"컴퍼스 콤플렉스를 극복하는 방법은 뭔데?"

"없어."

"없다고?"

"응, 없대. 컴퍼스 콤플렉스는 그리 나쁜 게 아니래. 사람이라면 누구나 가지고 있는 콤플렉스. 벗어나면 좋지만 벗어나지 못해도 나쁘지 않은 그런 콤플렉스라더라. 다만 컴퍼스를 더 넓게 펼쳐 줄 사람, 컴퍼스가 그릴 원의 최대 크기를 알려 줄 사람, 컴퍼스를 더 크게 만들어 줄 사람을 만나면 최고의 행운아인 거래."

"현수 씨는 어때?"

재우의 질문에 승민은 피식 웃음이 나왔다. 현수는 어떨까? 그런 식으로 생각을 해 본 적은 없다. 사랑한다는 것도 이제야 알게 되었는데 컴퍼스를 크게 만들어 줄지, 작게 만들어 줄지 어떻게 알겠는가.

"지난번에 회사 관두고 본가에 내려갔을 때 현수를 찾아갔어."

승민은 그날 있었던 일을 이야기했다. 오래된 고물상, 수많은 닭들이 점령한 닭장. 그랬더니 재우가 고개를 끄덕이며 중얼거렸다.

"좋은 여자네."

"그래, 좋은 여자야. 지금까지는 깊이 생각해 본 적이 없어서 몰랐는데…… 나는 현수랑 있으면 숨통이 트여. 현수가 내 컴퍼스를 어떻게 해 줄지는 모르겠어. 그저…… 나는……."

현수를 처음 만났던 날을 떠올렸다. 보닛을 끌어안는 현수를 보며 황당해했던 감정이 이런 식으로 변하게 될 줄은 몰랐다. 그때만 해도 두 번 다시는 안 볼 사이일 거라고 생각했었는데.

사람 일이란 어떻게 될지 모른다는 말을 실감하며 승민은 말을 이었다.

"나는 현수를 만나서 다행이라고 생각해."

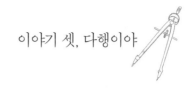

이야기 셋, 다행이야

현수를 만나서 다행이라고 생각한다.

재우와 헤어져 차에 오른 승민은 조수석을 바라봤다. 현수가 앉아 있던 그 자리에는 두툼한 백화점 쇼핑백 두 개가 놓여 있었다.

백화점에서 있었던 일을 떠올렸다.

백화점에 들어온 뒤부터 현수의 상태가 좋지 않았다. 하얀 볼이 발그레 달아오른 걸 보고 역시나 감기에 걸렸다고 생각했다.

외지에서 살아본 적 없는 그녀에게 날씨가 추워질 테니 따뜻한 옷을 챙겨 오라고 미리 말했어야 했던 거였다. 현수와 함께 서울에 올 생각에 들떠 사소한 부분을 챙겨 주지 못한 자신을 질책했다. 사실 옷을 챙겨 오는 건 현수가 알아서 해야 하는 일인데 왜 자신을 나무라게 되는지 모르겠다.

평소에는 현수의 입술을 보면 키스를 하고 싶은 충동에 휩싸이

곤 했다. 그러나 백화점에서는 아파 보이는 현수가 걱정이 되어 그런 충동 따위는 느끼지 않았다. 그런데도 돌아온 건 '나 당신 싫어!'라는 현수의 한마디였다.

당혹스러움보다 아픔이 더 컸다. 선명한 갈색 눈동자가 승민을 똑바로 응시하며 승민을 밀어내려 했다. 그것이 아팠고, 그 아픔이 당혹스러워서 떠나는 현수를 잡지 못했다.

그렇게 가 버린 게 미울 만도 하건만, 승민은 애초의 예정대로 옷을 사러 매장에 들어갔다. 자신의 아픈 마음보다도 현수의 건강 상태가 걱정이었다.

따뜻한 점퍼와 카디건을 하나씩 사고 계산을 하려다가 옆에 걸려 있는 원피스에 시선이 갔다. 무릎 위까지 오는 단정한 A라인 원피스. 인디언 핑크 색상이 현수의 연갈색 눈동자와 잘 어울릴 것 같다는 생각이 들었다.

그것도 집어 들어 카운터 위에 올려놓은 건 다분히 충동적이었다. 옷이 담긴 쇼핑백을 받아 든 후에야 현수가 치마를, 그것도 여성스러운 원피스를 입을 리 없다는 것에 생각이 미쳤다.

어쨌든 구입했으니 전해 줄 생각에 현수에게 연락을 하려고 했지만 '싫다'고 말하던 현수의 눈빛이 떠올라 망설여졌다. 게다가 뒤늦게 찾아온 자존심이 승민을 부추겼다.

'사람 많은 데서 그런 취급을 받았는데도 챙겨 주고 싶어?'

그래서 승민은 현수 대신 재우의 휴대폰 번호를 눌렀던 거였다.

쇼핑백은 아까 올려놨던 그 자리에서 가만히 승민의 처우를 기다리는 중이었다. 그러고 보니 이 조수석에 여러 번 앉아본 여자는 현수밖에 없다.

자동차를 내 몸의 일부라고 생각한다. 내 몸이니까 아무나 태울 수 없다. 그런데도 현수만큼은 처음 태울 때부터 별다른 거부감이 없었다.

'처음부터 반했던 건가?'

그건 아닌 것 같다.

처음에는 신기한 여자, 이상한 여자, 여자답지 못한 여자라고만 생각했다. 그럼에도 불구하고 현수를 거리낌 없이 차에 태울 수 있었던 건 아마도 '편안한 사람'이었기 때문일 것이다. 못 볼 꼴 다 보여줬으니 더는 감춰 봐야 소용없는 편안한 사람.

'그래, 편해.'

승민은 현수와 함께 있을 때의 자신을 떠올리며 피식 웃었다. 지금까지는 제대로 생각해 본 적이 없었는데, 현수와 있을 때의 승민은 늘 흐트러진 모습을 보였었다. 아니, 흐트러졌다기보다는 있는 그대로의 편한 모습을.

현수에게는 감추지 않고 모든 것을 드러낼 수 있었다.

그러니까 현수를 만나서 다행이라고 생각한다. 현수를 만나지 않았더라면 회사의 부당한 대우를 꾹꾹 눌러 참으며 매일 두통에 시달리는 나날을 보냈겠지. 혹은 회사를 관두고 본가에 들어가 술이나 마시며 재능을 알아주지 않는 사회를 탓하면서 시간을 보냈겠지.

현수의 옆에 세찬이 있다는 것은 큰 문제가 아니었다. 세찬을 이길 자신이 있는 게 아니다. 세찬은 다정하고 배려심이 있다. 현수가 세찬을 좋아한다면 구태여 두 사람을 헤어지게 만들고 싶진 않았다.

그저 현수를 만나서 다행이라고 생각하니까, 현수와 함께 있으면 숨통이 트이고 즐거우니까. 그걸로 족하다.

'그러니까 난 그냥 잘해 주면 되는 거겠지. 사랑의 끝이 꼭 결혼이나 연애로 이어져야만 하는 건 아니니까.'

승민은 미소를 지으며 휴대폰을 들어 현수의 번호를 눌렀다.

현수는 진혁의 집에서 나와 거리를 배회했다. 집에 들어가고 싶은 기분이 아니었다. 이렇게나 많은 사람들이 있는 소란한 거리를 걸으면서도 승민의 생각을 지울 수가 없는데, 아무도 없는 조용한 공간에 들어가면 더할 것만 같았다. 어쩌면 승민이라는 이름에 짓눌려 버릴지도 모르겠다.

좋아한다는 걸 자각하기 전에는 틈틈이 승민의 생각이 떠오르는 정도였다. 하지만 좋아한다는 걸 자각하자 승민의 생각이 머릿속을 꽉 채워 사라질 기미를 보이지 않았다. 다른 생각을 하는 것조차 어려웠다.

어떻게 해야 그에 대한 생각을 떨쳐낼 수 있을까? 맛있는 걸 먹으면, 일을 하면, 책을 읽으면, 게임을 하면, 그러면 그를 향한 생각을 잠시나마 멈출 수 있을까?

바지 속에 넣어 둔 휴대폰의 진동을 깨닫지 못했다. 끊겼다가 울리기를 여러 번 반복한 후에야 전화가 왔다는 걸 깨달았다. 승민일 줄로만 알았다. 그런 식으로 말하고 도망치듯 나와 버렸으니 그 사람 성격에 울컥해서 전화를 했을 거라고 생각했다. 그러나 액정에 뜬 이름은 '박세찬'이었다.

안도와 아쉬움이 반씩 섞인 한숨을 내쉬며 전화를 받았다.

[자꾸 전화해서 미안해. 많이 바빠?]

세찬의 부드러운 음성이 들려왔다.

"아뇨, 그런 건 아닌데……."

그러고 보니 여긴 어딜까? 모르는 새에 알지 못하는 곳까지 와 버렸다.

서울은 어딜 가나 비슷비슷해서 처음 와 보는 곳인데도 익숙한 거리처럼 보였다. 한 블록에도 몇 개씩이나 자리 잡은 휴대폰 대리점, 편의점, 비슷비슷한 것을 파는 식당.

[얼마 전에 매운 갈비찜을 먹었는데 참 맛있더라. 먹으면서 네 생각이 났어. 혹시 오늘 시간 되면 같이 가 보지 않을래?]

"같이요……."

[응, 어려울까?]

"아뇨, 괜찮습니다."

혼자 있는 것보다 누군가와 함께인 것이 나을 것 같았다. 데리러 온다는 말에 근처에 있는 건물들을 설명했다. 세찬은 대충 어딘지 알겠다며 20분 내로 도착할 예정이라고 했다.

전화를 끊고 앉을 만한 곳을 찾았다. 빌딩 앞에 있는 화단에 엉덩이를 걸치고 앉아 고개를 숙였다. 잠깐 기다린 것 같은데 어느덧

20분이 지난 모양이다. 언젠가 봤던 컨버스화가 시야에 들어왔다.

"많이 기다렸지?"

고개를 들자 세찬이 보였다. 목소리만큼이나 다정한 눈빛. 그걸 보자 울컥 눈물이 날 것 같았는데, 그 이유를 알 수 없었다. 한 남자를 제멋대로 좋아하게 되었고 그 남자에게 연인이 있을 뿐이다. 울 이유는 없었다.

세찬이 눈치를 챈 것도 아닌데 민망했다. 손등으로 코를 쓱 문지르며 일어났다.

"별로요. 빨리 오셨네요."

"이쪽 오는 길은 차가 적어서. 무슨 일 있어?"

"아뇨, 아무 일도 없습니다."

"얼굴이 많이 안 좋아 보이네. 일이 많이 힘들지?"

기분이 얼굴에 드러난 모양이다. 이래서야 조만간 승민에 대한 마음을 누군가에게 들켜도 할 말이 없다. 현수는 세찬에게 닿았던 시선을 옆으로 비키며 말했다.

"일은 재미있습니다. 오빠는…… 어때요?"

"나야 뭐."

세찬의 표정이 어두워졌다. 최민석의 팀에 끼게 된 세찬은 승민이 괜찮다고 했는데도 승민을 배신한 기분이 사라지지 않는 모양이다. 일 이야기가 나올 때마다 어두운 표정으로 주제를 돌리려고 했다.

"차 이 앞에 세워 뒀어. 좀 멀리 가야 하는데 괜찮겠어?"

"우리 집보다 멉니까?"

"그건 아니지. 양수리에 가려고."

"네, 좋아요."

차라리 잘됐다.

비슷비슷한 건물들이 솟아올라 하늘을 가린 도시에서 벗어나고 싶었다. 탁 트인 하늘을 보면 기분이 나아지지 않을까. 그런 소망을 품고 세찬의 뒤를 따랐다.

주말이라 그런지 양수리를 방문한 사람들이 꽤 많았다. 그럼에도 서울과 비교하면 조용한 편이었다. 건물들이 가리지 않은 깨끗한 하늘도 아름다웠다.

세찬이 말한 매운 갈비찜 가게는 저수지 근처에 있는 2층짜리 건물로, 앞마당에서 개를 키우고 있었다. 시골에서 흔히 볼 수 있는 황색 진돗개가 방문객을 향해 꼬리를 치며 짖었다.

점심을 먹기에는 늦었고 저녁을 먹기에는 이른 시간이라 그런지 손님은 현수와 세찬이 전부였다. 조용한 가게 안으로 들어가 2층에 자리를 잡았다. 창문 밖으로 고즈넉한 정경이 펼쳐져 있었다. 짧아진 해가 기울기 시작해 오렌지빛 노을을 뿌리고 있었다. 붉게 물든 풍경이 아름다웠다.

갈비찜을 먹는 동안 세찬은 현수에게 이런저런 이야기를 했다. 생각해 보면 늘 그랬다. 현수는 말이 없는 편이라서, 두 사람이 만날 때면 대화를 이끄는 건 늘 세찬이었다. 빠르지도, 느리지도 않은 어조로 여러 가지 이야기를 해 주는 세찬의 음성이 듣기 좋았다.

하지만 오늘은 세찬의 음성을 즐길 여유가 없었다. 현수는 세찬과 한 번도 눈을 마주치지 않고 열심히 밥만 먹었다. 반찬의 존재도 잊고 쌀밥만 퍼먹고 있는데, 밥 위에 잘게 찢긴 고기가 올라왔다. 퍼뜩 정신을 차리고 고개를 들었더니 세찬이 부드럽게 웃고 있었다.

"고기도 좀 먹어. 너무 말랐다."

현수는 고개를 끄덕였지만 밥을 먹는 대신 숟가락을 내려놨다.

"오빠 정말 친절하시네요."

"응?"

"저한테 잘해 주시는 건 정말 감사한데…… 왜 잘해 주시는 건지 모르겠어요."

"네가 나를 뻥 차버렸는데도 말이지?"

세찬이 장난스럽게 물었다. 현수는 어떻게 대답해야 좋을지 몰라 망설이다가 고개를 끄덕였다.

"네. 맛있는 거 사 주시고 데리러 오시고…… 요새 남자랑 사귈 생각 없으면서도 뜯어먹기만 하는 꽃뱀들 많잖아요. 제가 그런 여자라는 생각은 안 드십니까?"

"안 드는데."

"……."

"만나자고 한 것도 나고, 사 주고 싶어 한 것도 나잖아."

"하지만 저는……."

"어장 관리하는 꽃뱀들이랑 네가 다른 점이 뭔지 알아?"

"뭡니까?"

"어장 관리하는 여자들은 여지를 남겨 줘. 네가 나한테 잘해 주면 너랑 사귈 가능성도 있어, 그런 식으로. 하지만 넌 딱 잘라서 거절했잖아. 그게 달라."

"그게 다른가요……."

의미 없이 세찬의 말을 따라했다. 세찬이 힘 있게 고개를 끄덕였다.

"그래. 달라. 널 어떻게 해 보고 싶어서 네게 잘해 주는 게 아니야. 네가 날 거절했지만 나는 네가 좋아. 네가 싫지만 않다면 챙겨주고 싶고 자주 만나고 싶고…… 그런 마음이 있어. 결국 내가 즐거우니까 네게 잘해 주는 거야."

현수는 아랫입술을 깨물었다.

세찬의 친절에 기대기만 하는 것 같아서 미안했다. 그래서 꺼낸 말인데 세찬이 이렇게 분명하게 정의를 내리니 몸 둘 바를 모르겠다. 이것 역시 현수의 마음을 헤아려서 하는 말일 것이다.

왜 내가 사랑에 빠진 남자는 이 남자가 아닐까?

세찬이었더라면 좋을 뻔했다. 부드럽고 다정하고 어른스러운 세찬을 사랑했더라면 이렇게 가슴 근처가 뻐근할 일도 없었을 것이다. 세찬의 고백을 받아들이고 그가 잘해 주는 만큼 현수도 그에게 잘해 주면서 즐겁게 지낼 수 있었을 텐데.

예전에는 세찬의 달콤한 말에 가슴이 설레었던 적도 있다. 좋아해서 그런 걸지도 모르겠다고 생각했는데 지금에 와서 생각해 보면 그건 아니었던 것 같다. 아마도 달콤한 말을 해 주는 근사한 남자에 대한 순진한 여자의 반응이었겠지. 승민에 대한 마음을 알게 된 지금, 세찬에게 더 이상 반응하지 않는 걸 보면.

그래서 세찬에게 더 미안했다.

"만약…… 만약 저한테 연인이 있었다면, 그래도 오빠는 저에게 잘해 줬을까요?"

"글쎄. 상황에 따라 다르겠지. 만약 네 애인이 내 존재를 탐탁잖게 여긴다면 난 널 만나지 않을 거야. 나 때문에 네가 힘들어지는 건 싫으니까. 하지만 그게 아니라면 아마도 계속 잘해 주겠지."

"하지만 그건…… 손해 아닙니까?"

"손해?"

"잘될 가능성이 없는데도 잘해 주는 거요. 어차피 딴 남자의 연인인데도 잘해 주는 건 그만큼 상실감이 크지 않을까요?"

"네가 내 앞에서 웃어 주면 손해 보는 기분은 안 들 것 같은데."

이번에는 타격이 컸다. 세찬의 욕심 없는 솔직한 발언이 현수의 심장을 흔들었다. 현수는 좋아하지 않는 사람의 말에도 두근거릴 수 있다는 걸 처음 깨달았다.

"그런데 그건 왜? 혹시…… 사귀는 사람이라도 생긴 거야?"

"아, 아닙니다. 절대 아니에요."

"흐음."

너무 강하게 부정했나 보다. 세찬의 눈에 의심스러운 기색이 내비쳤다. 현수는 세찬의 시선을 피하며 우물쭈물 말했다.

"그냥 여쭤본 겁니다. 궁금하기도 하고 죄송하기도 해서요."

"미안해하지 마. 내가 좋아서 해 주는 거니까. 그런 이유 때문에 널 못 보면 그게 오히려 괴로울 거야."

현수는 다시 고개를 숙이고 밥을 먹기 시작했다. 세찬이 올려 준 고기의 매콤한 맛이 입 안에 가득 찼다.

"맛있네요."

현수의 말에 세찬이 빙그레 웃었다.

"응, 다행이다."

세찬의 미소는 해 질 녘 노을만큼이나 예뻤다.

식사를 마치고 나오는데 전화가 걸려 왔다. 이번에는 승민이었
다. 현수는 세찬의 눈치를 보며 주차장 구석으로 가서 전화를 받았
다.

[어디야?]

짧은 질문인데 가슴이 떨렸다. 이건 정말 중증이다.

현수는 심호흡을 하고 평소보다 딱딱하게 대답했다.

"나와 있습니다. 무슨 일입니까?"

[……집에 언제 와?]

"늦을 것 같습니다."

무뚝뚝한 대답에 승민의 말이 끊겼다. 전화가 끊겼나 의심이 될
때 승민이 말했다.

[그래, 알았어.]

승민의 목소리가 여느 때와는 달랐다. 현수는 끊긴 휴대폰을 물
끄러미 내려다봤다. 저벅, 발걸음 소리에 정신을 차렸다. 세찬과 함
께라는 사실을 깜빡했다.

통화할 때 어땠을까? 혹시 승민에 대한 마음이 얼굴에 드러나진
않았을까?

당황하는 현수에게 세찬이 아무렇지도 않게 말했다.

"이제 어디 가 볼까? 커피 마실래?"

세찬과 드라이브를 하고, 버섯 모양을 본 따 지어진 카페에서 차도 마셨다. 그러는 내내 승민에 대한 생각이 머리에서 떠나질 않았다. 돌아오는 길은 조금 막혔고 집 앞에 도착했을 때는 밤 11시가 넘은 시간이었다.

"오늘 즐거웠습니다. 바람 쐬게 해 주셔서 감사해요."

"정말?"

현수의 인사에 세찬이 농담처럼 대답했다.

"네, 정말로요."

세찬은 뭔가 더 하고 싶은 말이 있는 듯 바로 떠나지 않았다. 물끄러미 현수를 내려다보던 세찬이 한발 늦게,

"그래, 나도 즐거웠어. 푹 쉬어."

라고 말했다.

세찬의 차가 멀어진 후에 현수는 빌라 안으로 들어왔다.

엘리베이터 버튼을 눌렀다가 가장 윗층에 있는 걸 보고는 계단을 이용하기로 했다. 서울에 올라온 후에는 일하느라 운동도 제대로 못 했다. 내일은 조깅을 할 만한 장소를 알아봐야겠다.

운동하는 기분으로 계단에 올라 비상구 문을 열었다. 현수의 집 현관문 앞을 비추는 조명 아래에 한 남자가 서 있었다.

훤칠한 키에 단정한 옷차림.

얼굴을 볼 것도 없이 승민이라는 것을 알았다.

'너무 생각하다 못해 이젠 환각까지 보게 됐나?'

현수는 우뚝 멈춰 서 조명 아래의 승민을 응시했다. 정말 환각이라고 생각될 만큼 아무런 미동도 없었다. 승민은 벽에 가만히 기대어 서서 복도 창문 밖의 어딘가를 바라보는 중이었다. 멀리 있는데도 길게 늘어진 속눈썹이 불빛을 받아 반짝이는 게 보였다.

시선을 느낀 승민이 천천히 고개를 돌렸다. 그리고 현수와 눈이 마주쳤다.

그 순간 승민의 얼굴에 일어난 변화를 뭐라고 해야 할까?

무표정해서 조금은 서늘하게 보였던 얼굴이 부드럽게 젖어들었다. 갸름한 눈이 놀람으로 살짝 커졌다가 애정을 담고 가늘어졌다.

승민은 미소 짓고 있었다.

심장이 쿵 떨어졌다. 승민의 얼굴 전면에 번진 미소가 숨이 막히도록 달콤해서. 가늘어진 눈과 부드러운 원을 그리는 입술이 눈물이 날 정도로 아름다워서.

저렇게도 웃을 줄 아는 남자였구나.

지금껏 봐 오던 것과는 달랐다. 초승달 모양으로 굽어진 눈은 매혹적이었다.

저도 모르게 뒷걸음질을 쳤다. 그대로 서 있다가는 승민의 미소에 잠식되어 두 번 다시는 헤어 나올 수 없을 것 같았다.

"엘리베이터 놔두고 왜 걸어 올라와?"

현수가 피하듯 물러났지만 승민은 기분 나쁜 기색 없이 현수에게 다가왔다. 현수는 또 한 걸음 물러섰다. 이번에는 승민도 미간을 좁혔다.

"안 잡아먹어."

"왜…… 왜 여기에…… 계신 겁니까……?"

목소리가 떨렸다. 쉰 듯한 음성이 자신의 것 같지 않았다.

진혁을 대할 때처럼 그렇게 대하겠다는 각오는 이미 무너지고 없었다.

"여기가 네 땅이냐? 나 좀 있으면 안 돼?"

승민이 투덜거리는 모습은 평소와 같았다. 얼굴 전체에 감돌았던 매혹적인 미소도 사라지고 없었다.

그런데도 심장은 왜 이리 격하게 뛰는 걸까?

심장이 거세게 뛰면 호흡 곤란이 생긴다는 걸 처음 알았다.

"갑자기…… 오셔서……."

"갑자기는 무슨. 아까 전화했잖아."

"오겠다는 말은 안 했잖습니까."

"말했으면 오지 말라고 했을 거잖아."

"그거야 그렇지만……."

"입구에서 그러지 말고 이리로 와. 거긴 너무 어둡다. 얼굴 좀 보자."

승민이 현수의 손을 잡으려 손을 뻗었다. 하지만 현수는 반사적으로 손을 뒤로 감췄다.

"이렇게까지 피하는 건 아무리 나라도 기분이 별로인데."

승민의 음성이 조금 낮아졌다.

아무리 나라도 기분이 별로라니.

평소 뜬금없이, 그리고 시도 때도 없이 성질을 내는 승민이 떠오르자 이런 와중에도 웃음이 나왔다. 현수의 입가에 살풋 미소가 번졌다. 그걸 본 승민의 얼굴에 안도감이 깃들었다.

"뭐가 좋다고 웃어?"

승민의 음성이 평소처럼 변했다. 현수는 기도하는 모양새로 두 손을 꽉 잡았다.

언젠가 세찬이 했던 말이 떠올랐다. 교제 신청을 했던 날, 긴장해서 손에 땀이 찼다는 이야기. 지금 현수의 손바닥도 축축하게 젖어 있었다. 손에 땀이 차는데 손가락 끝은 시렸다.

"무슨 일입니까?"

"이거."

승민이 들고 있던 쇼핑백을 내밀었다. 승민에게 집중하느라 그가 무언가를 들고 있는 줄도 몰랐다. 해성 백화점이라는 로고가 박힌 두 개의 쇼핑백을 보자 백화점에서의 일이 떠올랐다. 승민을 향한 마음을 깨닫고 도망치듯 나온 그때가 아주 오래전의 일처럼 느껴졌다.

무심코 쇼핑백을 받아 들었다. 크기에 비해 무겁진 않았다. 살짝 벌어진 쇼핑백 사이로 언뜻 인디언 핑크색의 천이 보였다.

"이게 뭐죠?"

"춥잖아. 집에서 옷 챙겨 올 때까지 그거라도 입고 있어."

그렇게 감기 걱정을 하더니 결국 옷을 사 왔나 보다. 승민의 마음 씀씀이에 가슴께가 욱신거렸다.

"괜찮습니다. 전……."

"그냥 받아. 영수증 버려서 환불도 못 하니까."

도로 내미는 현수의 손에 승민의 손이 닿았다. 현수는 움찔하며 쇼핑백을 든 팔을 내렸다. 승민의 손에 닿은 부분이 뜨거웠다.

"따뜻하게 입고 다녀. 건강관리 제대로 못 하는 건 프로답지 못한 거야. 귀찮아도 밥 좀 챙겨 먹고."

"……."

"혹시라도 아프면 미련하게 참지 말고 연락해. 약 정도는 사다 줄 수 있으니까."

그런 건 진혁에게 부탁하면 된다는 말은 하지 못했다. 승민의 음성은 다정했고, 그 다정함이 심장 위에 내려앉았기 때문이다. 심장이 죄었다.

다정한 음성을 들으면서도 심장이 죄는 이유는, 그 다정함을 온전히 받아들일 수 없어서일 것이다. 저 다정함이 현수만을 향한 것이 아니니까. 사실 저 다정함은 다른 여자를 위해서만 존재해야 하는 거니까.

현수는 시선을 아래로 내렸다.

"감사합니다."

"……그래."

승민은 현수의 머리를 쓰다듬으려는 듯 손을 올렸다. 하지만 그 손은 현수에게 닿지 않고 원래의 자리로 돌아갔다.

"쉬어라. 내일 쉬는 날이라 좋겠네."

"……."

"들어가 봐."

"먼저…… 먼저 가세요."

"들어가 봐. 여자 놔두고 혼자 집에 가는 거 아니라고 배웠어."

그런 건 어디서 배우는 거냐고 묻고 싶었지만 말없이 복도를 걸었다. 승민은 한 발 떨어진 뒤에서 현수를 따라왔다. 목덜미에 닿는 시선이 느껴졌다. 아프기도 하고 저릿하기도 했다. 시선이 신경 쓰여 걷는 것에 집중했는데, 너무 집중을 하다 보니 발이 꼬였다. 아차, 하는 순간 앞으로 엎어질 뻔한 것을 승민이 붙잡았다.

승민의 팔이 현수의 허리를 감아 단단히 고정시켰다. 앞으로 기울려는 자세 그대로 현수는 굳어 버렸다. 등에 승민의 가슴이 닿은 게 느껴졌다. 단단하고 뜨거운 가슴이 얇은 옷 한 장 너머로 고스란히 느껴져 숨이 막혔다.

"칠칠맞긴."

승민이 현수를 바로 세워 주었다. 하지만 허리에 감긴 팔은 풀릴 기미가 없었다.

"놔 주……세요……."

"아…… 미안."

승민이 뒤늦게 현수를 놔 줬다. 현수는 서둘러 열쇠를 찾았다. 가방을 뒤지는 손이 가늘게 떨렸다. 지금 느끼는 동요가 승민에게 전해질까 두려웠다. 승민은 무슨 생각을 하는 건지 조용히 현수를 지켜보고 있었다.

눈치챈 걸까? 아니겠지. 손 좀 떨린다고, 열쇠 좀 못 찾는다고, 긴장해서 넘어질 뻔했다고 이 마음을 눈치챈 건 아니겠지.

실제로 승민은 현수의 마음을 눈치채지 못한 상태였다. 평소와 다른 현수의 태도에,

'역시 감기에 걸린 것 같은데…….'

라는 생각을 하고 있을 뿐이다.

현수는 간신히 열쇠를 찾았다. 다행히 한 번에 문을 열었다.

"드, 들어가 보겠습니다. 조심해서 가세요."

"그래. 쉬어."

현수가 들어가는 걸 확인한 후에야 승민이 돌아섰다. 현수는 잠시 현관문을 연 채로 승민이 멀어지는 모습을 지켜봤다. 복도를 걸어가는 승민의 뒷모습이 쓸쓸해 보였다.

"저기요."

승민이 돌아봤다.

"저…… 이거……."

현수가 쇼핑백을 살짝 흔들었다.

"잘 입겠습니다. 감사합니다."

승민의 입가에 옅은 미소가 번졌다. 승민은 알겠다는 의미로 고개를 한 번 까딱이고는 몸을 돌렸다.

현관문을 닫고 들어온 현수는 엘리베이터 소리가 들릴 때까지 현관문에 기대어 서 있었다. 잠시 후 승민이 엘리베이터를 타는 소리가 들렸고, 그다음에야 현수는 크게 숨을 몰아쉬며 주저앉았다.

'나 진짜…… 어떡하지?'

일요일 아침 눈을 뜨자마자 현수는 벌떡 일어나 샤워를 했다. 깨어나자마자 떠오른 승민의 얼굴을 지워 버리기 위해서였다.

'그러고 보니 어제 뭔가 보여 주려고 했던 것 같은데…….'

평소보다 차가운 물로 샤워를 하는데도 승민에 대한 생각이 사라지지 않았다.

어제 승민과 만난 이유는 승민이 무언가를 보여 주고 싶다고 했기 때문이었다. 뭘 보여 주려고 한 건지 이제야 궁금해졌다. 해성 백화점을 보여 주겠다고 일부러 만나자고 한 건 아닐 것이다.

'혹시 쇼핑백에 넣어 뒀으려나?'

지난밤에는 승민을 향한 격한 감정을 정리할 수가 없어서 쇼핑백을 열어 보지도 못했다. 씻고 나와서 쇼핑백을 열어 봤다. 쇼핑백 안에 들어 있는 옷은 현수가 좋아하는 스타일의 점퍼와 카디건. 또 다른 쇼핑백 안에는 인디언핑크색의 원피스가 들어 있었다.

여성스러운 원피스를 보는 순간 현수는 당황했다. 이런 모양의 옷은 입어 본 적 없고, 입고 싶다는 생각을 해 본 적도 없다.

"뭐야, 이거…… 나 주려고 산 거 맞나? 김채영 씨 줘야 하는데 나한테 준 거 아냐?"

그렇게 의심이 될 만큼 차분한 스타일. 현수는 진저리를 치며 원피스를 옆에 내려놓고 다시 쇼핑백을 뒤졌지만, 옷 말고 다른 건 나오지 않았다.

'도대체 뭘 보여 주려고 한 거지?'

고민을 한다고 그 남자의 속을 알 수 있을 리 없다. 승민에게 전화를 걸어 물어보는 게 가장 쉽겠지만 그럴 수는 없었다. 혹시라도 승민이 채영을 만나고 있으면 어쩐단 말인가.

현수는 쇼핑백을 차곡차곡 접어 장롱 안에 넣어 두고 침대에 드러누웠다. 오늘은 침대에 누워서 숨이나 쉬며 시간을 보내는 게 좋겠다.

회의실로 향하는 승민의 팔에 누군가의 손길이 자연스럽게 닿았다. 승민은 걸음을 멈추고 옆에 서 있는 채영을 쳐다봤다. 채영은 생글생글 웃고 있었다.

"왜 그래?"

무뚝뚝한 질문에도 채영의 표정은 변하지 않았다.

"자기, 오늘 얼굴 좋아 보인다. 좋은 일 있었어?"

"별로."

가볍게 대꾸하고 팔을 떼어내려 했지만 채영이 워낙 꼭 붙들고 있어서 그럴 수가 없었다. 여자의 손길을 거칠게 뿌리치는 건 승민의 규칙에 어긋나는 일이었다.

"이번 주 주말에 시간 돼? 나랑 어디 좀 가."

"어디? 아, 그러고 보니 주말에 선은 잘 봤어?"

"그냥 그랬어. 매너가 없더라고. 자기한테 너무 익숙해졌나 봐."

"흐음."

"아무튼 주말에 시간 돼?"

"안 돼."

"왜? 데이트라도 있어?"

"그런 건 아니고. 하여튼 난 회의가 있어서 이만 들어가 봐야겠다. 수고해."

승민은 서두르는 척 자리를 빠져나왔다. 등 뒤로 채영의 시선이 느껴졌지만 신경 쓰지 않았다.

회의실에는 이번에 함께 콘셉트 카 프로젝트를 진행하기로 한 디자이너와 설계팀 몇 명, 그리고 윤석희 과장이 앉아 있었다. 승민은 입구에 서서 모인 사람들을 다시 한 번 점검했다. 다른 디자이너 두 명이 보이지 않았다.

'또인가?'

사실 며칠 전에도 디자이너 한 명과 설계팀 두 명이 다른 프로젝트를 맡게 됐다면서 승민의 팀에서 빠진 터였다. 다른 프로젝트라는 건 어디나 핑계일 뿐, 보나 마나 최민석의 입김 때문이었을 것이다.

디자이너 단 두 명이서는 시간 내에 프로젝트를 진행하기가 힘들었다. 최민석은 도대체 어디까지 방해를 하려는 걸까.

승민의 침통함을 느낀 팀원들이 어쩔 줄 모르겠다는 표정으로 서로의 눈치를 살폈다. 승민은 자신 때문에 팀 분위기가 흐트러지는 걸 바라지 않았기에 애써 표정을 추스르고 의자에 앉았다.

"이렇게 모이니까 우리 꼭 남다른 엘리트 같지 않아? 특별히 선택된 그런 사람들 말이야. 그치?"

윤 과장이 분위기를 반전시키기 위해 화통한 음성으로 말했다. 하지만 분위기는 조금도 나아지지 않았다. 마치 상갓집에 앉아 있는 듯한 느낌이었다. 승민은 테이블 아래로 주먹을 꽉 쥐었다.

"모여 주셔서 감사합니다. 보이지 않는 분들이 있네요."

"아, 대리님. 최영수 디자이너랑 김희진 디자이너는 다른 프로젝트를 하게 돼서……."

본인도 말이 안 된다고 생각했는지 이훈영 디자이너가 말끝을 흐렸다. 승민은 담담히 고개를 끄덕였다.

"그렇다면 어쩔 수 없지요. 인원이 많이 부족할 듯싶은데…… 추천해 줄 디자이너, 혹시 있습니까?"

아무도 대답하지 않았다.

"모터쇼까지 기간이 얼마 남지 않았는데 프로젝트를 진행하기엔 사람 수가 모자라서 벌써부터 걱정이 되네요. 혹시 다른 이유로 팀에서 빠지고 싶은 분은 지금 말씀해 주시면 감사하겠습니다. 눈치보실 거 없습니다."

다들 눈치만 볼 뿐 손을 들지 않았다. 승민은 과연 이들을 믿고 진행을 해도 좋을지 알 수 없었다.

"일단 김채영 디자이너에게 팀에 합류 가능할지 확인해 보도록 하겠습니다. 이대로는 회의가 어려우니 이번 주 수요일에 다시 진행하도록 하지요. 괜한 발걸음 하게 만들어서 죄송합니다."

승민이 자리에서 일어나 깊이 고개를 숙였다. 팀원들은 미안하다는 듯 승민을 쳐다보고는 하나둘씩 회의실에서 나갔다. 이훈영 디자이너만 우물쭈물 승민에게 다가와,

"대리님, 저는 그만두지 않을 겁니다."

라고 말했다. 승민은 엷은 미소로 답한 후, 의자에 앉아 크게 한숨을 내쉬었다. 남아 있던 윤 과장이 승민의 옆으로 자리를 옮겼다.

"다시 회사에 돌아온 거 후회해?"

"글쎄요. 이젠 그것마저 모르겠습니다."

"자네가 후회하는 모습을 보이면 안 되지. 이 정도는 예상하고 돌아온 거 아니었어?"

"예상은 했지만 이렇게 노골적으로 방해 공작을 펼칠 줄은 몰랐습니다. 어린애도 아닌데 뭐 하는 짓인지 모르겠네요. 사장님은 최 과장님 행동을 알고 계실까요?"

"안다고 해도 자기 딸 남편이니까 보듬어 주는 거겠지. 사장님의 딸 사랑은 알아주잖아."

"……."

윤 과장은 침통한 표정의 승민을 물끄러미 응시하다가 입을 열었다.

"마 대리, 정현수란 아이는 어때?"

"……현수요?"

"내가 생산 쪽에 아는 친구들이 좀 있잖아. 현수 얘기도 많이 들었거든."

"아…… 어떻답니까? 일은 잘한답니까? 괴롭히는 사람은 없고요?"

"일은 잘한대. 의외로 박식해서 오히려 배우는 것도 있다더라. 하지만 괴롭힘이 좀 있는 모양이야. 아무래도 여자들은 배척받는 곳이니까……."

"이런……."

괴로운 감정이 고스란히 얼굴이 드러났지만 승민은 깨닫지 못했다. 윤 과장은 그런 승민을 빤히 쳐다봤다. 승민의 얼굴에 묻어나오는 감정으로부터 무언가를 알아내려는 듯이.

"내가 그쪽 팀장이랑 얘기를 좀 했거든. 현수 일로. 현수, 원래 설계팀에 넣으려고 데리고 왔다면서?"

"그랬죠."

"마 대리가 보기엔 어때? 개인적인 감정을 배제하고, 그 애가 정말 설계팀에 들어올 만한 것 같아? 보니까 학벌도 없고 경력도 없던데."

"경력이라면…… 카센터에서 일했습니다. 어릴 적부터 일했으니 차에 대해서는 잘 알겠죠."

"카센터에서 일했다고 설계팀에 들어올 수 있는 건 아니잖아."

"자동차에 대해 잘 압니다. 이번 디자인 역시 현수가 말한 걸 참고로 해서 만든 부분도 있고요. 그리고 무엇보다 책임감이 있습니다."

"흐음."

그제야 승민은 윤 과장의 얼굴에 떠오른 미묘한 미소를 발견했다.

"……왜, 왜 그렇게 웃으시는 거죠?"

"성장하는 아들을 바라보는 아빠의 마음이 이런 걸까?"

역시 아들을 한 명 낳을 걸 그랬다고 중얼거리던 윤 과장을 보며 승민은 황당함을 금치 못했다. 자식이 3명이나 되면서 또 낳고 싶다는 생각이 들까? 애 키우려면 돈도 많이 들 텐데.

"아무튼 내가 전화로 생산 쪽 김 부장이랑 얘기를 해 볼게. 저번에 얘기했을 때는 꽤 괜찮은 반응이었거든."

"얘기요?"

"응. 현수를 일주일에 세 번, 이쪽에서 일해 보게 하는 거. 내가 김 부장이랑 대학 동기잖아. 그 친구가 승진이 빠르긴 했지만…… 워낙 기회를 잘 보는 친구라서 말이지. 그 친구는 대학 때부터 그렇게 기회주의자였어. 아주 얄미웠다니까!"

생산 공장 김 부장에 대한 험담은 귀에 들어오지도 않았다. 현수를 일주일에 세 번이나마 본사로 출근하게 할 수 있을지도 모른다는 소식에 가슴이 부풀었다.

"정말 가능합니까? 일주일에 세 번 본사 출근."

"저번 술자리에서는 좋은 쪽으로 생각을 해 보겠다고 했거든. 빈말은 안 하는 친구니까 아마 가능하겠지. 당분간은 그 친구랑 나만 알고 있기로 했어. 최 과장 귀에 들어가 봐야 좋을 게 없을 테니까. 설계팀 애들한테는 파견 나온 사원이라고 얘기해둘 거야."

"네."

"하지만 무작정 데리고 와서 앉혀둘 생각은 없어. 일하는 거 보고 안 되겠다 싶으면 돌려보낼 거야. 그래도 서운하게 생각하지는 마."

"서운하게 생각 안 합니다. 분명 윤 과장님도 좋아하실 거예요."

시골에서 동네 사람들에게 '우리 현수', '우리 현수'라며 사랑을 받던 현수였다. 아마 이곳에서도 다르지는 않을 것이다. '우리 현수'라는 호칭이 지긋지긋하던 승민조차 푹 빠지게 만든 여자니까.

"그렇게 괜찮은 아이야? 대체 어떤데 그래?"

지나가듯 던진 윤 과장의 질문. 승민의 얼굴에 부드러운 미소가 떠올랐다. 누가 봐도 이 남자가 그 여자를 사랑하는구나, 라고 생각할 만한 미소였다.

"그건 만나 보면 알게 되실 겁니다. 그럼 연락 기다리겠습니다."

회의실에서 나온 승민은 사무실로 돌아가 채영을 찾았다. 채영은 자리에 앉아 뭔가를 검색하는 중이었다. 승민이 어깨를 톡톡 두드리며 고갯짓을 하자 채영이 일어났다. 두 사람은 휴게실로 향했다.

"회의가 벌써 끝났어?"

"최영수랑 김희진이 다른 프로젝트를 맡게 됐대. 알고 있었어?"

채영은 난감하다는 미소만 지을 뿐 대답하지 않았다.

"넌 어때? 너도 다른 프로젝트 들어가?"

"난 승민 씨 제안을 기다리는 중이야. 이제 승민 씨 프로젝트에 들어갈 수 있는 거야?"

승민이 피식 웃었다.

"그래. 이제 와서 제안한다고 섭섭하게 생각하진 마. 난 네 입지가 좁아질까 봐……."

채영이 검지로 승민의 입술을 부드럽게 막았다.

"말 안 해도 알아. 자기랑 나랑 한두 해 안 사이가 아니잖아. 그 제안 기쁘게 받아들일게."

"고마워. 정말 네가 있어서 든직하다. 아, 그리고 현수가 우리 팀에 들어올 거야."

"현수……라면 정현수 씨?"

채영의 눈이 커졌다.

"응, 정현수 씨."

"현수 씨가 왜 우리 팀에 들어와?"

기분 탓인지 모르겠지만 채영의 입가가 굳은 듯 보였다.

"왜긴. 들어올 만하니까 들어오지. 왜? 현수랑 무슨 문제라도 있어?"

"아니, 문제는 무슨…… 내가 세찬 씨 애인이랑 문제가 생길 리 없잖아."

"그거야 그렇지만……."

문제가 있어 보였다. 채영은 웃고 있었지만 평소와 달리 긴장된 미소였다. 마음에 들지 않지만 억지로 마음에 드는 척하는 듯 가식적인 미소. 처세술이 좋은 채영이기에 속마음을 이런 식으로 드러내는 걸 본 적이 없다.

'질투인가?'

채영이 승민의 마음을 알 리 없으니 그 부분에 대한 질투는 아닐 것이다. 그렇다면 '세찬의 애인'이라는 사실 때문에 질투하는 걸지도.

'뭐야. 김채영이 박세찬한테 마음이 있었던 거야?'

채영이 세찬에게 마음이 있고, 그 때문에 세찬의 연인인 현수를 껄끄럽게 여긴다. 그렇게 생각하면 채영의 행동이 이해가 됐다.

'박세찬도 죄 많은 남자군.'

전 애인이 다른 남자를, 그것도 라이벌이라고 생각하는 남자를 좋아하게 되었다는 걸 알자 기분이 복잡했다. 딱히 채영에게 감정이 남아 있는 건 아니었다. 다만 남자로서의 자존심 문제랄까.

승민은 꺼림칙한 감정을 털어 버리고 입을 열었다.

"현수, 지식도 풍부하고 책임감도 있어. 그리고 믿을 만하기도 하고. 이번에 신차 디자인 뺏긴 거 마음에 걸리거든. 팀원은 믿을 만한 사람으로만 구성하고 싶어."

"현수 씨 그렇게 믿을 만해? 세찬 씨가 지금 최 과장님 팀에 있어. 현수 씨는 그런 세찬 씨의 연인이고. 괜찮겠어?"

그 부분은 생각해 보지 못했다. 승민은 말문이 막혔다.

"오해할까 봐 하는 말인데, 나 정말로 현수 씨가 싫은 거 아니야. 자기가 걱정이 돼서 그래. 원래 여자라는 동물은 사랑에 빠지면 다른 생각은 할 수 없게 되거든. 사랑하는 사람을 기쁘게 해 줄 생각만 하지. 현수 씨가 꼭 그러리라는 법은 없지만…… 의도한 게 아니라도 세찬 씨랑 대화를 하다가 진행 상황 같은 걸 흘릴 수도 있는 거잖아. 난 그런 게 걱정이 되는 거야."

채영이 차분히 설명했다. 질투 때문이든 아니든 채영의 말은 옳았다. 연인과 만나 일상적인 대화를 하다가 일 얘기를 흘릴 수도 있었다. 그렇다고 현수에게 세찬과 만날 때 일에 대해 한마디도 하지 말라고 경고하는 것도 우스운 일이었다.

승민은 생각을 정리한 끝에 말했다.

"나는 현수를 믿는 만큼 세찬이도 믿어. 세찬이는 현수한테 그런 얘기를 들었다고 어떻게든 써먹을 생각을 하진 않을 거야. 채영이 넌 세찬이를 못 믿어?"

승민의 날카로운 질문에 채영이 어깨를 으쓱했다.

"못 믿는 건 아니야. 세찬 씨 좋은 사람이니까. 하지만 사람은 그렇잖아. 더 높은 자리에 앉기 위해서라면 때로는 하나쯤 버리기도 하지. 버리는 게 사람일 수도 있고, 신뢰일 수도 있는 거야."

"만약 그런 일이 생긴다면 내가 사람을 잘못 본 게 되는 거겠지. 다른 사람을 탓할 생각은 없어."

승민의 확고한 대꾸에 채영이 빙그레 웃었다.

"알겠으니까 눈에서 힘 좀 풀어. 이제 한 팀으로 일하게 될 텐데. 앞으로 잘 부탁할게, 팀장님."

회사 생활을 하면서 뒤통수를 맞게 될 줄은 몰랐다. 넓은 의미의 뒤통수가 아니라 진짜 뒤통수. 현수는 뒤통수를 문지르며 놀란 눈으로 선배를 올려다봤다.

"정신을 어디에 두고 있는 거야, 이 새꺄!"

험상궂은 표정의 선배가 다시 손을 들어 올렸지만 그걸로 끝이었다. 현수가 그 손목을 붙잡아 멈추게 한 것이다. 선배는 황당한 듯 코웃음을 치며 손을 빼내려 했으나 현수의 힘을 이기지 못했다. 자기가 현수를 못 이기는 걸 믿을 수 없다는 듯 선배의 표정이 변했다.

"왜 때리시는 겁니까?"

현수는 손목을 잡은 채 선배를 노려보며 물었다.

"이게 뭘 잘했다고 눈을 똥그랗게 뜨고 쳐다봐? 이 손 안 놔?"

"때리지 않겠다고 약속하면 놓겠습니다."

"놔, 이 자식아!"

선배는 다시 한 번 손을 빼내려 힘을 썼지만 부질없는 노력이었다. 여자에게 힘으로 밀렸다는 생각 때문인지 선배의 얼굴이 붉어졌다.

"너, 이 새끼……."

"왜 이러시는 겁니까?"

"그걸 몰라서 물어? 눈을 아주 갖다 팔았냐? 엉?"

현수는 용접을 하다가 실수한 거라도 있나 싶어서 방금 전까지 용접을 하던 차체를 확인했다. 확인하느라 힘이 살짝 빠진 때를 노려 선배가 손을 빼냈다. 그리고 현수의 뒤통수를 호되게 내려쳤다.

"내가 일 똑바로 하랬지?"

"제가 뭘 잘못했는지 모르겠는데요."

"저거!"

선배가 용접실 구석에 있는 공구를 가리켰다.

"내가 공구 쓰고 똑바로 관리하랬잖아! 제대로 관리 못 하면 사고 날 위험이 있다고 했어, 안 했어. 저따위로 놔뒀다가 누구 다치기라도 하면 그땐 네가 책임질 거야? 엉?"

"저는 제대로 정리해서 놔뒀습니다."

"제대로 정리하긴 뭐가 제대로 정리를 해? 저게 제대로 정리한 걸로 보여?"

한 시간 전에 그 공구를 사용하기는 했지만 현수는 규칙에 따라서 확실하게 정리해 놓고 공구함도 잠가 놓았다.

"선배님. 저는 아까 분명히……."

"그놈의 변명 좀 그만 해! 하여간 기집애들은 이래서 안 된다니까. 제 잘못을 절대 인정 안 하지? 저는 이랬고요, 저는 저랬고요……. 제 잘못 인정 안 하고 징징거릴 거면 대체 왜 일을 하는 거야? 집에서 밥이나 할 것이지."

현수는 입을 꽉 다물었다. 하고 싶은 말은 많지만 무슨 말을 해도 저 선배의 귀에는 '기집애의 징징징'으로만 들릴 것이다.

"저기, 선배님. 그거…… 제가 그랬는데요."

그때 선배의 뒤에 서 있던 직원 한 명이 겁에 질린 목소리로 끼어들었다. 선배가 도끼눈을 하고 직원을 노려봤다.

"뭘 네가 해?"

"공구……요. 현수가 제대로 해 놓고 간 후에 제가 사용했어요. 갑자기 부장님이 부르시느라 정리할 틈이 없어서……."

"네가 저랬다고?"

"네……."

"뭐야, 김성호. 너 현수 좋아해?"

"네?"

"현수 좋아하냐고? 그래, 저번 회식 자리에서 네가 현수 술도 대신 마셔 주고 그랬지? 그래서 이제 잘못까지 덮어 주기로 한 거야?"

"아뇨, 그게 아니라……."

"내가 팀에 여자 들어오는 걸 왜 싫어하는 줄 알아? 꼭 너 같은 놈들이 생기거든. 마음 좀 간다고 잘못 덮어 주려는 놈들. 그런 놈들 때문에 기집애는 지가 공주라도 된 것처럼 행동하고, 배울 거 제대로 못 배우고…… 그러다가 사고 나면 울고불고 다 남의 탓이나 하고."

"선배님……."

"내가 저 기집애 들어올 때부터 이런 일이 생길 줄 알았지."

선배는 혀를 차며 자리를 떴다. 자리를 뜨기 전 언뜻 보인 선배의 귓가는 붉게 물들어 있었다. 선배 본인도 현수의 잘못이 아니라는 걸 깨달았을 것이다. 하지만 그것을 인정하고 싶지 않다는 생각에 내뱉은 폭언들로 현수의 가슴에 상처를 남겼다.

"미안하다, 현수야. 나 때문에……."

김성호라는 이름의 선배 직원이 머리를 긁으며 사과했다.

"아닙니다."

"정말로 미안해. 괜히 안 들어도 될 소리까지 듣고. 내가 사과하는 의미로 저녁이라도 살게. 이따 끝나고……."

"아닙니다, 선배님. 정말로 괜찮습니다."

이럴 때는 애교라도 부리며 '좋아요. 맛있는 거 사 주세요.'라고 말해야 예쁨을 받을 수 있는 걸까?

하지만 현수는 마음에도 없는 말을 하면서까지 예쁨을 받고 싶진 않았다.

자기 일만 열심히 하면 될 줄 알았다. 시킨 일을 제대로 해내면 인정받을 수 있을 줄 알았다. 하지만 아니었다. 분명 현수를 똑바로 봐주는 직원들도 많았지만 몇몇은 조금 전의 선배처럼 여자라는 이유만으로 색안경을 끼고 현수를 대했다. 누구나 저지를 수 있는 작은 실수조차도 현수가 저질렀을 땐 '여자는 이래서 안 돼.'라는 소리를 들어야만 했다.

현수를 옹호하고 귀엽게 여겨 주는 직원들이 많아질수록 현수를 배척하는 무리는 더 강하게 현수를 몰아붙였다.

언젠가 팀장이 이 회사가 유독 남성지상주의가 강하다며, 힘들겠지만 잘 버텨보라고 말했던 게 떠올랐다. 술자리에서였다.

부당해.

울컥 눈물이 나려고 했다. 하지만 이런 일로 울 수는 없었다. 선배가 텃세를 부리는 일은 어디에서나 빈번하게 존재한다. 승민 역시 텃세 부리는 선배에게 디자인을 빼앗기지 않았던가. 그래도 승민은 울지 않았다.

'그러니까 나도 참아야 돼. 이런 걸로 울면 기집애는 어쩔 수 없다는 소리를 들을 거야.'

힘을 내서 일을 하려고 노력했지만 선입견이 현수를 지치게 만들었다. 열 명의 사람 중 한 사람에게만 미움을 받아도 힘이 빠지는 건 어쩔 수 없는 일이었다.

오늘은 야근을 할 만큼 일이 많진 않았다. 하지만 선배들의 눈치가 보여서 회사에 남아 있었다. 회사 생활을 길게 한 것도 아닌데 회의감이 찾아왔다.

왜 이렇게까지 일을 해야 하는 걸까? 해내고 나면 이 끝에 무언가 남는 것이 있긴 있을까? 보지 않아도 될 눈치를 보면서 부당한 야근까지 하느니 고향에서 마트 아르바이트를 하는 게 차라리 낫지 않을까? 월급은 조금 적겠지만 이렇듯 눈치를 봐야 할 일은 없을 테니까.

고향 패스트푸드점에서 일하는 친구 재희는 즐거워 보였다. 그곳에서 꾸준히 일한 덕에 시급도 올라서, 지금 현수가 받는 월급과 비슷한 액수의 돈을 벌고 있었다.

아버지의 병 때문에 돈을 버는 거라면 차라리 재희처럼 고향에 남아 아르바이트를 하거나 어디든 취직하는 게 나을지도 모르겠다. 그러면 아버지를 옆에서 보살필 수 있고, 또 아는 사람들이 많으니까 이렇게 외롭지는 않겠지.

'집에 가고 싶다……'

일한 지 한 달도 안 됐는데 이런 생각이나 하다니. 이게 정말 어쩔 수 없는 여자라서 그런 걸까?

쓴웃음을 짓는 현수의 목덜미에 차가운 것이 닿았다. 쭈그리고 앉아 오늘 용접한 부분을 살펴보던 현수는 소스라치게 놀라 벌떡 일어났다. 선배일지도 모른다는 생각에 비명도 지르지 못했다.

"얼마나 받는다고 이렇게 열심히야?"

그러나 들려오는 음성은 선배의 적대감 서린 음성이 아니었다. 퉁명스러운 말투와는 달리 애정이 물씬 담긴……,

"마승민 씨?"

승민의 음성이었다.

돌아서서 고개를 들자 승민이 보였다. 땀을 뻘뻘 흘리며 일하는 사람들로 가득한 생산 공장과는 어울리지 않는, 깨끗하고 멀끔한 얼굴이 현수의 앞에 있었다.

하얀 피부와 갸름한 눈을 보는 순간 또 한 번 울컥, 눈물이 날 뻔했다. 아까와는 다른 의미의 눈물이었다.

안심했다. 그리고 기뻤다.

저도 모르게 손을 뻗어 승민의 뺨을 쓰다듬을 뻔했다. 이 남자가 정말로 내 앞에 존재하는 건지 확인하기 위해, 그리고 이 남자의 온기를 느끼기 위해.

하지만 현수는 이내 반쯤 올라갔던 손을 도로 내리고 살짝 벌어졌던 입술을 다물었다.

"마승민 씨가 뭐냐. 대리님이라고 불러."

"여긴 왜⋯⋯?"

"소식 전하러 왔어."

"소식⋯⋯이요?"

"일 끝났지?"

"아직."

"다들 퇴근하는데 왜 너만 남아 있어? 신입이라 눈치 보여서 그래?"

"⋯⋯."

"눈치는 일 못 했을 때만 보면 되는 거야. 나가자. 여기 너무 시끄럽다."

불과 며칠 전에 승민을 만났는데 아주 오랫동안 못 만나온 사람을 다시 만나게 된 듯 반가웠다. 과하게 반가워하는 마음이 드러날까 봐 현수는 입술 근처의 근육을 긴장시켰다. 승민의 얼굴을 보자자꾸만 웃음이 나왔다.

승민을 따라 나가면서도 주위의 시선이 신경 쓰였다. 남자를 따라 나섰다는 이유로 '어쩔 수 없는 기집애'라는 소리를 들을까 두려웠기 때문이다. 언제부터 이렇게 타인의 눈치를 보게 되었을까? 자신의 행동이 낯설게 느껴졌다.

공장 옆 주차장에 도착했다. 대부분의 차가 빠져나가서 휑뎅그렁한 주차장. 승민은 주차장을 쭉 둘러봤다.

"네 차는?"

"오늘은 차 안 끌고 왔습니다."

"이런…… 나도 안 가지고 왔는데."

차와 한 몸인 듯 붙어 다니는 사람이 웬일인가 싶었다. 현수의 의아함을 눈치챈 듯 승민이 말했다.

"내가 차 끌고 오면 둘 중 하나는 차를 두고 가야 하잖아. 아니면 따로 타고 가든가. 흠…… 어쨌건 둘 다 차를 안 가져왔으니 방법 없네. 갈 때도 대중교통을 이용해야 하나?"

승민의 마음 씀씀이가 현수를 당혹케 했다. 자기만 아는 이 남자가 웬일이래? 아니, 그보다 대중교통이라고?

"마승민 씨가 그런 걸 다 타고 다니기도 합니까?"

"왜 이래. 이래 봬도 에너지 절약과 환경 보호에 신경 쓰는 사람이야."

대중교통을 이용하는 승민의 모습이 머릿속에 그려지지 않았다. 자기 체면 때문에라도 버스나 지하철 같은 건 피할 것만 같은 이미지인데.

"왜? 택시 타고 싶어?"

"아닙니다. 그런데…… 어디 가려고요?"

"어디 가고 싶은데?"

"마승민 씨가 찾아온 거 아닙니까? 갈 데 있어서 온 거 아닙니까?"

"내가 갈 데 있다고 하면 어디든 같이 가 주게?"

별 의미 없이 한 말일 텐데 현수는 쉽게 대답할 수 없었다. 현수의 대답이 없자 승민이 말했다.

"일단 서울 가자. 늦으면 전철 끊기니까."

승민은 정말로 대중교통을 이용할 생각인지 공장 앞의 버스 정류장으로 성큼성큼 걸어갔다. 이곳에서 서울까지 가려면 두 시간 정도가 걸린다. 버스도 한 번 갈아타야 한다. 그 시간 동안 승민과 어떤 대화를 해야 할까? 아무 말도 하지 않으면 굉장히 어색할 텐데.

전에는 하지 않았던 고민을 하며 걸어가는 현수의 귀에 승민의 묵직한 음성이 들려왔다.

"일은 어때?"

"좋습니다."

"좋다고? 언제부터 그렇게 거짓말을 잘하게 된 거야?"

"거짓말이라니요?"

"정현수는 괴팍하고 폭력적이지만 솔직한 게 장점 아니었어?"

현수는 대답 없이 버스 정류장 의자에 앉았다. 승민이 옆에 앉는 기척이 느껴졌지만 돌아보지 않았다.

'나, 거짓말을 하게 됐구나.'

괴팍하고 폭력적이라는 말에는 찬성할 수 없지만, 솔직하다는 말은 맞았다. 현수는 거짓말을 하지 않았다. 정확하게 말하자면 거짓말할 필요성을 느끼지 못했다. 연인에게, 가족에게, 친구에게 이러저러한 이유를 붙여가며 거짓말을 하는 사람들을 이해할 수 없었다.

'하지만 이젠 이해가 돼.'

누구에게도 알려서는 안 되는 마음을 감추기 위해 사람은 거짓말을 할 수밖에 없는 거다.

40분에 한 대씩밖에 안 오는 버스가 마침 두 사람의 앞에 멈췄다. 현수는 기다렸다는 듯 벌떡 일어나 버스에 올랐다. 승민도 뒤를 따랐다.

퇴근 시간을 약간 넘긴 때라서 버스에는 사람이 별로 없었다. 현수는 습관적으로 가장 뒷자리로 가다가 생각을 바꿨다. 맨 뒤에 앉으면 승민과 나란히 앉게 될 것이다. 그냥 하나짜리 좌석에 앉아야겠다.

그래서 앉으려는데, 승민이 현수의 손목을 낚아챘다. 현수가 반항할 새도 없이 승민은 현수를 데리고 2인용 좌석으로 향했다.

"왜 이러십니까?"

버스 안에 있던 몇몇 승객이 두 사람을 쳐다봤다. 현수는 사람들의 시선을 느끼고 목소리를 낮췄다.

"저 앞에 앉을래요."

현수의 말에 승민이 빙그레 웃었다. 우윳빛 피부 위로 번지는 미소는 분홍색 달콤함을 지니고 있었다.

"투정도 부릴 줄 아네."

"투정이라니요."

볼이 화끈거렸다.

"너 보러 멀리까지 왔어. 이 정도는 이해해 줘."

승민이 넉살 좋게 말하며 2인용 좌석 안쪽에 현수를 앉히곤 그 옆에 앉았다. 거리가 너무 가깝다. 하지만 가까운 거리보다 승민의 말이 신경 쓰였다.

'날 보러 왔다고? 이해해 달라고? 왜 자꾸 그런 식으로 말하는 거야?'

"차는 왜 안 가지고 왔어? 대중교통 이용하면 오래 걸리잖아."

자기가 방금 한 말이 현수의 가슴에 파문을 일으켰다는 걸 모르는지 승민이 일상적인 어조로 물었다.

"회식이 있을 거라고 해서요."

"그런데 왜 안 갔어? 혹시 따돌림당해?"

"그런 거 안 당합니다. 회식이 취소됐어요."

"그래."

"그런데 정말로 왜 오신 겁니까?"

"그냥. 할 말도 있고."

승민의 시선이 현수에게 닿았다.

"보고 싶어서."

"……그런 말 하지 마세요."

"왜? 반할 것 같아?"

이래야 마승민이지.

현수는 한숨을 쉬었다.

"저 피곤합니다. 쓸데없는 소리 하려고 온 거면 관두세요."

"쓸데없는 소리라니. 강남 여자들은 내가 보고 싶다고 한마디만 해 주면 자기 간이고 쓸개고 다 빼줄걸."

"그 여자들 간이랑 쓸개 가지고 뭐 하시게요? 간 백 개 모아서 인간이라도 되시게요?"

"왜? 내가 인간을 넘어선 존재로 보이냐?"

"잘난 닭이잖아요."

승민이 작게 웃었다.

"그래, 잘난 닭이지. 잘난 닭한테 일 얘기 좀 해 봐. 혹시 알아? 잘난 닭이 황금알이라도 낳아줄지."

"그 잘난 닭이 암컷이었습니까? 몰랐네요."

승민이 한 방 먹었다는 표정을 지었다.

"그리고 마승민 씨랑 일 얘기하고 싶은 생각 없습니다. 만약 마승민 씨가 이 일을 소개시켜줬다는 이유로 일에 대해 시시콜콜 이야기해야 하는 거라면……."

"그러면 어쩔 건데?"

승민이 날카롭게 물었다.

"그만두기라도 하게?"

"……그런 말이 아닙니다."

"그럼?"

말문이 막혔다.

난 뭐라고 말하려 했던 거지? 왜 이런 식으로 행동하고 있는 거지?

"내가 취직을 시켜줬으니까 일에 대해 얘기해 봐라, 그런 이유인

게 마음 편하겠어? 그럼 그렇게 하고."

"……아닙니다. 그런 식으로 얘기해서 죄송합니다."

현수가 순순히 사과하자 승민이 작게 한숨을 내쉬었다.

"내가 힘들 때 네가 내 이야기를 들어줬었잖아. 그래서 네 이야기도 듣고 싶은 거야."

세찬이 승민을 존경하는 이유를 알 것 같았다. 승민은 참을성이 있고 어른스럽다. 현수와의 첫 만남에서 보여 줬던 어린애 같은 모습들은 승민의 아주 일부분에 불과할 뿐. 이런 성숙함이 있기에 세찬이 승민을 좋아하는 것이리라.

"여자라서……."

어렵게 입을 뗐다.

"여자라서 부당한 대우를 받는 게 가장 힘듭니다."

"여자라서."

"네. 여자라서 커피를 타 와야 하고, 여자라서 일을 제대로 못 한다고 하죠. 실수를 저지르면 여자라서 그렇대요. 남들도 다 하는 실수인데. 내 선배가 오히려 나보다 더 실수를 많이 해요. 그런데 그 선배의 실수는 피곤해서이고, 내 실수는 여자라서입니다. 힘을 쓰는 일이 많습니다. 난 힘이 약하지 않습니다. 그런데 과하게 무거운 물건을 힘겹게 들면 저래서 여자들은 집에서 집안일이나 해야 한다는 소리가 나옵니다. 왜 그런 소리를 들어야 하는 거죠? 내가 여자로 태어나고 싶어서 태어난 것도 아닌데……."

그동안 힘들었던 기억들이 떠올라 하지 않아도 될 말까지 쏟아냈다. 이야기하고 나니 속이 시원했지만 한편으로는 창피했다. 징징거린다는 소리를 듣지 않을까?

하지만 승민은 묵묵히 현수의 이야기를 들었다. 가끔씩 고개를 끄덕이며 네 이야기 잘 듣고 있다는 표시를 해 주었을 뿐, 현수의 말을 끊지 않았다. 그래서 현수는 저도 모르게 오래전의 괴로운 기억들까지 끄집어냈다. 아들이었으면 좋겠다는 아버지의 말을 들었던 것부터 정비소를 접은 아버지에 대한 서운함까지.

느릿하게 시작한 말투가 조금씩 빨라졌고, 버스가 전철역에 도착했을 때쯤엔 어조도 높아져 있었다. 내려야 할 정류장의 이름이 방송으로 나왔을 때에야 현수는 정신을 차릴 수 있었다.

"만약 남자였으면 달랐을까?"

전철역으로 걸어가며 승민이 지나가는 말처럼 물었다. 현수가 고개를 돌려 승민을 쳐다보자 승민이 걸음을 멈췄다. 뒤에서 걸어오던 남자가 갑자기 멈춘 승민과 부딪치더니 작게 욕설을 내뱉었다. 승민은 살짝 고개를 숙여 미안함을 표시하고는 다시 현수를 쳐다봤다.

"만약 남자였으면 상황이 달라졌을까?"

그런 식으로는 생각해 본 적은 없다. 만약 남자였으면 어땠을까?

커피를 탈 필요도 없고, 무거운 걸 떨어뜨려도 욕을 먹지 않고, 실수를 저질러도 오냐오냐해 주고, 아버지는 정비소를 접지 않았을까?

"여자가 많은 회사에 남자가 들어가면 남자가 차별을 당한다고 생각하지 않아? 남자가 커피를 타야 되고 남자가 힘든 일을 해야 하지. 힘을 쓰는 일은 남자의 일, 뭔가가 고장 났을 때 고치는 것도 남자의 일. 그걸 못 하면 남자가 그것도 못 하냐고 비아냥거리기도 해. 안 그래?"

승민이 다시 걷기 시작했다.

"차별은 어디에나 존재해. 남자라서, 여자라서, 뚱뚱해서, 말라서, 못 생겨서, 예뻐서, 너무 젊어서, 너무 늙어서…… 세상에는 남을 깔아뭉개서 자기를 돋보이고 싶어 하는 사람들이 있으니까, 어디에나 차별은 존재하는 거야."

"마승민 씨도…… 차별을 당한 적이 있습니까?"

"당연히 있지. 어릴 때는 너무 잘나서, 유학을 갔을 때는 동양인이라서, 지금은…… 너도 알잖아. 회사에서 내가 어떤 대우를 받는지."

그랬다. 승민은 회사 내에서 입지가 점점 좁아지고 있었다. 그저 상사의 눈 밖에 났다는 이유로.

"네 집안 사정을 모르니 네 아버지에 대해 뭐라고 말할 수는 없지만, 정비소는 네가 아들이었어도 접었을 거야."

"왜 그렇게 생각하는 거죠? 아버지는 정비소에 애착을 가지고 있습니다. 자부심도 있으셨고요."

"그래. 하지만 당신의 애착과 자부심에 너까지 끌어들이고 싶진 않으셨던 거겠지. 손님이 없으니 운영도 안 되고, 운영이 안 되면 벌어먹고 살기 힘들어. 애착과 자부심은 있어도 미래는 없는 곳이야. 그런 곳을 자식에게 물려주고 싶겠어?"

"그럴 리……."

"그럴 리 없다고만 하지 말고 잘 생각해 봐. 넌 아직 스물다섯이야. 앞날이 창창한 내 자식, 좁은 우물 안에 있는 것보다 넓은 세상을 경험하게 하고 싶은 게 부모님 마음이고. 미덥지 않은 내게 널 맡긴 것도 네가 좁은 우물을 벗어났으면 하는 마음이 있어서라는 생각은 안 해 봤어? 아니면 네 아버지를 그렇게 못 믿는 거야?"

승민의 말이 가슴을 아프게 찔렀다. 현수는 주먹을 꽉 쥐고 걸음을 멈췄다.

크구나.

문득 승민의 뒷모습이 몹시도 크게 느껴졌다. 자기 잘난 맛에 사는 어린애 같은 남자인 줄 알았던 승민은 현수가 생각했던 것처럼 작지 않았다. 오히려 너무 커서 올려다보기도 벅찼다. 어린 시절 바라봤던 아빠의 등처럼.

'여자라서'라는 이유로 자신을 옭아매고 있었다. 누구보다도 차별을 했던 건 다른 누구도 아닌 바로 자기 자신이었다. 여자라서, 여자이기 때문에, 남자가 아니라서. 모든 일을 그렇게 해석하며 투정을 부리고 성장하기를 멈춰 버렸다.

왜?

그게 편하니까. 욕을 먹어도, 꾸중을 들어도 여자라서 그런 거라고 해석해 버리면 마음만큼은 편하니까.

나는 어쩔 수 없는 문제야, 여자로 태어나 버렸으니까. 여기까지가 내 한계니까 이런 일이 벌어져도 어쩔 수 없는 거야.

그렇게 위안을 삼고 자기가 만든 좁은 우물 안에 숨어 버렸다. 벌어지는 문제들을 내 탓이 아닌, 사람들의 차별 탓이라고 멋대로 해석했다. 아버지의 마음도, 사람들의 마음도 알아볼 생각을 하지 않았다.

시야가 트인 기분이었다. 아들을 원하는 아버지의 마음까지는 몰라도, 정비소를 접은 아버지의 마음은 조금쯤 이해할 수 있었다. 공장 식구들 몇몇이 보이는 곱지 않은 시선 역시 어디에나 존재하는 흔한 감정적 마찰쯤으로 여겨 버리면 그만이었다.

여자라서 이런 일들이 벌어지는 게 아니다. 사람이 사는 곳이라면 어디에나 벌어지는 일들일 뿐.

승민을 만나지 않았더라면 그것을 깨닫지 못한 채 계속 '여자라서 그래.'라고만 생각했을 것이다. 아버지의 뜻을 헤아리지 못한 채 오로지 내 서운함만 생각했을 것이다.

"왜 안 와? 삐쳤냐?"

현수가 오지 않는 걸 깨달은 승민이 걸음을 멈추고 현수를 돌아봤다. 승민의 말끔한 얼굴을 보며 현수는 생각했다.

다행이야. 이 남자를 만나게 되어서 다행이야.

이야기 넷, 이기심과 이타심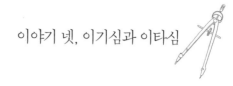

 며칠 전 승민을 사랑한다는 걸 깨달았을 때는 승민이라는 남자를 알게 되었다는 사실이 싫었었다. 만나지 않았더라면 연인이 있는 남자를 사랑하는 일도 없었을 텐데.

 지금은 승민을 만나서 다행이라고 생각한다. 승민에게 연인이 있는 건 여전하지만, 승민은 현수의 시야를 넓혀 주었다. 이루어질 사랑이네, 이루어지지 않을 사랑이네 따위는 큰 문제가 되지 않았다. 그저 승민의 존재 자체가 현수에게는 커다란 의미로 다가왔다.

 아마도 그래서일 것이다. 승민과 함께인 것이 더 이상 부담스럽지 않은 이유는.

 전철역에서 나와 현수의 집을 향해 걸었다. 그런데 이 남자는 오늘 왜 찾아온 걸까? 단지 일에 대해 물어보러 온 건 아닐 테고.

 "뭘 그렇게 봐? 반했냐?"

"오늘 왜 오신 겁니까?"

현수는 승민의 바보 같은 말을 무시하고 물었다.

"아까 말했잖아. 너 보러 왔다고."

"하아……."

"뭘 그렇게 세상을 다 잃은 표정으로 한숨을 쉬어? 다른 여자들은 내가 보러 와 줬다고 하면 태극기를 들고 만세를 외칠걸?"

"그 여자들 얼굴 좀 보고 싶네요. 피곤하니까 얼른 이유 알려 주고 가세요."

"넌 애가 너무 무뚝뚝해."

"마승민 씨는 너무 발랄하네요."

"여기까지 왔는데 차도 한 잔 안 마시고 보내게? 나 저녁도 안 먹었어."

어른스러운 승민의 모습은 온데간데없이 사라졌다. 승민은 다시 노란 고무줄 마승민으로 돌아와 현수에게 칭얼거렸다.

"뭐라도 해 드려요? 집에 찬밥밖에 없는데."

"네 집엔 안 가. 여자 혼자 사는 집엔 들어가는 거 아니라고 배웠어."

"배움이 참 깊으시네요. 그럼 근처에 카레 집이라도 가요. 거기 돈가스 카레 맛있더라고요."

이유가 뭐든 멀리까지 와 줬고, 고민을 진지하게 들어 준 사람이다. 그렇다면 저녁 정도는 대접하는 게 도리다.

'난 아무 데서나 안 먹어.'라고 말할 줄 알았던 승민은 순순히 고개를 끄덕였다. 저녁을 먹기에는 늦은 시간이었기에 카레 집은 마감을 준비하고 있었다. 두 사람이 들어가자 마감 중이던 아르바이트생이 짜증 섞인 목소리로 인사했다. 하지만 승민의 얼굴을 보자마자 아르바이트생의 태도가 바뀌었다. 누가 봐도 흑심이 있는 듯한 미소를 지으며 승민을 안내하는 아르바이트생의 태도에 현수는 웃음이 나왔다.

저 얼굴, 진짜로 서울에서는 알아주는구나.

승민의 헛소리로만 치부했던 '내 얼굴, 서울에서는 먹어주는 얼굴이야.'라는 발언이 현실로 다가올 때마다 신기한 기분이 들었다.

"저희 가게 열 시 삼십 분이 마감인데 괜찮으시겠어요?"

마감까지 40분이 남았다.

"음식만 빨리 나오면 괜찮을 것 같은데요."

현수가 대답했다. 아르바이트생은 승민과 깊은 대화를 나누다가 방해를 받은 것처럼 현수를 쏘아봤다. 현수는 아르바이트생의 시선을 무시하며 메뉴판을 들었다.

"돈가스 카레요. 마승민 씨는 뭐 드실래요?"

"같은 거."

"돈가스 카레 두 개 주세요."

음식은 금방 나왔다. 마감 시간이 마음에 걸려 조금 빠른 속도로 밥을 먹었더니,

"천천히 먹어. 체하겠다."

승민의 걱정스러운 음성이 들려왔다. 현수는 숟가락을 멈추고 승민을 빤히 쳐다봤다. 이 남자, 역시 평소와 다르다. 뭐가 다른 걸까?

가만히 고민을 해 보니 어렵지 않게 답을 찾을 수 있었다. 승민의 잘난 척은 여전하지만, 현수에게 면박을 주는 것이 사라졌다. 원래의 승민이라면 지금 같은 상황에서 '게걸스럽게도 먹는다.'라고 비아냥거렸을 것이다.

'왜 이러지? 내가 본사에서 일하지 못하게 된 게 저렇게까지 마음에 걸리는 건가?'

"아예 먹지 말라는 건 아니야. 넌 중간이라는 게 없냐?"

생각을 하느라 먹는 걸 멈췄더니 승민이 투덜거리듯 말했다. 그러면 그렇지. 조금 자의식 과잉이었던 것 같다. 승민이 달라진 게 아니라, 승민과 같이 있는 시간이 많아지면서 승민의 새로운 부분들을 알게 됐을 뿐이다.

"요새 상황이 많이 안 좋아."

계산을 하고 나오는 길. 승민이 드디어 본론으로 들어갔다. 장장 4시간 만이었다.

"최 과장이 압력을 넣는 바람에 팀원을 모으기가 쉽지가 않다. 그렇다고 나 혼자 진행할 수도 없는 노릇이고."

"그렇게까지 안 좋습니까?"

"응. 다들 벌어먹고 살아야 하니 상사 눈 밖에 안 나려고 그러는 건 이해해. 그들을 욕할 수는 없지. 몇 명은 남아 줬어. 하지만 아직 인원 부족이야. 네가 좀 도와줬으면 좋겠어."

"내가요?"

"응. 얘기는 해 뒀어. 설계팀 과장님이 그쪽 부장님이랑 아는 사이라서 조율을 했나 봐. 일주일에 세 번, 본사에 출근하는 걸로."

"하지만…… 내가 도움이 될까요?"

"응, 도움이 돼."

승민이 단호하게 말했다.

"아주 많이 될 거야."

"아는 거 별로 없습니다. 난 그냥 자동차를 좋아하는 것뿐이에요. 대학 다니면서 제대로 배운 적도 없고, 자동차를 만드는 일에 참가해 본 적도 없습니다."

"정비소에서 자동차 만드는 거 아니었어?"

"그거야 그냥 아는 지식 총동원해서 끄적끄적 만들어 본 거죠. 이거랑은 상황이 다르잖아요."

"그거면 돼. 자동차를 좋아하고, 아는 지식 총동원했을 때 자동차를 만들 수 있을 정도면 충분해."

"하지만……."

"너한테서 힘을 얻고 있어."

"……."

"네가 나한테는 큰 힘이 돼. 네가 있으면 최 과장이 아무리 내 앞을 막으려고 해도 막지 못할 거야. 그래서 내 팀에 네가 필요해."

입 안이 바싹 말랐다. 승민의 강경한 태도가 현수를 꼼짝도 못하게 만들었다.

때때로 승민이 일에 대해 이야기하며 강한 모습을 보일 때는 숨을 쉴 수가 없다. 승민에게서 뿜어져 나오는 강렬한 자신감과 약간의 불안감, 그 인간미 넘치는 모습이 현수를 매혹시켰다.

승민은 그런 현수를 똑바로 응시하며 덧붙였다.

"본사 출근하면 설계팀의 윤 과장님 아래서 일을 하게 될 거야. 좋은 분이야. 윤 과장님한테 많은 걸 배워 둬. 네가 지금 하고 있는 용접 일이 하찮다는 게 아니야. 조립팀 일에다 설계팀 일까지 배워 두면 네가 할 수 있는 것들이 늘어날 거야."

"가서 많은 걸 배워 둬."

승민을 만난 이튿날, 조립팀 부장이 현수를 불렀다. 부장은 너넉한 표정으로 현수에게 말했다.

"자네가 지금까지 이쪽 일에 적응하려고 애 많이 쓴 거 알고 있어."

부장과 대면하는 건 발령받은 날 이후로 처음이었다.

"직원들 중 몇 명이 자네를 유독 심하게 괴롭힌 것도 알고. 난 사실 자네가 견디지 못하고 금방 그만둘 줄 알았어. 그런데 잘 버티더군. 자기 일도 열심히 하면서. 자네가 내 딸이랑 같은 나이라서 더 신경이 쓰였었지. 내 딸은 말이야⋯⋯ 이렇게 말하면 애비가 돼서 딸 욕이나 한다고 하겠지만⋯⋯ 자네랑은 완전히 달라. 철딱서니가 없어서 한마디 하면 울기나 하고, 사고나 치고, 용돈 올려 달라고 징징거리고⋯⋯ 그래서 요새 것들 못 쓰겠다고 생각하고 있었거든."

부장의 얼굴에 너그러운 미소가 떠올랐다.

"자네가 괴롭힘을 묵묵히 견디면서 할 일을 해내는 걸 보니까 자

네 같은 아이들도 있구나…… 그런 생각이 들었어. 설계팀 윤 과장,
괜찮은 친구야. 그 친구한테 많은 이야기를 듣고, 많은 걸 배우도록
해. 일주일에 세 번씩 본사에 출근하는 걸 알면, 이쪽 직원들 시선
이 곱진 않겠지만…… 뭐, 자네는 괜찮겠지. 잘해 봐."

과찬이었다. 현수는 부장에게 직접 그런 이야기를 들을 만큼, 자
신이 잘해낼 수 있을지가 의문이었다.

승민에게 팀에 들어와 달라는 이야기를 들었을 때는, 승민의 강
한 기색에 밀려 다른 생각을 할 수 없었다.

　　ㅡ너한테서 힘을 얻고 있어.
　　ㅡ네가 나한테는 큰 힘이 돼.

그가 만들어 내는 문장들이 달콤하게 현수를 적셔서 그의 말에
의문을 품을 새가 없었다. 하지만 승민과 헤어져 집에 돌아왔을 때,
현수는 큰 의문을 품었다.

'대체 왜 나를? 내가 무슨 도움이 된다고?'

보기만 해도 힘이 되는 사람이라는 표현은 현수가 아닌 채영에
게 사용해야 마땅했다. 사랑하는 사람이야말로 존재 자체로 힘이
되니까.

그러니까 승민이 현수에게 했던 말은 그런 의미는 아닐 것이다.
그렇다면 어떤 의미일까?

팀에 들어간다고 해서 현수가 할 수 있는 일은 없었다. 승민에게
말한 대로 현수가 했던 건 자동차를 깨작깨작 만들었던 것뿐. 인터

넷이나 책을 찾아보고 이렇게 하면 되겠지, 저렇게 하면 되겠지, 하며 끼워 맞춰 본 게 다였다. 그 자동차를 완성했다고 해도 그것이 과연 제대로 작동했을지는 의문이었다.

최민석에게 대항하려고 한다면 현수보다 나은 사람을 섭외하는 게 나았을 것이다. 최민석의 영향이 미치지 않는 외부에서 데리고 오는 게 가능하다면, 제대로 배운 쓸모 있는 사람을 영입하는 게 옳았다.

'그런데 왜 나지?'

그 의문은 본사에 첫 출근을 하는 날까지 사라지지 않았다.

본사 출근이 좋은 건 조금 늦게까지 잘 수 있다는 점이었다. 하지만 긴장한 현수는 생산 공장에 출근할 때보다 더 일찍 일어났다.

풀리지 않는 의문을 가슴에 품은 채 조깅을 하고 돌아왔다. 샤워를 하고 나와 입을 옷을 골랐다. 아무 생각 없이 평소에 입는 옷을 꺼냈다가, 지난번 본사에서 봤던 직원들의 옷차림을 떠올렸다. 다들 말끔한 정장을 입고 있었다.

현수가 고른 옷은 후줄근한 청바지와 맨투맨 티셔츠. 이런 옷을 입고 본사에 가면 눈에 확 띌 것이다. 사람들의 시선은 아무래도 상관없지만, 현수를 데리고 간 승민에게도 안 좋은 영향이 미칠까 봐 걱정이 됐다. 승민에게 폐를 끼치고 싶지 않았다.

"어쩌지?"

이럴 줄 알았으면 기본 정장이라도 구입해 둘 걸 그랬다. 지하상가에서 사면 싸게 살 수 있던데.

고민하던 현수의 눈에 옷장 구석에 걸어 둔 원피스가 들어왔다.

승민이 선물해 준 원피스다.

"저건 안 돼."

현수는 고개를 세차게 저었다. 원피스라니. 유치원 때 이후로 치마를 입어 본 적이 없다. 치마를 입으면 어떤 느낌이 드는지도 기억나지 않을 정도였다. 나풀거리는 플레어 스커트도 불편할 것 같은데, 승민에게 받은 원피스는 그보다 더 불편할 것 같았다. 허리 라인이 들어가서 몸매가 드러나는 원피스. 그걸 입은 자신의 모습이 상상조차 되지 않았다.

결국 그나마 단정한 면바지와 흰색 남방을 찾아냈다. 승민이 준 카디건까지 걸치니 그리 나빠 보이지 않았다.

"옷 선택이 이렇게 어려운 거라니……."

출근 첫날부터 벽에 부딪혔다. 매일 같은 옷을 입을 수는 없는 노릇. 내일부터 아침마다 옷 고르는 고된 작업을 해야 된다. 일주일에 세 번씩 옷을 고르느라 골치를 썩느니 차라리 공장에 출근하는 게 마음 편할 것 같다.

"데리러 왔다."

간신히 출근 준비를 마치고 밖으로 나가자 승민이 자동차에 기대어 현수를 기다리고 있었다. 비스듬히 서 있어서 그런지 다리가 유독 길어 보였다.

옷차림에 대해 지적할 것 같아서 긴장했는데 승민은 별말 없이 조수석의 문을 열었다. 현수는 지레 겁먹은 자신을 비웃으며 차에 올랐다.

"부지런하네요. 아침부터 우리 집까지 오고."

"성실함을 기본 바탕으로 삼아 살아가는 사람이지."

하여간 이 남자는 무슨 칭찬을 못 해 주겠다.

"가자마자 설계팀 윤 과장님 만날 거야. 윤 과장님한테 설명 듣고 팀 회의 때 같이 들어오면 돼. 출근은 월·화·수, 이렇게 세 번이고. 디자이너 세 명에 설계팀 여섯 명. 너까지 포함해서 총 열 명이야."

승민은 즐거워 보였다. 기분이 좋은 듯한 승민을 보는 건 오랜만이다. 아니, 처음인가? 현수의 시선을 느낀 승민이 그러다 얼굴 뚫어지겠다고 투덜거렸다.

"좋은 일 있습니까?"

"좋은 일?"

"기분 좋아 보이네요."

현수의 말에 승민이 피식 웃었다.

"아침부터 보니까 좋아서."

"뭘 봤는데요?"

"너."

"네?"

"너 봐서 좋다고."

"……."

저 말을 어떻게 해석해야 되지?

현수는 당황했다. 농담이라도 저런 말을 들을 줄은 몰랐다.

밀폐된 자동차 안이 답답하게 느껴졌다. 격하게 뛰기 시작한 심장 소리가 승민의 귀에까지 닿을 것 같았다. 현수는 무의식적으로 차창을 내렸다. 열린 창문으로 다른 차들의 엔진 소리가 비집고 들어온 후에야, 현수는 작게 숨을 내쉬었다.

"안 추워?"

쌀쌀한 바람이 헤집고 들어와 현수의 머리칼을 흐트러뜨렸다.

"괜찮습니다."

조금 춥지만 견딜 만했다. 심장 소리를 승민에게 들키느니 추운 게 낫다.

"이번 주말에 본가에 내려가려고."

승민이 말했다.

"네에……."

소음에 섞였는데도 작아지지 않는 심장 소리에 정신이 팔려 건성으로 대꾸했다.

"본가 갈 거라니까?"

"그래서요?"

"같이 가자고."

"그러든지요."

"흐음."

차가 신호에 걸려 멈추자 승민이 현수를 물끄러미 응시했다.

"뭘 그렇게 봅니까?"

"너 오늘……."

현수는 긴장했다. 무슨 말을 하려는 거지?

"묘하게 고분고분하다? 첫 출근이라 긴장했냐?"

첫 출근이라 긴장한 건 사실이지만 지금 긴장한 이유는 승민 때문이다. 다행히 그 사실을 들키지 않은 것 같아서 현수는 고개를 끄덕였다.

"네. 긴장했습니다."

"호오. 너도 긴장이라는 걸 한단 말이야? 쇠심줄을 가진 줄 알았더니."

"나도 인간이니까 긴장도 하고 그럽니다. 떫습니까?"

"덜 익은 감을 먹은 것도 아닌데 떫긴 왜 떫어?"

"……."

회사 주차장에 도착할 때까지 승민은 회사에 대한 이런저런 이야기를 했다. 구내식당이 어디에 있는지, 어떤 메뉴가 가장 맛있는지, 휴게실은 어디인지…….

회사에 대한 정보보다 그의 나직한 음성이 듣기 좋았다. 날을 세우지 않은 목소리는 음악 같아서, 눈을 감으면 잠이 들 것 같았다.

회사 주차장에 도착했을 때 승민은 바로 차에서 내리지 않았다. '잠깐만.'이라며 뒷좌석에서 쇼핑백을 가지고 온 승민이 그 안에서 두툼한 종이 뭉치를 꺼냈다.

"한 번 봐봐."

승민은 조금 쑥스러워하는 표정으로 현수에게 종이 뭉치를 건넸다. 약간 두께가 있는 수십 장의 종이는 묵직했다. 거기에 그려진 스케치를 보는 순간, 현수는 그 묵직함이 단순히 종이의 무게 때문이 아니라는 걸 깨달았다.

흰 종이 안에는 승민의 강한 집념과 노력, 고뇌가 담겨 있었다.

현란하게, 담담하게, 강렬하게, 부드럽게. 여러 느낌으로 그려진 자동차가 현수의 시선을 빼앗았다.

보닛에서부터 매끄럽게 이어지는 선, 약간은 큰 듯한 세련된 바퀴, 옆으로 여는 게 아니라 위로 들어 올리는 문.

터무니없이 미래적이기에 더욱 아름다운 자동차가 승민의 강렬한 마음을 담고 그 안에 존재했다. 그것은 순식간에 현수를 매혹시켰다. 눈을 떼려고 해도 뗄 수가 없었다. 마지막 장을 넘길 때까지 현수는 숨도 쉬지 않고 스케치를 감상했다.

"이건⋯⋯."

현수가 마지막 스케치에 시선을 둔 채 중얼거리자 승민이 씩 웃으며 말했다.

"응. 난 배트카를 만들 거야."

승민의 말대로 윤 과장은 좋은 사람이었다. 별일이 아닌데도 크게 웃는 모습이 소탈해서, 보기만 해도 기분이 좋아졌다. 고향에 있는 아버지가 생각났다.

윤 과장은 팀에서 일하게 될 설계팀 직원들에게 현수를 소개시켰다. 다들 사람 좋아 보이는 인상이었고 현수를 반갑게 맞아 주었다.

설계팀에서 하는 일에 대해 가볍게 설명한 윤 과장은 현수의 어깨를 두드리며 말했다.

"너무 어렵게 생각할 거 없어. 자동차만 좋아하면 되는 거야. 그나저나…… 내 딸 보고 싶지 않아?"

"딸……이요?"

"응. 딸내미가 세 명 있는데 얼마나 귀여운지…… 기다려 봐."

업무에 대한 이야기보다 딸들에 대한 설명이 더 길었다. 한 시간이 넘게 윤 과장의 딸들에 대한 칭찬을 듣고 나니 얼굴 한 번 본 적 없는 그 아이들과 절친한 친구라도 된 듯한 기분이 들었다.

세뇌가 된 듯 몽롱한 기분으로 윤 과장의 뒤를 따라 회의실로 향했다. 회의실 안으로 들어간 현수는 그 자리에서 굳어 버렸다.

'이런 얘기는 없었잖아!'

디자이너가 세 명이라는 이야기는 들었다. 회의실 안에는 승민을 포함한 세 명의 디자이너가 먼저 와서 설계팀을 기다리고 있었다. 그리고 그 세 명 중 한 명은, 이 회사에서 가장 만나고 싶지 않은 사람이었다.

'그래, 어떻게 생각하면 저 사람이 여기에 있는 게 당연한 걸지도…….'

회사 내의 입지가 작아진 승민. 그런 승민을 위해 최민석의 눈치를 보지 않고 팀에 합류할 사람은 승민을 사랑하는 채영인 게 당연했다. 그 부분을 미리 예측하지 못한 쪽이 바보다.

채영은 안방마님처럼 도도한 자세로 승민의 옆자리를 차지하고 있었다. 얼굴에 꽂히는 채영의 시선이 따갑게 느껴졌다. 현수는 시선을 피하지 않으려고 노력하며 채영을 마주봤다. 채영의 눈빛은 예사롭지 않았지만, 다른 사람들을 의식해서인지 곧 부드럽게 변했다.

인사를 하고 각자 자기소개를 하는 시간이 지나갔다. 현수는 그 시간을 어떻게 보냈는지도 자각하지 못했다.

채영이 현수만 노려보고 있는 건 아니었다. 하지만 이따금씩 그녀의 시선이 현수를 스치면 팔뚝에 소름이 돋았다.

'기분 탓이야.'

채영은 그저 승민을 사랑하는 한 여자일 뿐이다. 자신의 남자가 웬 여자를 잘 챙겨 준다면, 연인으로서 기분이 상하는 게 당연하다. 애인이 있는 여자라면 누구나 가질 수 있는 감정. 질투, 불쾌함, 그뿐이다. 단지 현수는 단 한 번도 그런 일에 휘말려 본 적이 없기에 처음 겪는 그 감정이 버거운 것이리라.

승민이 디자인화를 공개할 즘엔 현수도 마음을 다잡을 수 있었다.

승민은 팀원들에게 앞으로 회의실에서 오가는 내용들은 절대로 외부 유출을 하지 말아 달라고 당부한 후에 프로젝터를 켰다. 크고 흰 화면에 오늘 아침 현수가 봤던 것보다 조금 더 잘 정리된 디자인화가 떠올랐다.

처음에 디자인화를 본 팀원들의 반응은 '우와!'였다. 그럴 만도 했다. 감탄사가 절로 나올 만큼 화려하니까.

승민은 말 그대로 '배트카'를 디자인했다.

배트맨이 타는 배트카를 연상케 하는 검고 화려한 자동차. 차체는 날렵하지만 약간 큰 바퀴 때문에 위압감이 있었다. 누구라도 한 번쯤 타고 싶어 할 만한 자동차였고, 그 때문에 처음에는 다들 순수하게 감탄했다.

하지만 그것을 제작해야 한다면 문제가 달라진다. 회의가 진행되자 부정적인 의견들이 많이 나왔다.

이 인원으로 기간 내에 만드는 게 가능한지, 엔진은 어떻게 할 건지, 전자동 시스템을 구축하는 것에 문제가 없을지…… 하지만 가장 큰 문제는 역시 회사 상부의 반응.

"한번 만들어 보고 싶기는 한데…… 위에서들 허락해 줄까요? 아무리 모터쇼 콘셉트 카라고는 해도…… 이렇게까지 실용성이 없으면 좀 문제가 될 것 같은데요. 게다가 제작 비용도 만만치 않을 것 같고……."

설계팀 직원의 말에 승민이 고개를 끄덕였다.

"네, 맞습니다. 이 디자인 그대로 콘셉트 카를 만드는 건 무리겠죠. 그래서 여러분과의 의논을 통해 앞으로의 진행 방향을 잡고 싶습니다."

승민은 천천히 설명을 이어 갔다.

"어릴 적에 다들 배트카를 가지고 싶다는 꿈을 꿔 본 적이 있을 겁니다. 저는 어릴 때 이런 차를 만들고 싶었습니다. 회사에서 일을 하며 현실을 깨닫게 되자, 아직은 이런 차를 만드는 게 무리라는 걸 알게 되었습니다. 언젠가는 이런 차가 심심치 않게 도로를 달리게 될지도 모르겠지만요."

"그렇죠. 언젠가는."

누군가 추임새를 넣었다.

"이번 모터쇼 콘셉트 카 주제는 '꿈꾸는 차'로 가고 싶습니다. 누구나 타 보고 싶은 차, 언젠가는 갖고 싶어 하는 차, 자신의 인생의 마지막 차라고 점찍어 둘 만한 차. 한 번 보고 돌아섰을 때 뇌리에서 좀처럼 떠나지 않는 차."

"그게 배트카지."

윤 과장이 호쾌한 목소리로 말했다. 승민이 빙긋 웃었다.

"네, 배트카죠. 배트맨만이 가질 수 있는 차. 선택된 일 퍼센트만 손에 넣을 수 있는 차. 그래서 선택된 일 퍼센트가 되고 싶게끔 만드는 차. 그게 제가 이번에 추진하고 싶은 자동차의 이미지입니다."

낮지만 단호한 승민의 음성은 회의실에 있는 팀원들의 마음을 홀렸다. 그들은 승민의 말에 끌릴 수밖에 없었다. 다들 최고의 자동차를 만들 수 있기를 꿈꾸면서 자동차 회사에 들어오니까. 그 자동차 만드는 데 나도 있었어, 라고 자랑스레 말할 수 있기를 바라니까.

"이번만큼은 어릴 때처럼 순수하게 꿈을 꾸면서 자동차를 만들어 보고 싶습니다. 설계팀 여러분이 힘을 빌려 주시면 이 디자인과 비슷하게 끌고 가는 것도 가능하리라고 봅니다. 혹시 압니까? 어느 갑부가 모터쇼에서 우리가 만든 차를 보고 꼭 갖고 싶다고 의뢰를 해 올지."

우스울 정도로 유치한 생각이었지만 불가능한 일은 아니었다. 아니, 불가능하더라도 한번 해 보고 싶게 만드는 힘이 승민의 목소리에는 담겨 있었다. 팀원들의 눈이 반짝거렸다. 현수는 그들이 승민과 같은 마음을 갖게 되었다는 걸 느낄 수 있었다. 현수 역시 그런 마음이었으니까.

회의가 시작되었다. 설계팀이 이러이러한 부분은 힘들 것 같다고 하면, 디자이너들이 그 자리에서 대충 디자인을 수정해 가며 의견을 조율했다. 단시간 내에 끝날 것 같진 않았다.

모르는 이야기들도 많이 오갔지만 현수는 지루하지 않았다.

늘 앞바다에서 조개만 줍다가 원양어선을 타고 먼 바다로 나간 기분이었다. 거대한 세계, 끝없이 펼쳐진 바다, 무엇이 있을지 알 수 없는 깊은 물. 두렵고 흥미롭고 즐거웠다.

잠깐 쉬는 시간, 현수는 휴게실로 향했다. 오랫동안 앉아 있었더니 허리가 아팠다. 자판기에서 음료수를 하나 꺼내 의자에 놔두고 가볍게 스트레칭을 하는데 채영이 들어왔다. 채영은 현수가 여기에 있는 줄 몰랐는지 눈을 크게 떴다.

이번엔 또 무슨 소리를 듣게 될까.

현수의 우려가 무색하게 채영은 생긋 웃으며 말했다.

"힘들지? 승민 씨, 너무 몰입했더라. 두 시간이나 쉬지도 않고. 허리 아파 죽겠어, 정말."

채영도 자판기에서 음료수를 하나 뽑았다.

"지난번엔 내가 너무 날카롭게 말한 것 같아. 미안해. 여러 가지로 마음이 복잡했는데, 그걸 현수 씨한테 푼 것 같아. 후회 많이 했어. 사과할 기회가 생겨서 다행이다."

채영은 현수가 음료수를 놔둔 의자의 옆에 앉았다. 현수가 대답 없이 쳐다보자 채영이 어색하게 웃었다.

"너무 그렇게 노려보지 마. 승민 씨가 아끼는 동생한테 미움받고 싶지 않아."

아끼는 동생.

'그렇게 생각하기로 했구나.'

안도와 동시에 아픔이 찾아왔다. 아끼는 동생. 현수는 승민에게 그런 존재였다. 두 사람이 함께 붙어 다니는 걸 봐도 연인이라고 오해할 사람들은 없었다. 그만큼 어울리지 않으니까.

"미워하지 않습니다."

그건 사실이다. 채영이 미운 건 아니다. 그저 어려울 뿐이다.

"정말?"

채영이 고개를 갸우뚱하며 물었다. 세련된 외모인데도 귀여운 행동이 잘 어울렸다.

"네, 정말로요. 미워할 이유가 없죠."

"하긴. 현수 씨랑 나 사이에 뭔가가 있는 것도 아니니까. 앞으로 같이 일하게 됐으니까 잘 지내자. 이번 일 잘돼서 현수 씨도 본사로 출근하게 되면 좋겠네. 공장 일은 여자한테 너무 힘들잖아."

"네. 잘 부탁드립니다."

"그렇게 딱딱하게 굴지 마. 편하게 언니라고 불러도 돼. 말 놔도 좋고."

"……"

"아직은 좀 어색한가? 하여간 일하다가 문제 생기면 나한테 얘기해. 설계팀 쪽도 여직원이 별로 없어서 여자들끼리의 문제는 의논할 사람을 찾기가 힘들더라고. 그럼 회의실에서 봐."

채영은 마지막까지 친절하게 말하고 휴게실에서 나갔다. 채영의 행동에서 다른 뜻이 있다고 의심할 만한 구석은 없었다. 그래도 가

시처럼 걸려 따끔거리는 게 있었다.

'기분 탓이야. 서울 와서 하도 욕먹었더니 다른 사람 친절까지도 의심하게 되네.'

현수는 부쩍 옹졸해진 자신의 마음을 탓했다.

20분의 쉬는 시간이 끝나 가고 있었다. 회의실로 돌아가려다가 문득 세찬을 떠올렸다. 세찬은 아직 현수가 일주일에 세 번씩 본사에서 근무하게 되었다는 걸 알지 못한다. 말해야 될 의무가 있는 건 아니지만, 그동안 잘 챙겨 줬는데 이런 소식은 먼저 전해야 한다는 생각이 들었다.

[저 일주일에 세 번씩 본사 설계팀에서 일하게 되었습니다. 지금 본사에 와 있어요. 다음에 봬요.]

문자를 보냈다. 일이 바쁜지 답장은 없었다.

세찬의 답이 온 건 회의가 다시 시작되고도 30분이 지났을 때였다. 현수는 팀원들의 눈치를 보며 문자를 확인했다.

[정말이야? 잘됐다. 미리 말하지. 점심은 설계팀이랑 먹을 테니, 저녁에 잠깐 볼까?]

세찬의 문자가 현수를 부끄럽게 만들었다. 점심은 당연히 승민과 먹을 거라고 생각하고 있었다. 미련한 생각이었다.

승민은 채영과 점심을 먹는 게 당연하다. 혹여 승민이 현수를 챙겨 주려는 생각에 같이 점심을 먹자고 해도 거부를 해야만 하는 입장이다. 그런데 두 사람을 눈앞에 두고도 그 부분에 대해 전혀 생각하지 않고 있었다.

'아, 진짜 싫다.'

자신의 짧은 생각에 짜증이 났다.

저녁에 보자고 답장을 보내고 다시 회의에 집중하려 했지만 쉽지 않았다. 자신에 대한 실망과 혐오감은 회의가 끝날 때까지 현수를 떠나지 않았다.

승민을 좋아하게 되면서 한 가지 알게 된 사실이 있다. 좋아하는 사람의 제안은 거절하기 힘들다는 것.

현수의 마음을 전혀 모르는 승민은 가벼운 어투로 점심을 먹으러 가자고 했다. 하마터면 고개를 끄덕일 뻔했지만 승민의 옆에 바짝 붙어 서 있는 채영을 보고 정신을 차렸다.

"난 그냥 설계팀 분들이랑 먹겠습니다."

"첫날인데 오늘은 나랑 같이 먹어. 설계팀이랑은 저녁 먹으면 되잖아."

"그래, 현수 씨. 같이 먹자. 점심 먹고 회사 구경도 시켜 줄게."

채영이 생글생글 웃으며 승민을 거들었다. 독기 없는 미소였지만 현수는 채영의 말이 본심이 아니라는 걸 알고 있었다.

"정 마음에 걸리면 우리 팀원 다 같이 점심 먹어도 되고."

승민은 물러서지 않았다. 그의 얼굴에 떠오른 서운함, 그것이 현수를 머뭇거리게 만들었다. 승민이 싫어하는 행동은 하고 싶지 않다. 그게 현수의 본심이었다.

'하지만 그래서 뭐? 마승민 씨 옆엔 김채영 씨가 있잖아. 그런데 잘 보여서 뭘 어쩌겠다고?'

약해지는 자신을 질책하고 있는데, 옆에서 세 사람을 지켜보던 윤 과장이 도움의 손길을 뻗었다.

"우리 설계팀은 설계팀끼리 할 이야기도 있고, 우리끼리 밥 먹을 거야. 마 대리 디자인을 썹을 기회도 줘야지. 안 그래?"

윤 과장의 말에 입구에서 기다리던 설계팀 직원들이 킬킬 웃으며 맞장구를 쳤다. 승민은 더 이상 억지를 쓸 수가 없었다.

설계팀 직원들과 어울려 나가는 현수의 뒷모습이 작게 느껴졌다. 여자치고는 작은 키가 아닌데도 유독 작아 보이는 이유가 뭘까. 공장 일이 힘들어서 살이 빠진 걸까?

방금 전 현수에게 밥을 먹으러 가자고 했을 때 그녀의 얼굴에 잠깐이나마 머물렀던 쓸쓸함이 마음에 걸렸다. 거절하는 눈빛이 애처로워서 회사라는 것도 잊고 현수의 볼을 쓰다듬을 뻔했다.

'왜 저렇게 울적해 보이지? 기분 탓인가?'

익숙지 않은 장소에 와서 얼떨떨한 것뿐일지도 모르겠다. 현수를 사랑하게 되어 그녀의 일이라면 뭐든 과민하게 받아들이게 된 걸지도.

현수에게 해 주고 싶은 것도 많고 함께하고 싶은 것도 많지만 자신의 욕심만 채울 수는 없는 일이다. 남자라면 물러설 때를 알아야 하는 법. 초조해하며 달려들어 봤자 역효과만 일으킬 뿐이다. 막 사랑에 빠진 어린애처럼 앞뒤 분간하지 않고 접근해 현수를 불편하게 하고 싶진 않았다.

"우리도 가자. 배고프다."

채영이 자연스럽게 팔짱을 끼었다. 처음으로 채영의 접촉이 불편하게 느껴졌다. 그동안은 채영이 팔짱을 끼거나 뺨을 만져도 절

친한 동료로서의 가벼운 스킨십 정도로만 생각했다. 하지만 지금은 그녀의 행동에 다른 의미가 담겨 있는 것 같아서 불편하다.

"그, 그럼 저는 가 보겠습니다."

이훈영 디자이너의 존재를 잊고 있었다. 훈영은 자기가 연인 사이를 방해했다고 생각한 건지, 서둘러 회의실을 떠나려고 했다. 막 나가려는 훈영을 붙잡은 건 승민의 낮고 단호한 음성이었다.

"어디 가게?"

"네? 사무실에 가서 다른 친구들이랑 같이 밥 먹으려고요."

"나랑 먹는 건 불편해?"

"아뇨, 그런 건 아닌데……."

"상사랑 밥 먹는 게 불편한 건 당연한 거지. 훈영 씨, 가서 동료들이랑 편하게 즐겨. 점심시간 정도는 숨통이 트여야 하지 않겠어?"

채영이 훈영을 두둔했다. 하지만 승민은 채영에게 잡힌 팔을 빼내고 훈영의 어깨에 팔을 둘렀다.

"좀 불편한 건 참아. 팀이니까 친해져야지."

"아, 네에……."

"서로에 대해 알아가는 것부터 시작할까?"

"네에?"

"취미가 뭐야?"

"……게, 게임이요."

"난 독서. 특기는 뭐야?"

"그, 글쎄요…… 아무래도 그림이 아닐까요?"

"그래? 내 특기는 드라이빙이야. 가족관계는 어떻게 돼?"

맞선을 보는 사람처럼 훈영의 개인 정보를 캐물으며 나가는 승민의 뒷모습을 채영은 가만히 응시했다. 방금 전 팔을 빼내던 승민의 움직임은 조금 다급하고, 차갑게 느껴졌다.

오래전에 끝난 사이이기는 하지만 채영의 손길을 거부하지 않던 승민이었다. 오히려 먼저 스킨십을 해 오는 일도 있었다.

승민은 채영이 따라오는지 확인할 생각도 하지 않았다. 여성에게는 과할 정도의 매너를 보이는 승민이기에 지금의 행동은 무척 부자연스러웠다.

채영은 뒤늦게 승민과 훈영의 뒤를 따라가며 생각했다.

'왜 저러지? 내가 무슨 실수라도 했나?'

깔끔한 인테리어의 구내식당은 현수가 예상한 것보다 넓고 깨끗했다. 뷔페식으로 차려진 음식들을 먹을 만큼 덜어와 먹는 시스템. 식판을 들고 반찬 코너로 향한 현수는 작게 탄성을 내뱉었다.

"반찬 죽이지?"

윤 과장은 나이와 직급의 차이에도 스스럼없이 현수를 대했다.

"네, 죽입니다."

현수의 대답에 윤 과장은 자기가 칭찬받은 것처럼 환하게 웃었다.

"많이 먹어. 현수 넌 너무 말랐어. 요샌 말이야, 건강이 곧 능력이야. 건강해야 일도 하고 놀기도 하지. 안 그래?"

"맞아요."

최근 들어 말랐다는 말을 많이 듣는 것 같다. 얼마 전에 만난 세찬도 현수에게 너무 말랐다며 걱정을 했다. 운동을 많이 해서 살이 찌는 체질은 아니었지만 말랐다는 말을 듣는 일은 별로 없었다.

'살이 좀 빠졌나?'

현수는 카디건 소매 밖으로 나온 손목을 확인했다. 현수의 눈에는 달라진 게 없어 보였다.

돼지갈비찜과 몇 종류의 나물, 김치를 식판에 덜었다. 현수의 식판을 흘끗 확인한 윤 과장은 만족스러운 듯 고개를 끄덕였다.

"그래, 그래. 그렇게 잘 먹어야지."

'평소보다 적게 담은 건데……'라고 생각하며 현수는 윤 과장을 따라 비어 있는 식탁으로 향했다. 10인용의 타원형 식탁으로, 먼저 온 설계팀 직원들이 두 사람을 기다리고 있었다.

"와, 현수 씨. 많이도 퍼 왔네."

"윤 과장님이 억지로 덜어 준 거지?"

"윤 과장님, 여자들은 원래 저렇게 많이 못 먹어요. 현수 씨, 무리해서 먹지 마요. 체할라."

직원들이 현수를 걱정하며 애꿎은 윤 과장을 나무랐다. 윤 과장은 너털웃음을 지을 뿐, 애써 변명하지 않았다. 현수는 조금 민망해졌다.

'얼마나 적게 퍼 왔어야 하는 건데? 이것도 모자랄 것 같구만……'

마지막 직원까지 와서 앉자 식사가 시작되었다. 다들 허기가 졌기 때문에 처음에는 말없이 밥을 먹는 데만 집중했다. 어느 정도 배가 차자 하나둘씩 입을 열기 시작했다.

"채영 씨도 우리 팀에 들어올 줄은 몰랐는데…… 오늘 보고 깜짝 놀랐습니다."

직원 한 명이 서두를 열자 다들 '맞아, 맞아.'라며 추임새를 넣었다.

"아무래도 사내 커플은 한 팀에서 일하기엔 눈치가 보이잖아. 연애하려고 회사 다니냐는 말까지 들을지도 모르고."

"그래도 마 대리님이나 채영 씨나 자기 일은 열심히 하는 사람들이니까, 그런 소리 하는 사람은 없지 않겠어?"

식사 중에 두 사람의 이야기가 나올 줄은 몰랐다. 식욕이 뚝 떨어졌다. 음식을 적게 퍼 오기를 잘했다.

"채영 씨, 가까이에서 본 거 처음이에요. 진짜 예쁘게 생겼던데요."

"그치? 처음에 입사했을 때 난리였어. 디자인팀에 여신 나타났다고. 보통 여자 신입들 들어오면 원래 있던 여직원들은 가치가 떨어지는데, 채영 씨는 여전히 여신이잖아. 디자인팀 여신."

"연예인이라고 해도 믿을 것 같아요. 오늘 회의하는데 눈을 뗄 수가 없더라고요."

"이봐, 너무 앞서 나가지 마. 채영 씨는 마 대리 거야."

"에이, 어떻게 해 보자는 생각은 당연히 없죠. 제가 어떻게 마 대리님을 이길 수 있겠어요."

"그런데 말입니다."

지금껏 끼어들지 않았던, 가장 구석 자리의 직원이 폭탄 발언을 했다.

"그 두 사람, 정말 사귀는 거 맞습니까?"

모두의 시선이 그 직원에게 향했다. 현수 역시 마찬가지였다. 아직 앳된 얼굴의 직원은 주목을 받은 게 쑥스러운지 얼굴을 붉히며 설명했다.

"제가 보기엔 별로 사귀는 느낌이 아니던데요. 일 끝나고 따로 만나는 것 같지도 않고……."

"거야 회사 사람들 눈도 있으니까 너무 티 내지 않으려고 하는 거지."

"맞아. 나 저번에 마 대리가 복도에서 채영 씨 손등에 입 맞추는 거 봤어. 깜짝 놀라서 숨었는데."

"어, 채영 씨도 마 대리님한테 자주 팔짱 끼고 다니잖아."

그다음부터는 이야기가 귀에 들어오지 않았다. 현수의 머릿속은 '마 대리가 복도에서 채영 씨 손등에 입 맞추는 거 봤어.'라는 말로 꽉 차 있었다.

'입 맞췄다고?'

연인끼리 손등에 입 맞추는 것 정도는 별일 아니다. 마우스 대 마우스가 아닌 게 다행이다.

'난 또 뭘 다행이라고 생각하는 거야?'

회사니까 손등이지, 회사가 아니면 그보다 더 농밀한 스킨십을 할 것이 분명했다. 연인이니까. 사랑하는 사이니까. 그러니까 키스든 뽀뽀든 포옹이든, 마음껏 해도 이상하지 않을 사이라는 거다.

현수는 무의식적으로 자신의 입술을 만졌다.

'나한테 하는 게 이상한 거지.'

두 사람이 사귀는 사이라는 건 이미 알고 있었지만 다른 사람들을 통해 그 사실을 전해 듣는 건 기분이 달랐다. 더 충격적이고 더 아프고 더 괴로웠다. 그들이 목격한 둘의 애정 행각이 현수의 심장에 못을 박았다.

승민의 연인은 채영이야. 너 따위는 끼어들 공간이 없어.

'듣기 싫어.'

할 수만 있다면 이 자리에서 도망치고 싶다. 그대로 고향에 돌아가 닭이나 소를 돌보며 사는 게 마음이 편할 것 같다. 고향의 신선한 공기와 조용한 바람이 그리웠다.

더는 견딜 수가 없다고 생각했을 때, 누군가 현수의 어깨에 손을 얹었다.

"현수야."

반가운 음성이 들려왔다. 현수는 벌떡 일어나 뒤를 돌아봤다.

"오빠."

"점심시간에 볼 줄은 몰랐는데…… 밥 먹고 있었어?"

"네. 오빠는요?"

"난 이제 먹으러 왔지. 안녕들 하십니까."

세찬이 설계팀 직원들에게 서글서글하게 웃으며 인사했다.

"어, 세찬 씨. 현수 씨랑 아는 사이였어?"

세찬과 아는 사이인 직원이 의아하다는 표정을 지었다. 세찬이 빙그레 미소를 지었다.

"네, 아는 사이입니다."

"어떻게? 친척이라든가…… 뭐 그런 건가?"

"네, 뭐…… 저한테는 소중한 사람입니다. 우리 현수, 잘 부탁드립니다."

세찬이 깊이 허리를 숙이며 말했다. 몇몇 직원들이 황망해하며,

"그렇게까지 안 해도 잘해 줄 거야."

라고 세찬을 만류했다. 세찬은 허리를 펴며 씩 웃었는데, 그 미소가 몹시도 청량해서 현수는 고향에 돌아온 듯한 기분이 들었다.

"그럼 이따 저녁때 보자."

세찬이 다른 테이블로 떠나자 직원들이 너도나도 현수에게 질문을 쏟아 부었다. 여러 가지 질문이었지만 결국은 '정현수와 박세찬은 무슨 사이인가?'로 통했다. 현수는 설명할 말이 별로 없었다.

연인은 아니다. 이쪽은 세찬을 친구라고 생각하지만, 세찬은 그렇지도 않은 것 같다. 그런 사이는 뭐라고 표현해야 하는 걸까?

"그냥요…… 좋은 오빠입니다."

현수는 대답할 말이 그것밖에 없었다.

"세찬 오빠의 아버지께서 저한테는 은사세요. 그렇게 알게 된 사이고요."

"오, 세찬 씨 아버지께서 선생님이었던 거야?"

박 교수에게는 많은 걸 배웠고 박 교수의 직업이 교수가 맞으니까 거짓말은 아니다. 현수가 고개를 끄덕이자 다들 현수와 세찬의 관계를 납득했다. 현수는 안도의 한숨을 쉬었다.

괴롭힘도 힘들지만 지나친 관심 역시 힘들기는 마찬가지구나.

식사를 끝내고 자판기 커피로 티 타임을 즐겼다. 소소한 잡담을 나누는 동안 승민과 채영에 대한 주제가 나오지 않아서 안심했다.

"슬슬 회의실로 가볼까?"

라며 윤 과장이 일어났을 때, 세찬의 테이블도 식사를 마치고 일어나는 중이었다. 세찬이 이쪽을 쳐다보는 걸 본 윤 과장이 현수의 등을 살짝 밀었다.

"가서 세찬 씨랑 놀다 와. 아직 시간 있으니까."

"네? 아뇨, 괜찮습니다."

"숨 막히잖아. 놀라고 할 때 놀아 둬. 그래야 일할 때 죽자고 일할 수 있지."

현수는 꾸벅 인사를 하고 세찬에게로 걸어갔다. 세찬은 식판을 비우고 현수를 기다리는 중이었다. 미리 팀 사람들에게 이야기를 해 뒀는지 세찬과 함께 있던 직원들은 세찬을 기다리지 않고 식당에서 나갔다.

"회사 구경은 좀 했어?"

"네."

"어때?"

"깨끗하네요."

"그게 전부?"

"크네요."

"하하하. 귀엽긴."

솔직한 감상을 말한 것뿐인데 뭐가 귀엽다는 건지 모르겠다.

"몇 시까지 들어가야 돼?"

"한 시 삼십 분까지요."

"삼십 분쯤 남았네. 잠깐 바람 쐬러 나갈까? 본사 뒤쪽으로 조금만 가면 작은 공원 있거든."

"네, 좋아요."

세찬의 뒤를 따라서 나갈 때만 해도 현수는 아무 생각이 없었다. 배가 불러서인지 승민이라든가, 채영에 대한 생각은 머릿속에 남아 있지 않았다. 그저 '아, 배부르다. 졸리다. 자고 싶다. 춘곤증인가? 가을이니까 추곤증이라고 해야 되나? 아니면 이제 슬슬 겨울이니까 동곤증이라고 하나?'라는 생각만 가득했을 뿐이다.

때문에 본사 로비에서 막 들어오던 승민의 무리와 마주쳤을 때도 별생각이 없었다. 저 사람들은 밖에서 밥 먹었나 보다, 정도의 생각은 했던 것도 같다.

그렇게 멍한 상태였기에 다음 순간에 벌어진 일은 현수를 잠에서 확 깨우다 못해 비틀거리게 만들 만큼 충격을 가져다주었다.

"식사하고 오십니까?"

세찬은 정중했다. 이건 평소와 같았다.

"응, 세찬 씨도 밥 먹었어? 구내식당?"

채영의 가벼우면서도 부드러운 음성 역시 별다른 문제는 없었다.

"회사 내에서 연애질은 작작 좀 하지?"

그러나 승민의 날 선 음성은 현수를 약간 긴장시켰다. 승민은 차가운 눈으로 세찬을 노려보고 있었다. 이유 모를 적대감에도 세찬의 얼굴에선 미소가 떠나지 않았다. 늘 그렇듯 친절한 미소였기에 현수는 안심했다.

'그래, 이 정도 선에서 끝나겠지. 세찬 오빠는 마승민 씨를 좋아하니까.'

하지만 현수의 잠을 확 깨운 건 다음 순간 이어지는 세찬의 말이었다.

"그건 선배님이 저한테 하실 말씀은 아닌 것 같은데요."

웃는 얼굴과는 달리 목소리는 낮고 무거웠다. 세찬이 이런 식으로 대답할 줄 몰랐던 건 현수만이 아니었다. 승민과 채영, 그리고 그들 뒤에 서 있던 이름 모를 디자이너까지 전부 눈이 휘둥그레졌다.

"회사 내에서의 연애질. 그거 선배님이 잘하시는 거 아닙니까? 선배님이 먼저 자제하신 후에 저한테 말씀하셔야죠."

"너…… 그게 무슨……?"

승민은 혼란스러워 보였다.

"사내 커플을 용납하지 않는 회사 아닙니다. 자기 일만 확실히 하면 상관없다고 알고 있습니다. 저는 제 일을 제대로 하고 있습니다. 선배님께서 화를 내실 이유는 없는 것 같은데요."

"……."

"그게 아니면 혹시……."

세찬의 팔이 현수의 어깨를 감쌌다. 현수는 그것조차 느끼지 못할 만큼 충격을 받은 상태였다.

왜 이래? 이 사람도, 저 사람도 갑자기 왜 이래?

"선배님, 우리 현수한테 마음 있습니까?"

정말 왜 이래!

현수는 비명을 지를 뻔했다. 당혹감에 목이 메 아무 소리도 나오지 않은 것이 다행이라면 다행.

충격을 받은 듯한 승민의 표정보다 그 옆에 서 있는 채영의 시선이 유독 마음에 걸렸다. 채영은 조롱하듯 한쪽 입꼬리를 올리고 있었는데, 눈동자엔 조롱이 아닌 분노가 담겨 있었다. 금방이라도 현수를 잡아먹을 것 같은 분노. 거대한 불꽃 같은 질투가 일렁거렸다.

승민은 대답이 없었다. 그럴 리가 없잖아, 그렇게 가볍게 대답하면 금방 오해를 풀 수 있을 텐데, 꽉 닫힌 그의 입술은 열릴 생각을 하지 않았다.

현수의 어깨를 잡은 세찬의 손에 힘이 들어갔다. 약간 통증이 느껴질 정도로. 그제야 현수는 자기가 세찬의 품에 안기듯 가까이 있다는 걸 깨달았다.

"우리 승민 씨가 현수 씨한테 마음이 있을 리 없잖아."

대답을 한 건 채영이었다. 채영은 보라는 듯이 승민의 팔에 팔짱을 끼며 부드럽게 웃었다. 하지만 그녀의 눈동자에 담긴 붉은 분노는 사라지지 않았다.

"세찬 씨 눈에 승민 씨가 후배 연인 빼앗는 남자로밖에 안 보였다면…… 그거 서운한데?"

"……제가 오해한 거라면 죄송합니다."

승민은 여전히 말이 없었다. 세찬은 현수의 어깨를 감싼 채 그 자리를 벗어났다. 입구를 향해 걸어가는 동안, 현수는 승민의 시선을 느꼈다. 뒤를 돌아보고 싶었다. 그가 어떤 표정을 짓고 있는지,

어떤 눈빛을 하고 있는지 그것이 어떤 의미를 가지고 있든 똑똑히 확인하고 싶었다.

하지만 돌아볼 수가 없었다. 승민의 눈빛과 함께 꽂히는 채영의 눈빛이 무서워서.

정신을 차린 현수는 세찬의 팔을 거세게 뿌리쳤다. 세찬은 거부하지 않고 현수에게서 떨어져 나갔다.

"왜 그랬습니까?"

"뭐가?"

"도대체 왜 마승민 씨한테 그런……."

"……질문을 했느냐고?"

차마 말을 잇지 못하는 현수 대신 세찬이 말했다. 현수는 큰 눈을 더 크게 뜨고 세찬을 노려봤다. 힘이 들어가 세모꼴로 접힌 눈을 보며 세찬이 옅은 미소를 지었다. 어쩐지 허무한 듯한 모습에 현수는 힘이 빠졌다. 눈 모양도 원래대로 돌아왔다.

"좋아하잖아."

"……뭐가요?"

"네가 승민 선배님을 좋아하잖아."

들켰다!

현수는 당황했다. 오해라는 말이 나오지 않았다. 허둥거리는 현수에게 세찬이 담담히 말했다.

"두 가지 이유야. 하나는 이기심, 하나는 이타심."

세찬은 현수가 승민을 향해 품은 마음에 대해 확신하고 있었다.

현수가 어떤 변명을 해도 통하지 않을 만큼. 현수는 변명하는 대신 물었다.

"그게 뭡니까?"

"이기심은…… 마승민 선배는 널 좋아하지 않는다, 네게 마음이 없다. 그걸 확실한 사실로 만들고 네가 받아들이게 하고 싶은 마음이야. 네가 사랑하는 사람이 널 사랑하지 않음을 확신하면 어쩌면 아주 약간은 내게도 기회가 생기지 않을까…… 그런 생각. 이기심이지."

말하기 힘든 자신의 어두운 부분을 세찬은 솔직하게 고백했다. 현수는 그런 남자에게 화를 낼 수가 없었다.

"……이타심은요?"

"승민 선배가 널 좋아한다면, 그 질문에 대답했겠지. 너한테 마음이 있다고. 그러면 난 내가 사랑하는 여자가 자기가 사랑하는 남자와 이루어져서 행복해하는 모습을 볼 수 있는 거잖아. 사랑하는 여자의 행복을 바라는 남자니까 이타심. 아아, 이것도 결국 내 만족이니까 이기심인가?"

숨을 쉬기 힘들 정도로 가슴이 답답한 이유는 승민에게 거부당했기 때문이 아니다. 세찬 때문이었다. 이 순간, 자신을 사랑하는 세찬의 마음이 버겁게 다가와서 가슴이 아팠다. 조금 울고 싶을 정도로.

세찬은 힘이 빠진 듯 벤치에 앉았다. 그제야 현수는 이곳이 세찬이 말했던 작은 공원이라는 걸 깨달았다. 고개를 숙인 세찬이 작아 보였다. 축 늘어진 어깨가 안타까웠다.

안아 주고 싶다.

현수는 생각했다.

이 남자를 안아 주고 싶어.

그의 이기심도 이타심도, 현수에게는 사랑스럽게 다가왔다. 그것이 어떤 의도를 담고 있든, 현수를 사랑하는 마음에서 비롯된 행동이었다. 승민과 채영 때문에 괴롭던 현수의 가슴에 세찬의 행동은 몹시도 크고 달콤하게 내려앉았다.

그러나 세찬을 향해 뻗어 나가던 손은 그의 어깨에 닿기 직전에 멈췄다.

'이건 아냐……'

사랑에 지쳐 다른 사랑에 기대는, 그런 행동은 하고 싶지 않았다. 세찬에게 기댄다면 분명 편해질 것이다. 승민과 채영의 모습을 볼 때마다 지끈거리는 심장도 조금은 나아질 것이고, 텅 빈 집에 들어갈 때마다 느끼는 황량함도 옅게 희석될 것이다.

하지만 현수는 그렇게 시작된 연애의 말로를 알고 있었다. 아픔이 두려워 도피하듯 시작한 사랑은 신뢰를 낳지 못한다. 신뢰를 낳지 못한 사랑은 도망쳤던 아픔보다 더 강한 통증만 남기고 산산조각이 난다.

세찬과 그런 사이가 될 수는 없었다.

"미안해요."

현수는 세찬을 안아 주는 대신 두 손으로 얼굴을 감싸고 세찬의 앞에 쭈그리고 앉았다.

"정말 미안해요."

나는 뭐가 미안한 걸까? 세찬을 사랑하지 않아서? 연인이 있는 남자를 사랑하는 여자라서? 세찬의 마음을 모르고 화부터 내서?

무엇이 미안한지도 모른 채 미안하다는 말을 되뇌는 현수를 세찬은 쓸쓸하게 지켜봤다.

이야기 다섯, 어떤 오해

그날의 남은 회의는 엉망이었던 걸로 기억한다.

그새 로비에서 있었던 일이 소문 난 팀원들은 다들 승민과 채영, 현수의 눈치만 살폈다. 회의가 끝난 후 설계팀 사무실로 돌아오자 몇몇 직원들이 무슨 일이 있었던 거냐고 물었다. 다행히 윤 과장이 남의 일에 신경 끄라고 호통친 덕분에 질문에 시달리지 않을 수 있었다.

그 후 디자인팀과 만날 일이 없었다. 설계팀은 설계팀대로 승민의 디자인을 가지고 손볼 곳을 찾느라 정신이 없었다. 목요일에 또 회의가 있을 거라고 했지만, 현수는 공장 출근을 했다.

"본사 가 보니까 여기가 우스워졌냐?"

본사에서의 사건을 떠올리느라 선배를 못 보고 지나쳤다. 하필이면 현수를 싫어하는 선배였다.

"대가리만 커져 가지고. 쯧."

위에서 무슨 소리를 들은 건지 선배는 혀를 차며 현수를 지나칠 뿐 더한 괴롭힘은 없었다.

정신없는 상태에서 목요일이 지났고, 금요일 근무가 끝이 났다. 현수는 서둘러 퇴근 준비를 했다. 퇴근 후에 진혁과 함께 고향에 내려가기로 약속했다.

원래는 승민과 같이 내려가기로 했었다. 하지만 그런 일이 있었으니 낯짝 두껍게 같이 가자는 말을 할 수가 없었다. 승민 역시 더는 현수를 보고 싶지 않을 것이다.

'그날, 두 사람 싸웠을까?'

승민의 마음이 어떠하든, 세찬의 말은 승민과 채영의 사이에 큰 파문을 불러일으켰을 것이다. 현수 때문에 오해를 받았으니 현수를 본사로 불러들인 걸 후회할지도 모르겠다.

가방을 들쳐 메고 주차장으로 향한 현수는 거기에서 눈에 익은 자동차를 발견했다. CM3. 한국에 CM3를 끌고 다니는 사람이 승민만 있는 것도 아닌데 그 자동차를 보는 순간 심장이 쿵 내려앉았다. 혹시…….

하지만 곧 쓴웃음을 지으며 고개를 저었다. 승민이 왔을 리가 없다. 그런 일도 있었는데 지나가듯 한 약속을 기억할 리가 없지. 기억한다고 해도 올 리 없고.

빵빵.

애써 무심히 지나치는데 경적 소리가 주차장을 울렸다. 현수는 소스라치게 놀라 걸음을 멈췄다.

"돌팔이. 왜 보고도 그냥 가?"

열린 차창으로 얼굴을 내민 승민이 투덜거렸다.

"마승민 씨……?"

"넌 내가 올 때마다 그런 표정 짓더라? 내 존재가 그렇게 경이롭냐?"

승민은 평소와 똑같았다. 그런 일 따위 없었다는 듯이.

그러고 보니 승민은 늘 그랬다. 현수가 백화점에서 갑자기 싫다고 말했을 때도 승민은 평소처럼 현수를 대했다.

늘 아무 일도 없다는 듯 평정심을 유지하는 것이 승민의 장점인 걸까? 아니면 그저 현수에게 아무 감정이 없어서 현수의 행동에도 타격을 받지 않는 걸까?

이유가 무엇이든 현수는 승민이 반가웠다. 아니, 기쁘다. 저 얼굴을 다시 볼 수 있어서.

이기적이라는 말을 들어도 상관없다.

"네, 마승민 씨 같은 인간이 존재한다는 게 참 경이롭네요."

"묘하게 기분 나쁘다?"

"왜 왔습니까?"

"본가 간다고 했잖아. 설마 이 몸과의 약속을 잊은 건 아니겠지?"

"……안 잊었습니다."

"그래. 타. 좀 막힐 것 같다."

"저도 차 가지고 왔습니다."

"뭐? 아니, 지난번에는 안 가지고 오더니 오늘은 왜 또 가지고 왔어? 나랑 경쟁하냐?"

"마승민 씨랑 무슨 경쟁을 하겠습니까?"

"그냥 내 차 타고 가."

"내 차 타고 가야 돼요. 올라올 때 못 챙겨 온 짐들도 챙겨 와야 하고."

"그럼 어쩔 수 없지. 네 차 타고 가, 그럼."

승민이 차에서 내렸다. 현수가 가지 않고 가만히 서 있자 승민이 현수의 신발을 툭 찼다.

"왜 안 가?"

"내 차 타고 가시게요?"

"그래야 된다며?"

"안 됩니다."

"도대체 되는 게 뭐야?"

"가는 길에 진혁이 태워서 가야 돼요. 좌석 모자랍니다."

"진혁이? 그…… 이만 한 녀석?"

승민이 두 팔로 거대한 덩치를 표현했다. 키가 큰 승민에게도 진혁은 거대하게 보이나 보다. 현수는 피식 웃으며 고개를 끄덕였다.

"에잇, 귀찮게. 앞장서. 따라갈 테니까."

진혁의 집으로 향하며 백미러로 간간이 뒤를 확인했다. 승민의 차는 잘 따라오고 있었다.

'사랑하는 사람은 어디에 있든 발견할 수 있다.'라는 구절을 어딘가에서 읽은 기억이 난다. 수많은 사람들 사이에 섞여 있어도 내가 사랑하는 사람만큼은 한 번에 알아볼 수 있다는 그런 이야기.

그때는 피식 웃어넘겼는데 실제로 그랬다. 흰색 중형 자동차가 즐비한 도로인데, 승민의 자동차만 선명하게 현수의 시야에 뛰어들었다. 단순히 CM3라서가 아니다. 흰색 CM3만 잔뜩 있더라도 승민의 자동차는 단번에 알아볼 수 있을 것 같다.

'나 조금 들떴나?'

승민과 함께 고향에 간다는 사실이 마음을 둥실 띄운 모양이다. 며칠 전 본사에서 있었던 사건, 채영의 존재. 그 모든 것을 기억하고 있는데도 기분이 들떴다.

짝사랑이라는 게 이런 건가 보다. 아프고 또 아프다가도 그와 함께하는 작은 행동 하나에 행복해지는 거.

'뭐야, 사랑 전도사도 아니고.'

이제 막 사랑이라는 걸 경험했으면서, 이런 건가 보다 저런 건가 보다 정의를 내리는 자신이 재미있었다.

이런 거라면 나쁘지 않다. 승민을 어떻게든 유혹해 보려는 속셈을 가진 게 아니니까. 그저 승민과 함께라는 사실에 들뜨는 것뿐이니까. 이 정도는 괜찮겠지.

마음이 가벼워졌다.

진혁은 집 앞에서 기다리고 있었다. 늘 그렇듯 가벼운 차림새. 춥지도 않은지 얇은 티셔츠 한 장만 걸치고 있었다.

"어어. 쑤, 쑤, 쑤! 우리 쑤!"

진혁이 호들갑을 떨며 두 팔을 벌리고 달려들었다. 현수는 슬쩍 옆으로 피했다.

"진정해."

"오랜만에 봤는데 어떻게 진정해? 우리 쑤! 이 형님이 우리 쑤를 얼마나 보고 싶어 하는지 알아?"

진혁은 기어코 현수를 끌어안고 현수의 머리카락에 얼굴을 비벼 댔다. 그러다가 뒤늦게 도착해 차에서 내린 승민을 보고는 움직임을 멈췄다.

"아니! 왜 내 눈앞에 승민 형님이 서 있는 거지? 보고 싶어서 환각을 보게 된 건가?"

"넌 뭔 놈의 보고 싶은 게 그렇게 많냐? 환각 아니야."

현수가 면박을 주며 진혁의 얼굴을 밀어냈다. 승민은 미간을 좁히고 진혁을 노려보고 있었다.

"환각이 아니란 말이야? 난 또 내 은밀한 마음을 들킨 줄 알고…… 하하하. 이거 쑥스럽네."

"쑥스러우면 그 입 좀 다물어. 일일이 설명하지 말고."

"형님!"

진혁은 현수의 말을 무시하고 승민에게 달려들었다. 피할 줄 알았던 승민은 가만히 서서 진혁의 포옹을 받아들였다. 괴로운 표정이기는 했지만.

"형님, 정말 오랜만입니다. 채영 누님과는 잘 지내십니까? 우리 현수 아주 싫어 죽겠다고 하시더니 의외로 같이 잘 다니시네요. 뻔뻔하신 겁니까, 마음이 넓으신 겁니까? 싫어 죽겠는 사람하고 같이 다니는 거, 정말 힘드실 텐데요."

촌철살인을 당한 사람의 표정이 딱 지금의 승민과 같을 거다. 당황, 경악, 괴로움, 민망함 등 여러 가지 표정이 뒤섞여 승민의 얼굴을 장식했다.

현수도 잊고 있던 마을 회관에서의 일을 진혁은 똑똑히 기억하고 있었나 보다. 현수를 대신해서 승민을 몰아붙이는 진혁에게 고마움보다는 분노를 느꼈다.

간신히 잊고 있었는데 왜 또 끄집어내?

"됐으니까 얼른 차에나 타. 길 막혀서 오래 걸릴 것 같아."

현수가 진혁의 팔을 잡으며 말했다. 승민의 시선이 진혁의 팔에 닿은 현수의 손으로 향했다.

"그래, 가야지. 우리 현수 아주 싫어하는 승민 형님도 같이 가는 거야?"

"응. 본가 간대."

"그래. 우리 현수 아주 싫어하는 승민 형님은 본가에 가는구나. 승민 형님, 괴롭겠습니다. 본가가 아주 싫어하는 우리 현수 본가랑 같은 지역에 있어서."

"그만 해라, 우진혁."

"그래, 그만 할게. 우리 현수 아주 싫어하는 승민 형님한테 계속 말 걸면 안 되지."

참다못한 현수가 주위를 둘러보자 진혁이 팔짱을 끼고 의기양양하게 웃었다.

"하하하하! 여기는 망치가 없지! 날 때리기 힘들 거다!"

"우·진·혁."

현수의 음성이 낮아지자 진혁이 얼른 두 손을 위로 들었다.

"미안하다. 내가 잘못했어. 이제 안 할게."

"얼른 차에나 타."

"응."

순식간에 고분고분해진 진혁이 차에 타려고 할 때, 승민이 진혁의 옷자락을 붙잡았다. 진혁이 눈을 동그랗게 뜨고 승민을 쳐다봤다. 승민은 잠시 망설이는가 싶더니 진혁에게 말했다.

"내 차 타고 가. 내 차가 훨씬 아늑하니까."

실수다!

출발하기도 전에 승민은 생각했다.

이놈을 여기 태운 건 실수야!

방금 전까지만 해도 승민을 향해 독설을 날리던 진혁은 승민이 먼저 같은 차를 타자고 해서인지 싱글벙글이었다. 웃는 얼굴이 상당히 매력적이기는 하지만 그래도 이건 실수다.

진혁은 말 그대로 너무 거대하고 수다스러웠다.

"형님이 저한테 그런 마음을 품고 있었는지는 몰랐습니다. 물론 제가 인기가 좀 있긴 하지만…… 그래도 남자한테 대시를 받은 건 처음이라서요."

"아아……."

"형님한테는 죄송하지만 일단 그 마음은 거절해야겠습니다. 전 남자는 좀…… 여자가 좋거든요. 이왕이면 가슴 큰 여자. 그러니까 현수는 제 타입은 아니에요. 걔 가슴이 진짜 작거든요. 알죠?"

알긴 뭘 알아? 본 적도 없는데!

승민은 비명을 지를 뻔했다.

진혁이 현수를 끌어안고 있는 모습이 마음에 안 들었다. 두 사람이 남매처럼 친한 친구라는 걸 아는데도 뱃속이 부글부글 끓었다. 진혁에게 안겨 있는 현수는 너무 작고 가냘파서, 자칫 잘못하면 파르르 부서져 사라질 것만 같았다.

두 사람이 밀폐된 공간에 나란히 앉아 재잘재잘 수다를 떨 걸 생각하니 퓨즈가 끊긴 것처럼 이성이 사라졌다. 저도 모르게 진혁을 붙잡아 현수와 단둘이 되는 걸 막긴 했지만,

'실수야.'

여자 가슴 얘기나 하려고 진혁을 태운 게 아니다. 하지만 진혁의 가슴학개론은 한참 동안 계속되었다. 크긴 커도 이런 모양은 안 된다느니, 인공적인 건 싫다느니……

'네 눈에 들어오는 가슴 따위는 아무래도 좋다고!'

"그나저나 형님, 저 그날 형님한테 정말로 서운했습니다."

진혁은 말이 많은 만큼 화제 전환도 빨랐다. 여자 가슴 이야기에서 순식간에 '그날'의 일로 주제를 바꾸는 민첩함에 혀를 내둘렀다.

"형님한테 애인이 있는 건 압니다. 애인 앞이니까 현수를 너무 친애하는 듯한 행동을 하면 안 되는 것도요. 하지만 그렇게 사람 많은 데서 현수 싫어한다고 말하는 건 좀…… 그렇잖습니까. 현수도 상처받았을 겁니다."

"상처……받았을까?"

"받죠! 현수가 저래 봬도 마음이 여려요. 두부 같은 여자죠."

"두부?"

"단단해 보이지만 막상 만지면 말랑말랑한? 우리 현수, 우리 마을에서 인기인이에요. 현수 싫어하는 사람 없었거든요. 그런데 형님이 갑자기 싫다고 했으니, 그만큼 충격이 컸을 겁니다."

"역시…… 그랬겠지?"

"당연하죠!"

상처받은 것처럼 행동하진 않았는데.

하지만 진혁의 말에는 공감했다. 현수는 행동과 달리 여린 구석이 있었다.

"하지만…… 현수도 나 싫대."

"당연하죠!"

"당연한 거냐?"

"그럼요. 자기 싫다는 사람을 누가 좋아하겠습니까? 나도 형님 싫은데."

"그건 충격인데?"

"형님은 충격 좀 받아야 합니다."

한숨이 흘러나왔다.

백화점에서 현수가 난데없이 싫다는 말을 하고 가 버린 건 마을회관에서의 일이 마음에 남아서였을까?

하지만 이제 와서 그런 게 아니라고, 사실 나는 널 사랑하는데 그 마음을 깨닫지 못했던 것뿐이라고 말할 수는 없었다.

월요일 회사에서 세찬과 있었던 일은 승민에게 커다란 고통을 안겨 주었다. 세찬은 현수를 사랑했고 그 뜨거움이 승민에게까지 전해졌다. 예의 바르고 흥분하는 일 없는 세찬이 승민에게 대들었다는 건, 그만큼 현수를 향한 마음이 크다는 것이다.

후배의 연인을 빼앗는 놈이 되고 싶진 않다.

'빼앗는다는 가정부터가 잘못된 거지. 현수가 나한테 올 리가 없잖아.'

시작부터 최악인 모습만 보여 줬다. 아직까지 상대해 주는 것만으로도 감사해야 한다. 그런 와중에 빼앗네, 어쩌네 하는 생각을 하다니.

자조적인 웃음이 흘러나왔다.

'입술을 두 번이나 뺏은 걸로 만족해야 하는 건가?'

결과적으로 그것이 현수의 마음을 더 차갑게 만들었는지도 모르겠지만, 현수의 입술은 정말이지…… 모든 것을 잃어도 좋다고 생각될 만큼 부드러웠다.

"형님, 왜 혼자 웃다가 얼굴을 붉히십니까?"

잠깐 진혁의 존재를 잊고 있었다. 현수에 대한 생각을 할 때면 늘 이렇다.

"아아, 그냥……."

"설마…… 형님, 제 입술 뺏을 생각을 하고 있는 건 아니죠?"

두 손으로 방어 자세를 취하는 진혁을 보며 승민은 생각했다.

'얘는 정말 매를 버는구나.'

휴게소에서 내렸을 때, 승민의 얼굴은 파랗게 질려 있었다. 승민과는 반대로 진혁은 혈색이 몹시 좋았다.

내 저럴 줄 알았지.

현수는 속으로 혀를 찼다. 마승민도 정상적인 인물은 아닌데, 그런 승민에게조차 진혁은 버거웠던 모양이다.

"길이 막힙니다."

"딱 좋아. 승민 형님에 대해 더 많은 것을 알게 됐어."

대답 못 하는 승민 대신 진혁이 말했다.

그게 아니라 너에 대해 더 많은 부분을 알려 줬겠지.

밀폐된 자동차 안에서 벌어졌을 일이 현수의 머릿속에 생생하게 그려졌다. 정상의 범주에서 벗어난 진혁의 수다, 그걸 말릴 힘이 없기에 들을 수밖에 없는 승민.

감당도 못 할 거면서 굳이 진혁을 태우겠다고 한 승민을 이해할 수 없었다. 진혁을 그다지 좋아하는 눈치도 아니었는데 왜 한 차를 타고 가겠다고 한 걸까?

"배고프다. 우동 먹자, 우동. 여기 불고기 우동 끝내주더라."

진혁이 배를 문지르며 말했다. 불고기 우동보다는 승민이 끝난 것 같다. 승민은 세상이 끝난 표정으로 비틀거리며 현수의 옆으로 다가왔다. 마치 괴롭힘을 당하다가 엄마를 발견한 아이처럼.

"괜찮으십니까?"

못내 걱정스러워 물었더니 승민이 퍼뜩 정신을 차렸다. 방금 전까지 넋이 나가 있었는지, 여기가 어디냐는 듯 주위를 두리번거렸다. 그러다가 곧 자신의 몰골을 깨닫고는 멋있는 척 머리를 쓸어 넘겼다.

"내가 뭐?"

파리하게 질린 주제에 멋진 척하는 모습이 웃겼다. 하여간 이 남자는.

"저녁 먹고 가요. 길 막혀서 도착하면 열한 시 넘겠어요."

"저녁? 여기서?"

"네."

"난 휴게소 음식 같은 거 안 먹어. 뭘 넣었을지 누가 알아?"

요새 좀 달라졌다 싶었는데 결벽증은 여전하다. 현수가 반박하기 전에 진혁이 승민의 어깨에 처억 팔을 걸쳤다. 진혁의 옆에 선 승민은 한없이 작아 보였다.

"형님. 방금 그 발언, 굉장히 위험한 발언입니다. 가정을 책임지기 위해 휴게소에서 열심히 일하는 주방 아주머니들을 모독하시는 거예요."

조금 나아졌던 승민의 낯빛이 다시 어두워졌다. 승민은 진혁에게서 빠져나오기 위해 버둥거리다가 진혁과의 힘 차이를 깨닫고는 움직임을 멈췄다.

"놔라."

짐짓 무게를 잡고 경고하듯 말했지만 진혁에게는 통하지 않았다. 진혁은 거의 목을 조르듯 승민에게 팔을 두르고 은근하게 속삭였다.

"형님은요, 목소리가 진짜 좋아요. 아시죠?"

승민의 팔에 닭살이 돋는 게 현수의 눈에도 보일 정도였다. 결국 승민은 진혁을 이기지 못했다. 애초에 이기는 것이 무리인 싸움이었다.

"먹자, 밥."

"형님이라면 알아주실 줄 알았습니다. 휴게소 음식 진짜 맛있거든요. 고속도로는 역시 휴게소 음식 먹는 맛으로 타는 거죠. 뭐가 좋으세요? 우동에 김밥이 제일 좋은 조합이기는 한데, 종이 사발에 담긴 떡볶이도 포기하긴 힘들고, 돈가스도 맛있거든요. 아, 묵밥도 맛있는데 파는 데가 별로 없어서…… 여긴 묵밥 파나? 형님, 여기 묵밥 팔까요?"

승민은 진혁의 얼굴을 묵사발로 만들고 싶은 표정이었다. 보다 못한 현수가 중재에 나섰다.

현수는 승민의 가슴께에 드리워진 진혁의 손가락을 잡아 살짝 꺾어 올렸다. 진혁은 예상치 못한 공격에 작게 비명을 지르며 승민에게서 떨어져 나갔다.

"왜! 왜 우리 사이를 방해해?"

손가락을 부여잡고 버럭 외치는 진혁의 옆에서 승민은 여신이라도 마주한 것 같은 표정으로 현수를 쳐다봤다. 그의 시선에 묘한 쾌감을 느끼며, 현수는 식당으로 걸음을 옮겼다.

모르는 번호로 전화가 걸려왔다. 화장실에서 손을 닦고 나오려던 현수는 액정에 뜬 번호를 가만히 응시했다. 이 시간에 누굴까?

다른 때라면 별생각 없이 받았을 텐데 오늘따라 유독 망설이는 이유는 불안한 느낌이 들었기 때문이다.

"여보세요?"

그저 늦은 시간에 전화가 온 것뿐인데 예민하게 받아들이는 자신을 비웃으며 전화를 받았다.

[현수 씨. 나야.]

휴대폰 너머에서 들려오는 음성을 듣자 근육이 긴장했다. 현수는 휴대폰을 쥔 손에 힘을 줬다.

"누구세요?"

설마…….

[어머, 내 번호 등록 안 해 놨구나? 나야, 김채영.]

채영이었다. 불안함은 예민함에서 비롯된 것이 아니었다. 현수는 고개를 들어 화장실 입구 밖을 확인했다. 진혁과 승민이 나란히 서서 현수가 나오기를 기다리고 있었다. 아직 현수를 발견한 것 같지는 않았다.

현수는 그대로 돌아서서 화장실 안쪽으로 들어갔다. 채영과 통화를 하는 모습을 승민에게 보이고 싶지는 않았다.

"네, 안녕하세요."

번호는 어떻게 알았냐고 묻고 싶지만 그 대신 인사를 했다. 어떻게 알긴. 승민에게 들었겠지.

[오늘 본가에 간다면서? 승민 씨한테 들었어.]

"네에…….""

[조심해서 잘 다녀오라고 전화했어. 우리 같은 팀인데도 얘기 많이 못 했잖아. 전에 분위기도 안 좋았고.]

"네에……."

[오랜만에 고향 내려가는 거니까 거기서 기분 풀고, 다음 주에 만나면 얘기 많이 하자. 한 팀인데 잘 지내야지.]

채영이 굳이 전화를 건 이유를 알 수 없었다.

마승민은 내 남자야. 너랑 같이 본가에 내려간다고 기세등등해하지 마. 난 승민 씨가 너랑 같이 본가에 내려간다는 거, 이미 승민 씨한테 직접 전해 들었으니까. 그런데도 승민 씨를 믿고 보내 주는 거니까.

이런 이야기를 하고 싶은 걸까?

그저 잘 다녀오라는 이야기를 하기 위해 전화를 걸었다고 여기기엔 채영의 음성에서 묘한 긴장감이 느껴졌다.

"네, 알겠습니다. 다음 주에 봬요."

[우리 승민 씨.]

통화를 길게 하고 싶지 않아 서둘러 끊으려는데, 채영이 끼어들었다.

[이번 프로젝트 때문에 고민이 많아. 현수 씨가 잘 챙겨 줬으면 좋겠어. 현수 씨는 편하게 생각하는 것 같으니까.]

"……네에."

[그럼 푹 쉬어.]

전화가 끊긴 후에도 현수는 휴대폰을 귀에 댄 채로 멈춰 있었다.

잘 챙겨 주라고? 날 편하게 생각하는 것 같으니까? 그런 건 당신이 해. 마승민 씨, 내 남자 아니니까.

채영의 부탁을 온전히 받아들일 수 없는 건 옹졸한 마음 때문이

겠지. 한심할 정도로 좁은 마음가짐을 자각하면서도 가슴이 답답
해지는 걸 막을 수 없었다.

통화를 끝낸 채영은 휴대폰을 물끄러미 응시했다. 얼마 전 장만
한 최신식 휴대폰이 유독 더럽게 보였다. 휴대폰 끝에 묻은 건 먼지
인가, 얼룩인가. 무심코 슥슥 문지르던 채영은 닦이지 않는 검은 얼
룩을 보며 쓴웃음을 지었다.

먼지나 얼룩 따위가 아니다. 이건 그저 검은 마음이 드러난 것
뿐. 휴대폰은 깨끗했다.

월요일에 일어난 일을 떠올렸다. 회사 로비에서 벌어진 일이 머
릿속에서 사라지지 않았다.

승민으로부터 현수를 숨기려는 세찬은 마치 맹수 같았다. 자신
의 여자를 지키려는 맹수.

너 따위에게는 내 여자를 줄 수 없다, 내 여자를 가져가려면 내
목숨을 먼저 끊어야 할 것이다.

승민을 향한 강렬한 눈동자는 그렇게 말하고 있었다.

항상 여유롭고 부드러운 모습을 보이던 세찬이 돌변했다. 누구
보다도 승민을 존경했던 세찬이지만, 현수를 사랑하기에 승민과
의 관계를 놓았다. 세찬도 느꼈던 것이다. 현수를 향한 승민의 마음
을. 드러내지 않으려고 해도 온몸에서 묻어나오는 애정을.

승민과 마주칠 일이 별로 없는 세찬조차도 느낄 만큼 현수를 바

라보는 승민은 열렬했다. 아마 회의실에 있던 팀원들도 그 마음을 눈치챘을 것이다.

처음에는 어느 정도의 관심일 거라고만 생각했다. 갓 소녀에서 벗어나 여인이 된 여성을 향한, 때 묻지 않은 순수함을 향한 호기심. 그 호기심 위에 약간의 애정이 추가되었을 뿐이라고 생각했다.

아니, 실제로 그랬다. 처음 세찬과 있는 현수를 봤을 때만 해도, 그 후에 마을 잔치라는 곳에서 만났을 때만 해도 승민의 눈빛은 그렇게 열렬하지 않았다. 호기심 플러스 애정. 어쩌면 그것보다 아주 조금 더 큰 감정.

그러나 월요일에 현수를 데리고 온 승민의 눈빛은 그야말로 열렬했다. 사랑에 빠진 남자였다. 그 눈동자에 보이는 것이 현수밖에 없는 듯, 그 눈동자가 담을 수 있는 것이 현수뿐인 듯 그렇게 보였다. 그러니까 그 점잖은 세찬이 승민을 상대로 으르렁거렸을 것이다.

마승민이 정현수를 사랑한다.

승민의 옆에 오래 있었기에, 그 마음이 뼈저리게 느껴졌다. 승민과 사귀어 본 적이 있기에, 그 사랑의 크기가 버겁게 다가왔다.

'마승민은 날 사랑한 적이 단 한 순간도 없었어.'

사귀는 동안 승민은 늘 매너가 좋았고 다정했다. 하지만 어쩐지 그 행동들은 사무적이었다. 업무의 일환으로 느껴졌다.

현수와 함께할 때의 승민은 다르다. 늘 승민을 봐 왔던 채영의 눈에도 신선하게 느껴질 정도로 풀어진 모습을 보였다. 현수에게는 자신의 모든 것을 드러낼 수 있다는 듯이.

"난 질투를 하는 거야."

휴대폰의 검은 얼룩은 채영의 마음이었다. 아무리 닦아내도 닦이지 않는 혐오스러운 감정.

어린 날 엄마를 볼 때면 한심스럽기 짝이 없었다. 부잣집 남자와 결혼한 세상 물정 모르는 마나님. 엄마는 하는 것도 없이 남편의 돈을 물 쓰듯 쓰는 여자였다.

남편이 바람을 피우는 걸 알면서도 모르는 척하는 건 버림받고 싶지 않아서였다. 추악한 질투를 드러냈다가 남편에게 내쳐질까 봐, 물 쓰듯 돈을 쓸 수 없게 될까 봐 엄마는 바람피우는 아버지에게 쓴소리 한 번을 하지 못했다. 남편의 앞에서는 아무렇지도 않은 척, 아무것도 모르는 척 품격 있는 모습을 유지했다. 하지만 남편이 사라지면 엄마는 돌변했다.

고상하고 품격 있는 얼굴에 추한 질투가 고스란히 내비쳤다. 그 얼굴은 공포 영화에 나오는 악귀 같기도 했고, 살인마에게 쫓기는 피해자 같기도 했다. 피해자인지 가해자인지는 알 수 없지만, 흉측하다는 것만은 알았다. 엄마처럼 되고 싶지 않았다.

결국 아버지의 마음을 사로잡는 여자가 나타났다. 아버지는 엄마에게 이혼을 요구했다. 그동안 집안일을 전혀 하지 않은 것과 수천만 원이 넘는 카드빚을 덮어 줄 테니 조용히 떠나라고 했다. 그런 수모를 당했으면서도 엄마는 아버지에게 매달렸다. 버리지 말아 달라고, 이대로 버리면 나가서 어떻게 사냐고. 그러더니 마지막에는 아무 상관도 없는 채영을 끌어들였다.

—당신 딸 보기에 부끄럽지도 않아? 채영이가 당신 보면
서 뭐라고 생각하겠어?

　채영의 입장에서는 바람을 피우는 아버지나, 그것을 모르는 척
하고 돈 쓰는 일만 아는 어머니나 마찬가지였다. 둘 다 한심했다.
하지만 엄마의 말은 의외로 먹혀들었다.

　아버지는 이혼을 하지 않았지만, 엄마를 없는 사람 취급했다. 가
끔은 밖에서 만나는 여자를 집으로 끌어들이기도 했다. 엄마가 지
쳐 떨어지기를 기대하는 행동이었지만 엄마에게 그런 자존심이 남
아 있었다면 진작에 이혼을 했을 것이다. 엄마는 그것을 수모라 생
각하지 않았다.

　두 사람은 여전히 부부로 지내고 있고, 겉보기에는 부유하고 평
화로운 가정이었다. 하지만 채영은 그 모든 것이 끔찍하게 싫었다.
바람을 피우는 아버지보다 자존심을 버린 엄마가 더 혐오스러웠
다.

　능력이 없어서 남편의 바람을 모르는 척한 엄마, 능력이 없어서
자존심을 없애고 남편에게 매달린 엄마, 그러면서도 남편이 만나는
여자를 질투하던 엄마. 그 모습들은 몇 년이 지난 지금도 채영의 기
억 속에 생생하게 남아 있었다.

　채영은 엄마처럼 되고 싶지 않았다. 남자에게 휘둘리고 싶지도
않고, 남자 때문에 질투를 하고 싶지도 않았다. 그러기 위해서는 능
력이 있어야 하고, 단단한 마음을 가져야 했다.

　그렇게 살아왔다고 자부할 수 있었다. 얼마 전까지는.

그것을 위해 공부를 했고 남자를 가려서 만났다.

질투는 인간이라면 누구나 가지고 있는 감정. 자신에게 그런 감정이 없을 거란 오만한 생각은 하지 않았다. 다만 그 어떤 여자보다도 월등한 위치에 서기 위한 노력을 멈추지 않았다. 누구보다도 나은 위치에 있으면 애초에 질투할 일이 생기지도 않으니까. 모든 남자를 매혹시키면 다른 여자를 질투할 일도 없으니까.

"그런데 왜 그런 여자애를……."

'여자'라는 표현보다 '여자애'라는 표현이 더 잘 어울리는 사람이다. 현수는 투박하고 거칠고 촌스러웠다. 여성미라고는 조금도 없고, 별다른 능력 역시 없었다. 채영이 잘 다듬은 고가의 다이아몬드라면, 현수는 길가에 굴러다니는 돌만도 못했다.

"왜 내가 질투를 하는 거지?"

그런데도 현수에게 질투심을 갖게 되었다. 이미 끝난 사이인 승민이 현수를 사랑한다고 질투할 이유는 없었다. 오히려 쿨하게 축하를 해 주고 둘의 사랑을 진심으로 빌어 주는 게 옳았다. 이래서야 아빠의 마음이 떠났는데도 그 다리에 매달렸던 엄마랑 똑같지 않은가.

"난 도대체 뭘 하고 있는 거야?"

현수는 하명 자동차의 다른 직원들처럼 승민과 채영이 사귄다고 오해를 하고 있었다. 그런 오해야 승민의 한마디면 풀릴 오해였다. 무너지기 쉬운 모랫둑과도 같은 오해에 매달려 채영은 어떻게든 현수의 속을 갉아 놓으려 했다.

한심하고 초라했다. 길가에 굴러다니는 돌멩이만도 못한 현수보다 자신이 더 초라하게 느껴졌다.

오랜만에 돌아온 고향의 공기는 전과 달라진 게 없었다. 바람은 늦가을의 향취를 머금고 있었다. 땅에 떨어진 낙엽의 냄새, 흐르는 물의 냄새, 겨울을 준비하는 동물들의 냄새. 서울에 있는 동안 텁텁한 공기에 숨 막혔던 현수는 차창으로 들어오는 바람이 찬데도 창문을 한껏 열었다.

'시원하다.'

불어오는 바람이 묵지근한 덩어리를 씻어 냈다. 채영과의 대화는 늘 불쾌했다. 채영의 목소리는 친절하고 다정한데도 그런 기분이 들었다.

익숙한 경치가 눈에 들어오자 왈칵 눈물이 날 것 같았다. 마음이 많이 약해졌다. 언제부터 이렇게 약해졌을까? 어지간한 일에는 울지 않았었는데.

마을 초입에 들어서면서부터 하고 싶은 일들이 여러 개 떠올랐다. 닭장에도 가 보고 싶고 고물상에도 가 보고 싶다. 친구들도 만나고 마을 사람들도 만나고 정비소에서 전에 만들다 만 자동차도 만져 보고.

하고 싶은 것들을 떠올리다 보니 늦게 도착한 것이 아쉬웠다. 이틀 동안 전부 다 할 수 있을까?

멀리 정비소가 보였다. 정비소는 이제 운영하지 않는다는 듯 불빛이 전혀 없었다. 어둠에 묻혀 있지만 익숙하기에 그곳에 정비소가 있다는 걸 알 수 있었다.

정비소 앞에 차를 세웠다. 멀리서 헤드라이트가 보였다. 승민의 차일 것이다.

현수는 기다리지 않고 안으로 들어갔다. 정비소 건물에는 커다란 자물쇠가 채워져 있었다. 현수에게는 자물쇠의 열쇠가 없었다. 집에 가기 전에 잠깐 들어갔다 나오려고 했는데 그럴 수도 없게 됐다.

아쉬움에 입맛을 다실 때, 승민의 차가 안으로 들어와 현수의 뒤에 멈췄다. 헤드라이트 불빛이 밝아서 눈이 따가웠다. 한소리 하려는데 승민이 먼저 헤드라이트를 껐다.

"아아, 이 구린내! 역시 고향이 좋구나!"

차에서 내린 진혁이 두 팔을 벌리며 산통 깨는 소리를 했다. 하여간 저건 입이 방정이야.

승민은 차에서 내리지 않았다. 그렇다고 떠나지도 않았다. 뭔가할 이야기가 있는지 현수가 다가오기를 기다리는 것 같았다. 하지만 현수는 자동차 옆으로 가지 않았다.

채영과 그런 통화를 한 뒤라 승민을 마주보고 싶지 않았다. 채영은 현수에게 '마승민은 내 남자'라는 것을 강하게 주입시켰다. 채영의 입김이 남아 있을 때 승민을 마주하면 죄를 짓는 기분이 든다.

"내일 뭐 해?"

결국 승민이 차에서 내렸다. 현수는 돌아보지도 않고 대답했다.

"일합니다."

"여기까지 내려와서 무슨 일이야? 내일 좀 보자."

"할 거 많습니다. 마승민 씨도 본가 오신 거니까 교수님이랑 여사님이랑 시간 보내시죠. 승민이도 돌봐주고요."

"아버지랑 어머니는 나랑 시간 보내는 거 별로 안 좋아하셔서. 그 똥개 녀석은 알아서 잘 놀겠지."

"하여간 내일은 시간 없습니다."

이런 일이라면 빠짐없이 끼어드는 진혁이건만, 심상찮은 분위기를 감지했는지 눈만 데굴데굴 굴려 두 사람을 쳐다봤다. 현수는 얼른 승민이 가 버렸으면 했다. 승민을 앞에 두면 자연스럽게 채영이 떠올랐다. 당연하다는 듯 그에게 팔짱을 끼는 모습도.

"왜 또 삐쳤어? 아까 휴게소 나올 때부터 이상하더니. 무슨 일 있어?"

승민의 음성에 걱정이 담겨 있는 게 더 싫었다.

걱정하지 마. 다정한 모습을 보이지도 마. 당신이 자꾸 그러니까 당신 여자가 나한테 전화를 해 대잖아. 그러니까 오해 살 만한 그런 행동, 나한테는 하지 마. 나조차도 오해를 하게 되니까.

"내가 마승민 씨 줄 아십니까? 허구한 날 삐치게. 내일 정말로 할 일 많습니다. 친구들도 만나야 하고."

"여기에 이 친구 말고 또 친구가 있어?"

승민이 엄지를 까딱해 진혁을 가리켰다. 평소라면 '엄지로 날 가리킨 건 역시 내가 왕이라는 뜻입니까?'라고 말했을 진혁은 이번에도 역시 아무 말 하지 않았다.

현수는 흘끗 진혁을 쳐다봤다. 짧은 순간이었지만 진혁은 현수의 눈에 담긴 의미를 알아봤다. 현수는 도움을 청하고 있었다.

고향 땅에 도착하자마자 사랑싸움 비스름한 것을 하는 두 사람의 사이에 도저히 끼어들 수가 없었다. 끼어들어서도 안 된다는 생각에 가만히 있었다. 하지만 현수가 도움을 청했으니 모르는 척할 수는 없었다.

진혁은 현수의 어깨를 감싸며 말했다.

"형님 생각은 잘 알았습니다. 내일 저녁에 시간 좀 내보죠."

역시 이놈에게 도움을 청하는 게 아니었다.

승민이 떠나자마자 현수는 진혁의 종아리 뒤를 발로 찼다. 진혁이 이 정도 공격은 예상했다는 듯 훗, 웃었지만 현수의 공격은 그걸로 끝나지 않았다. 현수의 주먹이 팔을 찌르자 진혁의 얼굴에서도 여유가 사라졌다. 진혁은 두 손으로 현수의 팔을 잡으며 진지하게 말했다.

"현수 너는 여기만 오면 포악해지는 경향이 있어. 수맥 때문이냐?"

"수맥은 뭔 놈의 수맥! 대체 왜 내일 시간을 내겠다고 한 거야!"

"왜? 시간 잡아 달라고 쳐다본 거 아니었어?"

"내가 왜 너한테 시간을 잡아 달라고 해? 네가 내 비서라도 돼?"

"그럼 왜 쳐다본 건데!"

"보고도 몰라?"

"내가 어떻게 알아? 넌 보면 아냐? 내가 요새 어떤 기분인지 알아?"

"왜 몰라! 졸업 때는 다가오는데 뭘 해야 될지도 모르겠고, 주위에서 여러 제안은 들어오는데 재미없을 것 같고, 그렇다고 재미만 따져서는 살기 힘들 것 같고…… 그런 생각하고 있잖아!"

진혁이 허를 찔린 표정을 지었다.

"정말 아네."

"그래, 알아!"

"역시 수맥의 영향인가?"

"으이그!"

현수는 답답했다. 하지만 자기가 지금 억지를 부리고 있다는 것을 알았다. 진혁에게는 승민을 향한 마음을 털어놓지 않았다. 진혁으로서는 함께 고향에 내려올 정도로 승민과 잘 지내면서 굳이 만나지 않으려는 현수의 마음을 이해할 수 없었을 것이다. 진혁이 모르는 게 당연하고, 또 몰라야만 했다.

"너 좀 이상하다?"

진혁이 턱을 긁으며 현수를 물끄러미 응시했다.

"뭐가 이상해?"

"어차피 고향 와서 할 일도 없잖아. 정비소 살피고 아버님 뵙고 마 교수님 뵙고…… 아, 그러고 보니 어차피 승민 형님 만나겠네."

"마 교수님 뵈러 안 가. 그리고 할 일 많아. 닭장도 갈 거고, 고물상도 갈 거고, 재희도 만날 거고……."

"그런 것들은 승민 형님이랑 같이 해도 되는 일들이잖아. 아, 승민 형님은 약간 결벽증 있어서 닭장이나 고물상은 좀 그런가?"

"간다. 너도 가 봐."

진혁이 고민하기 시작하자 현수는 불안감을 느꼈다. 가끔 바보 같은 모습을 보이기는 하지만 인간관계에 있어서는 눈치가 빨랐다. 어쩌면 현수가 승민에게 품은 마음을 알아낼지도 몰랐다.

"넌 얘기하다가 뜬금없이 끝내 버리고 그러더라. 여유를 갖고 얘기 좀 하자."

"뭔 얘기?"

서둘러 가 버리면 이상해 보일 것 같아서 아예 얘기할 자세를 취했다. 현수가 그렇게 나오자 당황한 것은 진혁이었다.

"야, 넌 그런 말도 모르냐?"

"어떤 말?"

"멍석 깔아주면 못 한다는 말!"

"……대체 뭔 얘기를 하고 싶은 거야?"

"갑자기 얘기를 하라고 하면 할 얘기도 생각 안 나는 게 사람이야. 넌 그런 것에 대한 배려가 없어."

애는 왜 이렇게 방정맞은 걸까?

현수는 얘기를 들어줄 의욕도 잃고 돌아섰다. 진혁이 발끝으로 바닥을 톡톡 차는 소리가 들렸다. 무시했다. 저러다가 집에 가겠지. 그렇게 생각하며 어둠을 헤쳐 나가는데, 뒤에서 진혁의 짧은 감탄사가 들려왔다.

"아!"

또 헛소리를 하겠거니 싶었다. 그래서 돌아보지 않았다. 하지만 들려온 음성은 현수의 가슴을 꿰뚫었다.

"너, 승민 형님 좋아하냐?"

정말이지, 저놈에게 도움을 청하는 게 아니었다.

현수는 돌아보지 않고 정비소를 떠났다. 하지만 진혁은 그 자리에 서서 현수가 사라진 어둠을 응시했다.

생각지도 못했다. 정현수가 마승민을 좋아하고 있었다니.

"크흑. 제일 친한 친구로서 그 정도도 눈치채지 못했다니. 내 인생 최대의 수치다!"

세찬 때문에 눈이 어두워져서 복병인 승민을 보지 못했다. 장난스럽게 승민과 현수를 연결해 주려다가 세찬을 만나게 됐다. 세찬은 같은 남자가 봐도 멋지고, 현수를 향한 눈동자엔 애정이 담겨 있었다. 게다가 직장도 탄탄했다.

멋진 남자니까 현수도 곧 세찬에게 마음을 열겠거니 생각했다. 하지만 현수가 마음을 연 것은 옆에 있는 멋진 남자가 아닌 승민이었다. 그것도 마을 잔치에서 현수가 싫다고 투정부리듯 말한 옹졸한 남자.

"여자들은 하자 있는 남자를 좋아한다더니 틀린 말도 아니었네. 게다가 승민 형님은 여자친구까지 있잖아."

바에서 봤던 채영이란 이름의 여자를 떠올렸다. 외모는 여성스럽지만 의외의 털털함이 있는 여자였다. 승민의 애인이 아니었다면 한번 대시해 보고 싶을 정도로.

"아니지, 그 여자가 정말 승민 형님 애인이란 법도 없잖아. 그런 얘기는 한마디도 안 했으니까."

여자라면 남자친구가 다른 여자를 집에 데려다 준다고 할 때 화를 내야 마땅했다. 하지만 그날 밤 승민이 현수를 데려다 주겠다고 억지를 썼을 때, 채영은 승민을 막지 않았다. 단지 쿨하다거나 하는 문제가 아니었다. 쿨하다는 건 제 남자가 다른 여자에게 관심을 보이는데도 모르는 척하는 게 아니다.

"그러고 보니…… 그때 우리 집 찾아온 것도 그것 때문이었나?"

주말에 현수가 갑작스럽게 찾아온 적이 있었다. 현수는 울적해 보였다. 남자가 되고 싶다고 말하는 현수는 정씨와의 관계에서 상처를 받았을 때와는 다른 모습이었다. 뭔가 다른 이유로 남자가 되고 싶어 하는 것 같은데, 그게 뭔지 알 듯 말 듯했다. 하지만 현수가 승민을 좋아한다고 생각하니 그 이유를 알 것도 같았다.

승민을 좋아하게 됐다. 그런데 승민은 연인이 있다. 그런 남자를 좋아하게 되어 버려서 죄책감이 느껴진다. 차라리 남자였으면 그런 남자를 좋아할 일도 없었을 텐데.

현수의 사고는 그런 식으로 돌아갔을 것이다. 사랑 한 번 해 본 적 없는 순진한 녀석이니까.

"현수는 승민 형님이랑 같이 있는 시간이 많은데…… 그런데도 승민 형님이랑 채영 누님이 사귄다고 알고 있다는 건 그 두 사람이 진짜로 사귀는 사이라는 건가? 하지만……."

진혁은 방금 전 현수를 바라보던 승민의 눈빛을 떠올렸다. 승민의 눈엔, 그리고 목소리엔 애정이 가득 담겨 있었다. 지켜보는 진혁의 팔에 닭살이 돋을 정도로.

툴툴거리는 말투지만 애정이 없으면 나오지 않을 목소리였다. 그 말투는 정씨와도 비슷했고, 진혁과도 비슷했다. 이런 말투를 써도 이 애는 화내지 않을 거야, 내 마음을 알 테니까. 그런 믿음이 있기에 나오는 편한 말투.

적어도 승민은 채영과 같이 있을 때보다 현수와 같이 있을 때가 더 편해 보였고 더 가까워 보였다.

"아니지, 안일하게 생각할 문제가 아니지. 오히려 사랑하는 사람이니까 멋진 모습만 보여 주려고 긴장하는 걸 수도 있잖아. 아무 감정 없으니까 편한 모습을 보일 수 있는 걸지도 모르고."

어둠에 잠겨 한참 고민하던 진혁은 에라 모르겠다, 머리를 북북 긁었다. 깊이 생각하는 건 질색이다.

"에이, 뭐…… 어쨌든 현수가 승민 형님을 좋아한다는 거잖아. 그럼 난 그냥 현수 편인 거지. 승민 형님이나 채영 누님이 어떻게 되든 나랑은 상관없는 일이야."

현수나 팍팍 밀어주자. 난 현수 편이니까.

현관문을 열기 전부터 맛있는 냄새가 솔솔 풍겨 왔다. 열쇠를 꺼내기도 전에 문이 열렸다. 정씨가 환한 미소를 지으며 두 팔을 벌려 현수를 끌어안았다. 자그마한 현수는 정씨의 품 안에 폭 파묻혔다.

"아부지……."

"우리 딸……."

한 달 남짓 떨어져 있었을 뿐인데 이산가족 상봉이라도 한 듯 부둥켜안고 한참의 시간을 보냈다. 아버지의 따뜻하고 단단한 품에 안겼더니 그간의 고생이 떠올랐다. 선배들의 텃세, 그리고 승민과의 일.

고향을 떠나던 날, 정씨가 가고 싶지 않으면 가지 말라며 걱정스럽게 말했던 이유는 그런 일들을 예상했기 때문일까? 마을 잔치에서 현수가 싫다고 말한 승민이 현수를 그런 일들로부터 보호해 주지 못할 거라고 생각했기 때문이었을까? 아버지에게 나는 아직 누군가의 도움이 필요한 약한 아이로 보였던 걸까?

그런 생각이 들자 마음이 가는 대로 울 수가 없어서 목구멍까지 올라온 눈물을 삼켰다. 정씨의 커다란 손이 현수의 머리를 쓰다듬었다. 삼킨 눈물이 다시금 터져 나올 뻔했지만, 현수는 참았다.

"주무시지 그랬어요?"

"우리 딸 오는데 어떻게 자! 얼굴 보고 자야지."

현수의 퉁명스러운 말투에도 정씨는 싱글벙글이었다. 딸 얼굴 보는 게 마냥 좋은 듯, 정씨는 현수의 양쪽 어깨를 부여잡고 그녀의 얼굴을 들여다봤다.

"배고프지?"

정씨의 뒤로 상다리가 휘어지게 차려진 밥상이 보였다. 차마 먹었다는 말을 할 수가 없어서 고개를 주억거렸다. 정씨의 손에 이끌려 밥상으로 향했다.

"아주 배가 고파서 죽는 줄 알았다!"

"드시고 기다리지 그러셨어요."

"우리 딸 길에서 고생하는데 밥이 어떻게 넘어가? 서울 일은 어때? 할 만하냐?"

"네, 할 만합니다."

정씨가 차린 음식은 그다지 맛은 없지만 정성이 가득 들어가 있었다. 손이 많이 가는 깻잎전도 있고, 두부가 가득 들어간 된장찌개도 있었다. 약간 싱거운 듯한 된장찌개로 첫술을 들었다.

"얘기 좀 해 봐라. 서울서 어떻게 지내는지."

정씨가 무뚝뚝한 현수를 닦달했다. 현수는 담담히 서울에서 배우는 일들과 일주일에 세 번씩 본사로 출근하게 된 이야기를 했다. 괴롭힘을 당한 이야기는 쏙 뺐다.

"텃세는 없고?"

현수는 잠깐 멈칫했지만 곧 고개를 끄덕였다.

"그냥…… 어느 회사에나 있는 그 정도예요."

현수의 말에 정씨는 조금 놀랐다. 당연히 '여자라는 이유로 자꾸 괴롭힙니다. 남자로 태어났으면 좋았을 텐데.'라는 대답이 나올 줄 알았는데.

현수가 갖고 있는 콤플렉스를 정씨는 알고 있었다. 언제부터인가 현수는 '남자로 태어나고 싶었어.'라는 말을 입버릇처럼 하기 시작했다. 꽤 어린 나이부터였던 걸로 기억한다.

현수는 어릴 적부터 정비소에 와서 노는 걸 좋아했다. 아버지가 좋아하는 걸 똑같이 좋아하는 딸이 유독 사랑스럽고 귀여웠다. '아빠랑 같은 일을 할 거야.'라고 말해 줘서 고마웠지만, 한편으로는 걱정도 됐다. 여자가 하기에는 힘든 일이라는 생각 때문이었다. 하지만 어릴 때부터 자동차와 함께였던 현수는 자동차에 생긴 문제에 대해서 기가 막히게 알아맞혔다. 정씨를 넘어설 지경이었다.

사람들은 말했다.

"우리 현수한테 일 물려줄 생각은 하지도 말어."

"현수 정도면 서울 가서 연예인을 해도 되잖아."

"정비소 일 하면 현수 고운 손 다 망가져."

"서울로 유학 보내지그래? 딸내미를 그렇게 사내놈처럼 키워서 어쩌려는 거야?"

정씨의 마음도 같았다. 예쁘고 고운 딸이니까 험한 일 하지 않고, 서울서 공부해서 고운 일 하며 지내기를 바랐다. 손이 부르트고 터지고 지저분해지는 그런 일이 아니라 책상에 앉아서 할 수 있는 일, 그런 일을 했으면 하는 마음이 있었다.

크게 걱정하지는 않았다. 아직 어리니까 저런 소리를 하는 거겠지, 나이가 들고 사춘기에 접어들면 여성에게 어울리는 멋진 일을 찾아내겠지, 그걸 하고 싶다고 하겠지. 그렇게 안일하게 생각했다.

하지만 현수는 나이가 들수록 정비소에 대한 집착이 커졌다. 정비소의 일감이 점점 줄어들고 있을 때도 현수의 마음은 변하지 않았다.

다른 일을 시키려는 정씨의 마음을 현수는 오해했던 것 같다. 여자라서, 딸이라서 정비소를 물려주지 않으려고 한다고.

"이 녀석아. 네가 여자라서가 아니라 이 정비소가 이젠 답이 없어서 그래."

라고 말해도 현수에게는 통하지 않았다. 현수는 정씨만큼이나 고집이 셌고, 자식 고집을 이기는 부모는 없었다. 정씨가 한 수 접는 수밖에 없었다.

그럴 때에 승민이 나타났다. 현수를 서울로 데려가려는 승민은 정씨에게 구세주와 마찬가지였다. 마을 잔치에서 현수 싫다고 선포하기 전까지는.

"뭔 생각을 그렇게 하십니까?"

현수의 목소리에 정신을 차렸다. 현수는 똘망똘망한 눈으로 정씨를 바라보고 있었다. 제 엄마를 닮아 약간은 색이 옅은 눈동자.

"우리 딸 다 컸구나, 하는 생각."

"원래 다 컸었습니다."

"내 눈엔 아직도 젖먹이로 보여. 기저귀 갈아 줄 때가 엊그제 같은데."

현수의 얼굴에 희미한 미소가 떠올랐다.

"아버지가 제 기저귀도 갈아 주셨어요?"

"그럼! 내 젊을 적 소원이 뭐였는지 알아?"

"뭐였는데요?"

"네 엄마랑 똑 닮은 딸 기저귀 갈아 주는 거였어!"

"거짓말."

"아니, 왜 거짓말이래? 이 애비는 평생을 정직하게 살아온 사람이야."

"아버지는 아들 원하셨잖습니까."

"아들? 뭐, 그야…… 그랬지. 아들도 있었으면 했지."

"거봐요."

현수가 씁쓸하게 웃으며 수저를 내려놨다.

"거보긴 뭘 거봐?"

"엄마 살아계실 때, 가끔 아버지가 엄마한테 하는 얘기 들었어요. 제가 아들이었으면 좋겠다고……."

"아, 그건……."

정씨는 당황해서 얼굴을 붉혔다. 그걸 현수가 들었을 줄은 몰랐다.

"전 여자로 태어나고 싶어서 여자로 태어난 게 아닙니다."

현수는 변명할 틈도 주지 않고 방으로 들어가 버렸다. 정씨는 현수가 그 이야기를 들었다는 충격 때문에 현수를 붙잡지도 못했다.

방으로 들어온 현수는 되는 대로 인형을 하나 끌어안고 침대에 누웠다. 현수의 방이 현수가 떠나기 전과 똑같이 깨끗하게 치워져 있다는 것도 깨닫지 못했다.

아들을 바라는 아버지의 마음을 어느 정도 받아들이고 극복했다고 생각했다. 이제는 그런 이야기를 들어도 충격받지 않을 줄로만 알았다.

현수의 말에 당황해서 얼굴을 붉히는 아버지의 모습은 현수에게 큰 충격을 안겨 주었다. 아버지는 지금도 여전히 아들을 바라고 있는 것 같다. 그 소망을 들켰다고 생각해 얼굴을 붉힌 거겠지.

"바보 같아."

한숨이 흘러나왔다. 어릴 때부터 알고 있었는데 이제 와서 끄집어내 충격을 받다니. 오랜만에 돌아왔는데 구태여 지난 상처를 후

벼 팔 필요는 없었다. 식사를 맛있게 하고 방에 들어와서 잠들면 되는 거였다.

"나도 아직 덜 컸구나."

정씨는 딸이라는 이유로 현수를 가혹하게 대한 적은 단 한 번도 없었다. 그저 아들을 원할 뿐. 현수가 자동차를 좋아한다고 해서 비행기를 싫어하는 게 아니듯, 정씨 역시 아들을 좋아할 뿐 현수를 싫어하는 건 아니었다.

속마음을 드러내며 투정을 부리는 자신이 한심했다.

정씨에게 사과를 하고 싶은데 민망해서 밖으로 나갈 수가 없었다. 한참 누워 있다가 밤이 깊은 후 거실로 나왔다. 주무시러 들어갔을 줄 아버지는 여전히 저녁상 앞에 앉아 있었다. 가만히 앉아 있는 아버지의 뒷모습이 안쓰러웠다. 현수는 지끈, 가슴이 아파 왔다.

"아부지."

작게 불렀다. 정씨는 뒤를 돌아보지 않고 말했다.

"아랫마을 김씨 알지? 식당 하는 놈."

아주 잘 알고 있다. 김씨는 정씨와 묘한 라이벌 관계에 있는 사람이었다. 젊을 적에 현수의 엄마를 좋아해서 따라다녔다고 했다. 그러나 현수의 엄마는 정씨를 선택했고 김씨는 좌절했지만 다른 여자를 만나 가정을 꾸렸다. 각각 결혼을 한 후 묵은 감정은 떨쳐내고 둘도 없는 친구가 되었지만 둘 사이에 흐르는 라이벌 구도가 완전히 사라진 건 아니었다.

고개를 끄덕거리다가 정씨가 보지 못한다는 것을 깨닫고 입을 열었다.

"네, 압니다."

"그놈한테 아들이 한 놈 있잖아."

"네……."

"그놈이 나만 보면 그러는 거야. 난 우리 아들이랑 목욕탕 간다!"

"목욕탕……이요?"

"응, 목욕탕."

"……."

"목욕탕에 아들놈이랑 같이 가면 고사리 같은 손으로 등을 밀어 준다고 그렇게 자랑질을 해 대는 거야! 내 얼굴 볼 때마다! 지 아들을 때밀이로 키울 것도 아니면서 등 밀어주는 거 가지고 왜 그리 자랑질이야!"

"……."

"그래서 네 엄마한테 나도 너 데리고 목욕탕 갈 거라고 했다가 등짝을 얻어맞았어. 너도 알지? 네 엄마 손이 얼마나 매운지."

"……알죠."

"너 목욕탕 못 데리고 가게 할 거면 아들 하나 낳아 달라고 했지. 나도 고사리 같은 손에 등 좀 밀려 보고 싶어서."

"……."

"그날 밤에 정비소로 쫓겨났는데 어찌나 춥던지……."

정씨가 현수를 향해 돌아앉았다. 현수는 멍하니 아버지의 얼굴을 바라봤다. 연세가 오십이 되었는데도 정씨의 얼굴에는 여전히 소년 같은 장난기가 남아 있었다.

그래, 아버지는 이런 사람이었다. 아무리 나이를 먹어도 젊을 적의 유쾌함을 잃지 않는 사람.

"아들 갖고 싶은 이유가 그저…… 목욕탕 때문이었습니까?"

정씨가 작게 웃었다.

"그래. 아들이든 딸이든, 내 자식이 고사리 같은 손으로 등 밀어주는 거…… 아빠라면 누구나 바라는 일이잖아."

"그냥…… 그것 때문에요?"

"응. 네 엄마 말대로 예쁜 내 딸이 아무리 어려도 다른 놈들한테 딸 알몸을 보여 줄 수는 없으니까."

"그게 뭡니까……?"

"뭐긴, 투정이지. 내 마누라한테나 할 수 있는 투정."

그렇게 대답하는 정씨의 얼굴은 조금 외로워 보였다.

"몇 번이나 그런 얘기를 했더니 네 엄마가 그러더라. 나중에 우리 현수가 커서 잘난 남자랑 결혼을 하면, 잘난 사위 데리고 목욕탕에 가라고. 그러면 그 잘난 사위가 바짝 긴장해서 장인 등을 밀어줄 텐데 그게 얼마나 귀엽겠냐고. 듣고 보니까 그렇더라고. 고사리 같은 손도 좋지만, 바짝 긴장해서 힘이 잔뜩 들어간 손도 괜찮겠더라고."

"아부지……."

"김씨 놈 아들, 그 봉구 놈은 나잇값도 못하고 여태껏 백수로 지내는데, 우리 딸은 고등학교 졸업 전부터 내 일을 도와줬잖아. 그리고 그 봉구 녀석, 너 좋아하지? 그놈, 머리 크면서 김씨랑 목욕탕도 안 간다더라. 꼴좋다!"

껄껄 웃는 정씨의 모습에 현수도 같이 웃었다.

뭘 이렇게 오해를 하고 있었던 걸까? 처음부터 이야기를 했으면 깨끗하게 풀릴 일들이었는데, 자존심 때문에 속에 꽁꽁 품고 묵혀 상처만 키웠다.

"죄송해요."

입 안으로 웅얼웅얼 사과를 하자 정씨가 두 팔을 벌렸다. 현수는 거부하지 않고 정씨의 품에 파고들었다. 아버지의 품은 온화하고 따뜻했다. 체온이 애정을 전했다. 그 애정이 현수의 가슴을 가득 채웠다.

현수는 정씨에게 무슨 말이든 할 수 있을 것 같았다.

진혁에게도, 세찬에게도 할 수 없는 이야기들을 정씨에게만은 할 수 있었다. 아버지니까, 이런 오해를 하고 있었어도 묵은 감정 없이 따뜻하게 안아 주는 단 한 사람이니까.

하고 싶은 이야기는 많이 있었다. 공장 일이 힘들어요, 무시당할 때마다 화가 나요. 하지만 흘러나온 말은, 현수도 예상치 못했던 말이었다.

"아버지, 나…… 애인이 있는 사람을 좋아해요. 마승민 씨가 좋아요."

새벽 공기가 유독 청량하다. 아니, 늘 이랬는데 이제야 그것을 알게 되었다. 흙내 섞인 촉촉한 향기, 선선한 바람. 그런 것을 즐길 여유 없이 빡빡하게 살아왔다. 지금도 삶이 빡빡한 건 마찬가지이고 그 위에 하나가 더해졌다. 한 여자를 향한 사랑.

마승민이라는 그릇 안에 하나가 더 담겼는데 오히려 여유가 생겼다. 고백 못 한 짝사랑이지만 삶이 풍족하게 느껴졌다.

"신기하구나."

개집에 누워 있던 '승민'이 네 이야기를 듣고 있다는 듯 꼬리를 살랑살랑 움직였다. 얼마 전까지는 얄밉기만 했던 백구였는데 오늘은 참 귀엽다. 사람의 말을 알아들을 리 없지만 다 안다는 듯한 표정이 근사했다. 이래서 사람들이 개를 키우는 모양이다. 마음이 너그러워지니 개집 위에서 꾸벅꾸벅 졸고 있는 닭까지 귀여웠다.

"정말 신기해. 할 일이 예전보다 많고 정현수 신경까지 써야 되는데 지치질 않아. 넌 이런 마음 모를 거다, 똥개 녀석아."

거기까지 말하고 나니 언젠가 마 교수가,

"우리 '승민'이는 동네 인기남이야. 동네 개들이 다 '승민'이만 보면 어쩔 줄을 몰라 한다니까!"

라고 말했던 게 떠올랐다. 그래서인지 승민의 이야기를 듣는 '승민'의 표정이 여유로워 보였다. '녀석…….' 하고 말하는 듯한 승자의 표정. 승민은 애써 그 생각을 떨쳐 버렸다.

그래 봐야 개는 개지.

"예전에는 말이지, 지금 내가 하는 일을 제대로 못 해내면 내 삶이 끝나는 거라고 생각했어. 나는 차 디자이너니까 전 세계에 이름을 알릴 수 있는 근사한 자동차를 만들어 내야만 돼, 그럴 의무가 있고 그게 내 인생의 목적이야, 그런 생각을 하면서 살았어. 정말 힘들었지. 전 세계에 이름을 알릴 수 있는 근사한 자동차. 말이 쉽지, 실제로는 거의 불가능한 일이거든. 지금도 그 생각은 변함없어. 나는 여전히 차 디자이너고 근사한 자동차를 만들고 싶어."

백구가 슬렁슬렁 다가와 승민의 발치에 누웠다. 승민은 손을 뻗어 백구의 머리를 쓰다듬어 줬다.

"그런데 그건 더 이상 의무가 아니야. 만들고 싶어. 만들고 말 거야. 하지만 전 세계가 놀라는 그런 차가 아니라 현수가 깜짝 놀랄, 그런 차를 만들고 싶어. 걔가 그걸 보고 눈을 동그랗게 뜨면…… 아, 진짜 귀여울 거야. 그치?"

백구도 동의한다는 듯 꼬리를 흔들었다.

"맞아. 걘 그냥 있어도 귀엽긴 해. 그런데 가끔 놀란 표정 지을 때가 있거든. 정말 가끔. 그 표정이 아주 사람 심장을 발딱거리게 만들어요. 며칠 전에 회사에서 그 녀석 애인이 나한테 벌컥 화를 낸 적이 있어. 나 그때 되게 가슴 아팠는데…… 그 녀석 옆자리가 내 자리가 아니라는 걸 확실히 깨닫게 돼서 괴로웠는데…… 그런데도 그 녀석이 깜짝 놀란 표정을 짓는 게 정말 귀엽더라."

백구가 끙끙거리며 승민을 올려다봤다. 새까만 눈망울이 반짝거렸다. 승민은 피식 웃으며 백구의 머리를 톡톡 두드렸다.

"그래, 그래. 너도 귀여워, 인마."

시골의 아침은 일렀다. 아직 해가 뜨지도 않았는데 여기저기서 하루를 시작하는 소리가 들려오기 시작했다. 마 교수네 집 불도 켜졌다.

승민은 백구에게 넋두리하는 모습을 다른 사람에게 들킬까 싶어 서둘러 일어났다. 그때, 주머니에 넣어 둔 휴대폰이 울렸다.

이 시간부터 현수에게 전화가 걸려올 리 없지만, 현수일지도 모른다는 생각에 서둘러 휴대폰을 꺼내 들었다. 액정에 뜬 이름을 보고 실망의 한숨을 내뱉었다. 채영이었다.

'이 시간에 웬일이지?'

채영은 예의를 아는 여자였다. 너무 이른 시간, 너무 늦은 시간에는 전화를 걸지 않는다. 사귈 때도 마찬가지였다.

안 그러던 사람이 새벽부터 전화를 하니 걱정이 될 수밖에 없었다. 전화를 받자 쉰 목소리가 들려왔다.

[미안해, 승민 씨. 깨웠으면 미안해……]

"괜찮아. 무슨 일 있어?"

[그냥 좀…… 힘들어서……]

채영이 우는소리를 하는 건 처음이다. 승민은 휴대폰을 꽉 붙잡았다.

"무슨 일이야?"

[자기, 멀리 있는 거 아는데…… 잠깐 와 주면 안 될까? 나 정말 힘들어……]

가늘게 떨리는 채영의 목소리를 들으며 승민은 망설였다. 얼마 전부터 채영이 보이는 행동은 승민을 당혹스럽게 만들었다. 채영은 연인이었을 때도 안 하던 행동을 하고 있었다. 이 새벽에 이유도 설명하지 않고 와 달라고 하다니.

승민은 크게 한숨을 내쉬었다. 너 지금 날 당혹게 하고 있어, 라는 마음을 드러낸 한숨. 채영에게도 들렸을 테지만 채영은 전화를 끊지 않았다.

[이런 부탁 해서 미안해. 하지만 정말로…… 지금 승민 씨가 필요해.]

채영이 이렇게 나오니 승민도 더는 모르는 척할 수 없었다. 이렇게까지 행동한다는 건 정말로 무슨 일이 생긴 거겠지. 채영이 승민에게 어떤 감정을 품고 있든, 오랫동안 함께한 동료로서 모르는 척할 순 없었다.

"알겠어. 어디로 갈까?"

샤워를 하고 옷을 갈아입은 후 거실로 나왔다. 부모님이 마주보고 앉아 마늘을 까고 있었다. 그러고 보니 곧 김장을 할 거라고 했다.

"이 시간부터 어디 가냐? 마늘 까는 거나 도와주지."

마 교수가 말했다.

"서울 갑니다."

"서울?"

"네. 잠깐 일이 생겨서요."

"그놈의 회사는 왜 주말에도 일을 시켜?"

"회사 일이 아니라…… 하여간 다녀오겠습니다."

설명을 하려다가 굳이 설명할 일은 아닌 것 같아서 그만뒀다. 마 교수는 미심쩍은 듯 승민을 쳐다보다가 고개를 저었다.

"아들이라고 하나 있는 녀석이 김장도 안 도와주고…… 다 제 입에 들어갈 것을."

김장해서 주신 적 없잖아요, 라는 말이 목구멍까지 나왔지만 꿀

껵 삼키고 집에서 나왔다. 초겨울의 아침 해가 이제야 고개를 내밀고 있었다. 주홍빛으로 빛나는 정경. 시골의 아침은 고즈넉해서 마음이 편안해졌다.

이런 아침에 현수와 나란히 앉아 떠오르는 해를 볼 수 있다면 가슴이 살랑살랑할 텐데.

"난 굉장한 로맨티스트였군."

뜬금없는 자화자찬을 하며, 승민은 서둘러 서울로 향했다.

이른 시간에 눈이 떠졌다. 오랜만에 돌아온 집이 아늑해서 푹 잘 수 있었다. 많이 잔 것도 아닌데 몸에 남아 있던 피로가 싹 풀렸다. 이러니저러니 해도 제집이 최고다. 서울에 있는 집은 깨끗한 신식이지만 '내 집'이라는 생각이 들지 않는다.

현수는 양치질을 하면서 어젯밤의 일을 떠올렸다. 승민을 좋아한다는 말에 정씨는 말없이 현수의 등을 토닥여 주었다. 괜찮다는 말도, 잘못된 일이라는 말도 하지 않았다. 그저 따뜻하게 어루만져 주었을 뿐이다. 네가 하는 행동이 어떤 행동이든 나는 늘 네 아버지라고 말해 주는 듯했다.

그것으로 충분했다. 아무 말도 듣지 못했지만 위로받은 기분이었다.

정씨는 아침부터 어딜 간 건지 보이지 않다. 씻고 나온 현수는 마당에 멍하니 앉아 있다가 벌떡 일어났다. 마당 구석에 오도카니

서 있는 오토바이를 보니 달리고 싶었다. 오토바이를 타고 달리기에는 조금 서늘한 날씨. 현수는 옷을 두툼하게 입고 나왔다.

옷이 너무 얇다고 걱정해 주었던 승민이 떠올랐다.

"뭘 하고 있을까? 아직 자고 있으려나?"

부아아앙.

오토바이가 크게 포효하며 몸을 떨었다. 오랜만에 느끼는 진동에 마음이 들떴다. 집을 나선 현수는 자연스럽게 마 교수네 집으로 방향을 틀었다. 현수 본인도 의도하지 않은 행동이었다.

저 멀리 마 교수네 집이 보였을 때에야 자신이 어디로 가고 있는지 깨달았다. 현수는 급하게 오토바이를 세웠다.

"뭐 하는 거야, 지금……."

승민을 좋아한다는 말을 했을 때, 아버지는 등을 두드려 주었다. 하지만 괜찮다고, 잘했다고, 옳은 일이라고 말해 주진 않았다. 그렇다는 건, 현수가 품은 마음은 괜찮은 마음이 아니라는 뜻이다. 만약 괜찮았다면 아버지는 거침없이,

"뭘 그런 걸로 고민을 해? 확 뺏어 버리면 되지!"

라고 말했을 것이다.

아버지가 위로해 주었다는 생각에 너무 들떴다. 아침부터 여기까지 찾아오다니.

오토바이의 방향만 바꾸면 되는 일인데 쉽지 않았다. 여기서 조금만 더 가면 승민을 볼 수 있을 텐데. 자다 깨 부스스한 모습을 봐 둘 수 있을 텐데. 그런 아쉬움에 발길을 돌리기 힘들었다.

언젠가 자다 깬 승민을 본 적이 있었다. 계란프라이에 욕심을 내

는 것 같아서 하나 줬더니 놀란 얼굴로 우물거렸었지. 그게 언제였더라.

"아아, 얼마 되지 않았구나."

승민과 함께 있을 때 벌어진 모든 일들이 굉장히 먼 옛날의 일처럼 느껴지는 이유는 뭘까? 그만큼 승민을 가깝게 여기기에 그와 함께한 추억은 전부 오래전부터 이어져 왔다고 생각되는 걸까?

왕왕왕!

개 짖는 소리가 바람을 타고 들려왔다. 이 동네 개가 '승민'이만 있는 것도 아닌데, '승민'인 것 같다는 생각이 들었다. 승민을 보고 싶은 마음이 말도 안 되는 상상을 이끌어내나 보다.

이끌리듯 오토바이를 몰아 마 교수네 집 대문 앞에 도착했다. 차마 문을 두드릴 수가 없어서 대문만 물끄러미 지켜봤다. 아무 사심 없이 들어갈 수 있었던 대문이 이제는 섣불리 손대서는 안 되는 견고한 철문으로 보였다.

끼익.

문이 열리는 소리에 바짝 긴장했다. 설마 승민일까?

하지만 나온 건 백구 '승민'이었다. 코로 문을 열고 나온 백구는 현수를 발견하고는 꼬리를 붕붕 흔들었다. 헬리콥터처럼 휘젓는 흰 꼬리를 보며 현수는 미소 지었다.

"인마. 이러다가 날아가겠다."

"왕왕왕!"

"응응. 정말 오랜만이야. 잘 있었어?"

백구는 오랜만에 현수를 만나 신이 나는지, 현수의 냄새를 맡으며 현수의 주위를 빙글빙글 돌았다.

"누구 왔나?"

백구의 소란을 눈치챈 마 교수가 대문 밖으로 나왔다. 현수는 자세를 바로하고 마 교수를 쳐다봤다.

마 교수는 달라진 게 없었다. 그도 그럴 것이, 마 교수를 마지막으로 본 지 두 달도 안 됐다. 상대를 편하게 해 주는 미소, 너그러운 눈빛. 모든 것이 여전한데도 현수는 낯선 사람을 앞에 둔 것처럼 긴장했다. 마 교수가 그의 아버지라는 사실이 현수의 안에서 마 교수의 위치를 변하게 만든 것이다.

"현수 왔구나. 여기서 뭐 해? 들어오지 않고."

"너무 이른 시간이라서……."

"언제부터 그런 걸 따졌다고 그래? 우리 사이에."

마 교수가 장난스럽게 웃으며 현수의 어깨에 손을 얹었다. 현수는 마 교수에게 이끌려 안으로 들어갔다.

"마늘 까셨습니까?"

"응. 냄새 많이 나나?"

"조금요. 다 까셨어요?"

"아직도 한참 남았어."

"도와 드릴게요."

최 여사는 아침을 준비하고 있었다. 활기찬 목소리로 맞아 주는 최 여사에게 인사를 하고, 거실에 넓게 펼쳐진 신문지 가장자리에 앉았다. 현수는 마 교수와 마주 보고 앉아 능숙하게 마늘 껍질을 벗겼다.

마늘 껍질을 벗기면서도 닫힌 방문이 신경 쓰였다. 승민은 아직 자고 있는 걸까? 나오면 어떤 표정을 지어야 하지? 언제 일어날까?

"자, 아침들 들고 해요."

상을 차린 최 여사가 두 사람을 불렀다. 마늘을 까는 동안 마 교수와 이런저런 이야기를 한 것 같은데 대화 내용이 기억나지 않았다. 이게 웬 실례되는 행동인지. 현수는 승민의 방문에 온 정신을 쏟고 있는 자신을 나무라며 식탁에 앉았다.

식사를 하며 서울에서의 회사 생활에 대해 이야기했다. 이래서 힘들고요, 저래서 힘들어요. 그러다 순 불평불만만 늘어놓고 있음을 깨닫고 말을 바꿨다. 그래도 이런 면은 좋고 저런 면도 좋아요.

마 교수와 최 여사는 어린 딸의 학교생활 이야기를 듣는 듯 흐뭇한 표정으로 현수를 바라봤다.

식사가 끝날 때까지 승민은 방에서 나오지 않았다. 현수는 못내 마음에 걸려 마 교수에게 물었다.

"마승민 씨…… 아니, 마 대리님은요?"

"마 대리는 무슨 놈의 대리. 그 녀석 서울 갔다."

"서울……이요?"

"응. 새벽부터 전화받고 나갔어. 무슨 일이 생긴 건지……."

"회사 일입니까?"

"회사 일은 아니라고 하던데…… 보나 마나 별일 아니겠지. 서울 좋아하는 녀석이니까 그냥 가고 싶었던 걸 거야."

감정을 겉으로 드러내면 안 되는데 마늘을 까던 손이 멈췄다. 현수는 고개를 숙이고 아릿한 손끝을 내려다봤다.

회사 일도 아닌데 서울에 갔다.

마 교수의 말대로 서울 좋아하는 사람이라 간 거라면 좋을 테지만, 그런 이유는 아닐 게 분명하다. 어젯밤만 해도 오늘 뭐 하냐고, 만나자고 했던 사람이니까.

아마도 새벽부터 서울에 가야만 하는 일이 생겼겠지. 마 교수에게 설명도 없이 올라갈 만한 일이라면 여자문제일 것이고.

입 안이 썼다.

승민이 채영 때문에 서울에 올라갔다는 사실보다, 그것을 유추해내고 집착하는 자신의 모습이 더 싫었다.

승민과 자신은 아무런 사이도 아니다. 일 때문에 알게 되어서 일 때문에 알고 지내는 사람. 혹은 같은 마을 출신이라 알게 되어서 서로의 부모님 때문에 알고 지내는 사람. 딱 그뿐인 사이다.

이러다가 서로 연락이 끊겨 멀어지더라도 아쉬울 것 없는, 적어도 승민에게는 아쉽지 않을 그런 사이.

오늘 저녁의 약속도 잊고 새벽부터 연인을 만나러 서울로 올라간 승민의 행동이 두 사람의 관계가 어디쯤에 위치하는지 알려 주었다. 머릿속으로만 막연하게 알고 있던 위치를 새삼 확인하게 되자 가슴이 공허해졌다.

제 감정에 몰입해 마 교수의 앞이라는 걸 잊었다. 눈시울이 촉촉하게 젖은 현수를 보며 마 교수가 작게 그녀의 이름을 불렀다.

"현수야."

흠칫 놀라 표정을 갈무리하려 했지만 늦었다. 위태롭게 고여 있던 눈물이 볼을 타고 흘러내렸다. 마 교수가 놀라 벌떡 일어났다.

현수는 서둘러 손등으로 눈물을 닦았다.

"마늘이 맵네요."

"그, 그래? 마늘이 좀 맵긴 하지."

"네, 맵습니다. 오랜만에 만져서 그런지 더 맵네요."

맵다. 손등에 묻은 마늘 즙이 눈으로 들어가서 눈물이 흘러내리는 거다. 첫사랑이 매워서, 짝사랑이 매워서, 그래서 눈물을 흘리는 게 아니다.

현수는 상처받은 마음을 다독이며 다시 마늘 까는 것에 집중했다.

아, 맵다. 정말로.

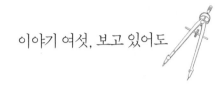

이야기 여섯, 보고 있어도

화장기 없는 얼굴, 촉촉한 눈. 회사에 있을 때의 채영이 누구의 도움도 원치 않는 커리어 우먼이라면, 지금의 채영은 모두가 손을 내밀고 싶어 할 법한 청초한 소녀의 모습. 그러나 승민은 굳은 표정으로 채영을 응시할 뿐이었다.

"내가 잘못 들은 것 같은데…… 뭐라고?"

"외롭다고."

만나기 직전까지 울고 있었다는 것을 대변하듯, 채영의 목소리는 약간 쉬어 있었다. 하지만 동정심은 생기지 않았다.

"외롭다……라."

"응, 외로워. 나, 이런 걸로 우는 여자 아닌데…… 너무 외롭더라. 그래서 승민 씨가 필요했어."

승민을 올려다보는 채영의 눈동자가 '이해하지?'라고 묻는 듯했다. 하지만 승민은 이해할 수 없었다. 외롭다, 그래서 멀리 가 있는 회사 동료를 서울까지 불러냈다. 승민의 사고방식으로는 납득할 수 없는 행동이었다.

"날 필요로 하는 이유가 뭔데?"

"앉아. 올려다보는 거 목 아프다."

채영이 웃으며 말했다. 채영과는 어울리지 않는 어색한 미소였다. 승민은 채영의 얼굴을 빤히 응시하다가 한발 늦게 소파에 앉았다.

채영이 부른 곳은 채영의 집 근처에 있는, 24시간 운영하는 커피숍이었다. 이른 시간이라 사람은 별로 없었고 피곤한 표정의 알바생만 자리를 지키고 있었다. 막 볶은 원두의 향기가 실내를 은은하게 채우고 있었지만 그런 것을 즐길 기분이 아니었다.

사람을 불러놓고 말없이 커피잔만 살살 만지는 채영을 승민은 매서운 눈으로 응시했다. 승민의 눈매가 차게 올라갈수록 채영의 입가에 머문 미소도 어색하게 변해 갔다.

"낯설다. 자기의 그런 모습."

이윽고 채영이 입을 열었다. 딱히 대답을 바란 것 같지 않아서 승민은 입을 굳게 다물었다.

"승민 씨는 늘 나한테 다정할 줄 알았어. 그런데 아니었나 봐. 아, 죄책감을 느끼라고 한 말이 아니야."

채영이 말하지 않아도 죄책감을 느낄 이유는 없다.

"나도 몰랐는데…… 욕심을 내고 있었나 봐. 승민 씨는 원래 딱 그 정도의 위치에서 나를 대했는데, 나 혼자 부풀려서 받아들였던 것 같아. 자기가 언제까지고 나를 연인처럼 대해 줄 거라고. 그걸 깨닫고 나니까 참…… 내 자신이 초라하게 느껴지고 외롭더라."

"……."

"그래도 일말의 기대감 같은 게 남아 있었나 봐. 자기를 불렀는데 바로 나에게 와 주면 괜찮은 거라고, 그 정도면 나쁘지 않다고 그렇게 생각했어. 그래서 실례라는 걸 알면서도 일찍 전화를 한 거고……."

"난 와 줬지."

"응, 와 줬어. 그런데…… 기쁘지 않다."

"멀리까지 와 준 사람 앞에 두고 하기엔 심한 말인데?"

"어쩔 수 없어. 정말 기쁘지 않으니까. 지금 승민 씨는 정말…… 모르는 사람 같거든. 너무 냉정해."

채영이 힘없이 웃었다.

"하고 싶은 말이 뭐야?"

"좋아하나 봐."

"뭐?"

"이제야 깨달은 건데…… 나 여전히 자기한테 미련이 있나 봐. 그래서 이러나 봐."

"……."

"헤어지고 나서 매달리는 그런 여자 되고 싶지 않은데…… 내 마음을 나도 어쩔 수가 없어. 나, 자기를 여전히 사랑해."

승민의 미간에 깊은 주름이 생겼다. 고백하는 여자를 앞에 두고 이런 표정을 짓고 싶지 않다. 하지만 채영이 이러는 이유를 정확히 알 수 없었다.

채영은 속마음을 털어놓으면서도 혼란스러운 것처럼 보였다.

"그건 정말 이상해. 알아? 이별을 고한 건 너야. 이런 관계 이제 그만 하자고, 회사 동료로 돌아가자고…… 그렇게 말했었지."

"응, 그랬었어."

"그런데 왜…… 마치 내가 이별을 고한 것처럼 굴어?"

"그냥…… 그런 기분이야. 난 자기에게 떠밀려 이별을 고한 게 아닌가…… 그런 생각이 들어."

"그게 무슨 소리야?"

"자기, 정말로 날 사랑해서 나랑 사귀었던 거야?"

채영의 질문에 승민의 눈동자가 무겁게 가라앉았다. 승민은 생각할 것도 없이 답했다.

"사랑하지 않았어. 하지만 그건 너 역시 마찬가지였지. 서로 필요에 의해서 사귀자고 했고, 그걸로 내 죄책감을 자극하려는 거라면…… 틀렸어. 너와 나의 관계는 남들에게 보여 주기 위한 연인 관계. 딱 그 정도였을 뿐이야. 안 그래?"

"……그래, 시작은 그랬지."

"시작이 그랬기 때문에 끝도 그랬어. 네가 헤어지자고 한 이유도 확신은 없지만 어렴풋이 짐작은 가. 그래도 난 널 원망하지 않고, 널 매도하지도 않아. 그 마음은 지금도 마찬가지고."

"내가 헤어지자고 한 이유가 뭐라고 생각하는데?"

"내 배경."

승민의 차가운 답변에 채영은 허를 찔린 표정을 지었다. 승민은 담담히 말했다.

"사람마다 우선시하는 게 다르니까 네 행동을 비난하지 않아. 오히려 감탄했어. 너와 어울리지 않는다고 생각하는 순간 끊어내는 그 마음과 행동력. 그래서 넌 내게 멋진 여자였지. 너에게 늘 강함을 요구하는 건 아니야. 하지만 우린 서로의 마음이 어땠든 사귀다가 헤어진 관계야. 그런 관계에선 적당한 강함이 필요해. 나에게 약한 모습 보이지 마."

"승민 씨……."

"앞으로도 우린 동료로 지내야 돼. 그렇다면 서로에게 매달리지 않고 집착하지 않는 모습으로 지내는 게 좋은 그림이야. 그런 관계로 남았으면 하는데, 어려운가?"

담담하지만 몰아치는 듯한 어조에 채영은 말문이 막혔다. 붉은 입술이 달싹거리다가 멈추기를 반복했다. 채영은 한참 동안 테이블을 내려다보다가 말했다.

"난 정말 아까운 사람을 놓쳤구나."

"그래, 정말 아까운 사람을 놓쳤지."

둘의 한숨이 섞였다. 채영은 승민을 똑바로 볼 수 없었다. 아래로 늘어뜨린 눈동자에 슬픔과 민망함이 담겼다. 승민은 닦달하지 않고 채영의 행동을 기다렸다.

"그럼 우린…… 이대로 끝인 거야? 재고의 여지도 없이?"

"재고의 여지 같은 건, 헤어지는 순간에 사라졌어."

"무섭구나, 승민 씨는……."

"……."

"아주 가끔씩…… 너무 외롭거나 힘들 때, 그럴 때도 자기한테 기대면 안 되는 걸까?"

채영의 위태로운 음성은 남자의 마음을 무너뜨리기에 충분했다. 금방이라도 부스러질 것 같은 표정과 목소리. 승민은 조금 누그러진 눈빛으로 채영에게 말했다.

"이젠 안 돼."

"이젠…… 안 된다고?"

"그래. 사랑하는 사람이 생겼어. 그 사람한테만 집중하고 싶다."

"사랑하는 사람? 그게 누군데?"

승민의 눈에 의심의 빛이 떠올랐다.

"그걸 왜 알고 싶어 해?"

승민은 몰랐다. 잠깐 드러낸 그 의심이 채영의 가슴에 생채기를 내고 있음을. 채영은 수치와 절망으로 검게 범벅된 심정을 들키지 않기 위해 이미 식어 버린 차를 한 모금 마셨다.

"같이 일하는 동료로서의 호기심. 전 애인으로서의 궁금증. 그런 걸로는 안 돼?"

"그래……, 뭐…… 언젠가는 너도 알게 될 테니까. 현수야. 내가 사랑하는 사람."

"현수? 정현수 씨?"

"응. 그 애를 사랑하고 있어."

"승민 씨…… 현수 씨가 누구 애인인지 잊었어?"

책망하는 듯한 말투에 승민의 얼굴이 괴롭게 일그러졌다.

"잊지 않아. 잊을 리가 없지."

"세찬 씨가 승민 씨를 아주 좋아하는 거 알지? 그런 선배한테 대들 정도로 현수 씨를 사랑하고 있는 거야. 게다가 세찬 씨, 좋은 남자고."

"그래, 좋은 남자지."

"……내가 무슨 말을 하고 싶은 건지 알지?"

승민은 가만히 채영의 표정을 살폈다. 채영의 얼굴에 떠오른 걱정은 진심이었다.

그래, 그런 건가. 털어놓는 것만으로 걱정 어린 표정을 짓게 하는 그런 사랑이었던가.

차를 마신 것도 아닌데 입 안이 쓰고 텁텁했다.

현수를 향한 승민의 마음을 확실히 알게 된 사람은 채영이 두 번째다. 첫 번째인 재우는 느긋하고 여유롭게 승민을 부추겼다. 그래서 괜찮은 마음인 줄 알았다. 안 된다고 생각하면서도 재우의 응원과 조언을 방패삼아 그녀에게 품고 있는 내 마음은 나쁜 마음이 아니다, 비난받을 일이 아니다, 그렇게 포장했다.

두 번째 사람인 채영은 승민을 걱정했고, 그것이 승민의 심장을 차게 식혔다. 이게 일반적인 반응인 거다. 연인이, 그것도 아주 괜찮은 연인이 있는 여자를 짝사랑하는 남자. 그런 남자를 바라보는 시선.

"역시 가지면 안 되는 마음인 건가?"

자조적인 목소리가 흘러나왔다. 제 것이 아닌 것 같은 낯선 목소리.

"가지면 안 되는 마음이 어디 있어? 마음이 가는 건 어쩔 수 없는 거지. 하지만…… 상처를 받게 될 거야. 같은 곳을 보지 않는 사랑은 삶을 지치게 해."

"지치게 한다라……."

정말 그럴까?

이 말만큼은 동의할 수 없었다.

현수와 함께할 때에 느껴지는 충족감은 이 여자가 내 여자라고 생각하기 때문에 생겨나는 마음이 아니었다. 그저 존재하는 것만으로, 바라볼 수 있는 것만으로 현수는 승민의 가슴을 가득 채웠다.

"짝사랑은 나쁘지 않아. 연인이 있는 사람을 사랑하는 것도 나쁜 게 아니야. 하지만…… 승민 씨 자신을 생각한다면 빠르게 정리하고 접어야 돼. 그러지 않으면 많이 힘들어질 테니까."

"그럴까?"

"응, 분명히 그럴 거야. 생각해 봐. 중요한 순간에 현수 씨가 세찬 씨를 선택한다면…… 승민 씨가 상처를 받을지도 모르는 일인데도 세찬 씨를 위해 행동한다면…… 그런 일이 생겨도 승민 씨 마음이 안 다치겠어? 그저 사랑한다는 이유로 현수 씨의 행동을 납득해 줄 수 있겠어?"

채영이 설명하는 현실이 날카로운 얼음 칼로 변해 승민의 심장을 찔렀다. 중요한 순간. 그게 어떤 순간인지는 모르겠지만, 막연히 상상하는 것만으로도 가슴이 아팠다.

울고 싶다, 라는 생각을 하며 승민은 몇 달 전의 일을 떠올렸다. 부모님이 장난삼아 두 사람을 결혼시키겠다고 했을 때의 순간.

만약 그때 그러겠다고, 결혼시켜 달라고 했더라면 지금과 상황이 달라졌을까? 그게 바로 내가 원하는 것이라고, 나도 이 여자와 결혼하고 싶다고 적극적으로 찬성을 했다면, 지금 현수의 옆에 있는 남자는 내가 되었을까?

그렇지 않다는 것을 승민은 아주 잘 알았다. 현수와 세찬이 언제부터 사귀게 되었는지는 모르겠다. 분명한 것은, 그렇게 일을 진행시켰더라도 세찬을 향한 현수의 마음이 변하는 일은 없을 것이란 점이다. 현수에 대한 승민의 마음이 그러한 것처럼.

"괜찮아."

승민은 답을 내렸다.

사랑하는 마음은 누군가의 이해를 구해야만 하는 마음이 아니다.

"아무도 이해해 주지 않아도 내 마음은 변하지 않아. 그렇게 쉽게 변할 마음이었으면 시작도 안 했겠지."

"승민 씨……."

"중요한 순간에 현수가 세찬이를 선택한다면, 나는 그냥 가슴 아파하고 울면 되는 거야. 세상을 원망하고 절규하고 피폐해질지도 모르지만…… 그래도 괜찮아. 지금 내 삶을 현수가 가득 채웠으니까 난 그냥 그 사실에 충실할 거야. 그게 내가 사랑하는 방법이야. 뭐…… 나도 이제야 알았지만."

"기집애! 서울 가더니 아주 예뻐졌어!"

재희는 만나자마자 기차 화통 열 개는 삶아먹은 목소리로 외치며 현수에게 달려들었다. 재희의 팔이 현수를 가두기 전, 진혁이 가볍게 재희를 밀쳐냈다.

"우리 현수 함부로 건드리지 마라."

"웃기네. 네가 현수 아빠라도 되냐? 하여간 변한 게 없어요."

재희는 쯧쯧 혀를 차며 현수에게 팔짱을 끼웠다.

"서울 얘기 좀 해 줘. 어때? 재밌어? 잘생긴 남자 많아?"

"배고픈데 가게라도 들어가서 얘기하자."

"우쩐! 너는 입 좀 다물고 있어라잉? 현수랑 얘기 좀 하자."

"수다스러운 기집애."

"아, 그때 그 오빠랑은 어때? 우리 가게에서 너랑 손잡았던 그 잘생긴 오빠. 사귀게 됐어? 잘 지내는 거야? 잘해 줘? 자주 만나?"

속사포처럼 쏟아지는 질문에 대답할 기운이 없었다. 오랜만에 만나는 친구랑 좋은 시간을 보내고 싶은데 아침에 먹은 밥이 얹힌 것 같다. 맛있게 잘 먹었는데 승민이 채영을 만나러 서울에 올라갔다는 사실을 알고 나서부터 속이 안 좋았다.

"쑤. 왜 그렇게 표정이 안 좋아? 어디 아파?"

"속이 좀…… 점심은 죽이나 먹자."

"죽? 죽도 좋지. 우리 다녔던 중학교 근처에 죽집 생겼어. 엄청 많이 주더라. 주인아줌마도 친절하고. 거기 가자."

조금 늦은 점심을 먹고 커피숍으로 자리를 옮길 때까지 여러 가지 이야기를 한 것 같은데 기억이 나지 않았다. 수십 개의 실타래가 엉망진창으로 엉켜 머릿속을 가득 채운 것 같았다.

친구들이랑 재미있게 놀아야지. 그리 생각하면서도 도통 집중할 수가 없다. 재희의 수다를 듣다가도 어느새 승민과의 일로 생각이 옮겨 갔다.

좋았던 일, 나빴던 일, 화가 났던 일, 즐거웠던 일들이 오래된 필름이 돌아가듯 떠올랐다가 사라지기를 반복했다.

"그런데 현수야. 정말로 어때? 그 남자랑 사귀는 거야? 응? 얘기 좀 해 줘."

재희가 현수의 팔을 잡고 흔들며 현수를 닦달했다. 현수는 정신을 차리고 재희를 쳐다봤다. 20대 중반이라고는 하지만 재희의 얼굴에는 학창 시절의 모습이 그대로 남아 있었다. 그건 진혁도 마찬가지였다.

'나도 그렇겠지? 마승민 씨는 어떨까? 그 남자도 학창 시절에 그런 얼굴이었을까?'

희고 매끄러운 얼굴, 약간 차가운 듯한 눈매. 중학교 교복을 입은 승민의 모습을 상상하자 가슴이 콩닥거렸다.

'나도 참 중증이다.'

현수는 고개를 저으며 상상에서 벗어났다.

"그런 사이 아니야."

"그런 사이 아니긴. 보니까 완전 딱 답이 나오던데. 그 남자 앞에 있던 정현수는 완전 여자 얼굴이었다고."

"여자 얼굴? 나 원래 여자거든?"

"현수야. 여자는 말이지, 사랑에 빠지면 외모가 변하는 법이야. 날 봐. 평소에는 이렇게 순수한 소녀 같은 얼굴이지만, 사랑에 빠지는 순간 모든 남자가 한 번씩 돌아보는 성숙한 여인이 되잖아."

빨대로 콜라를 쪽쪽 빨며 이야기를 듣던 진혁이 결국 한마디 했다.

"올해 풍년이라더니 네 지랄도 풍년이구나."

"야, 우쪈! 말이 심하다?"

"네 얼굴이 더 심해."

"이게 진짜!"

재희가 진혁에게 달려들었다. 두 사람은 한참 동안 침을 튀어 가며 말싸움을 했다. 차라리 다행이었다. 현수는 소파에 등을 기대고 앉아 두 사람을 멍하니 쳐다봤다. 눈은 친구들에게 향해 있지만 마음은 다른 곳에 있었다.

제멋대로 흘러가는 마음을 잡아 꼭꼭 접어서 상자 안에 집어넣어 둘 수 있으면 얼마나 좋을까.

감상적인 생각을 다 하게 되었다. 그런 자신이 웃겨서 피식 웃는데 주머니에 넣어 둔 휴대폰이 울렸다. 무심코 전화를 받은 현수는, 휴대폰 너머로 들려오는 목소리에 놀라 벌떡 일어났다. 재희와 진혁은 안중에서 사라진 지 오래였다.

[어디야?]

"아…… 마…… 대리님?"

[대리님은 무슨 놈의 대리님이야? 평소대로 불러.]

"노고 씨……."

[다른 호칭은 없냐? 오빠라든가, 그런 거.]

"왜 전화하신 겁니까?"

들떠서 목소리가 높아졌다. 현수는 침착해지려고 노력하며 담담한 척 물었다.

[왜 전화하긴. 오늘 저녁에 보기로 했잖아. 어디야?]

"서울 올라간 거 아니었습니까?"

[어? 그걸 네가 어떻게 알았어? 너, 나 염탐하냐?]

"내, 내가 마승민 씨를 왜 염탐합니까? 지금 어디신데요?"

[어디긴, 정비소 앞이지. 집 아니야?]

"지금 시내에 나와 있는데……."

[그래? 그럼 그쪽으로 갈게. 어디로 가면 돼?]

"아니요, 제가 가겠습니다. 그냥 계세요. 금방 갈게요."

현수는 서둘러 전화를 끊고 놀란 눈으로 쳐다보는 친구들에게 말했다.

"나, 잠깐 갔다가 올게."

현수의 눈동자가 응원을 바라는 듯 반짝반짝 빛났다. 재희와 진혁은 저도 모르게 두 주먹을 불끈 쥐고,

"그래! 힘내!"

라고 외쳤다. 현수는 그런 친구들에게 해사한 미소를 지어 주고는 다급히 커피숍을 나갔다. 재희는 멍하니 현수의 뒷모습을 쳐다보다가 진혁에게 물었다.

"뭐야? 마승민 씨가 누구야?"

"예쁘다, 우리 현수. 여자가 됐어."

진혁은 대답하지 않고 흐뭇하게 웃었다. 그제야 재희는 두 손으로 입을 가리고 외쳤다.

"뭐야! 현수, 정말로 사랑에 빠진 거였어?"

평소에는 잘 타지도 않는 택시를 탔다. 아저씨, 빨리 가 주세요. 택시 기사를 재촉한 현수는 빠르게 지나가는 차창 밖을 바라보며 마음을 가라앉혔다. 나, 너무 들떴잖아.

전화가 올 리 없다고 생각했다. 채영을 만나러 서울에 올라갔으니까 채영과 함께 주말을 보낼 거라고, 그러니까 오늘의 약속 같은 건 잊었을 거라고 생각했다. 그런데 아니었다. 승민은 현수와의 약속을 기억하고 있었다. 그게 기뻐서 자꾸만 심장이 뛰었다.

승민에게 가는 10분이라는 시간이 너무도 길게 느껴졌다. 답답하다. 날 수 있다면 좋을 텐데. 이대로 날아서 승민의 옆으로 갈 수 있으면 좋을 텐데. 정비소가 가까워질수록 현수의 볼은 노을을 담은 하늘처럼 발그레하게 물들어 갔다.

택시기사에게 돈을 지불하고 내린 현수는 정비소 입구에 세워진 승민의 차를 발견했다. 차에 기대어 서 있던 승민은 현수가 내린 것을 보고는 몸을 바로 세우고 현수와 마주 섰다.

몇 발자국 떨어진 거리에서 두 사람은 한참 동안 서로를 바라봤다. 쉽게 다가갈 수 없다는 듯이, 마주볼 수 있는 이 순간의 감동을 기억하겠다는 듯이.

"정말로…… 있네요……."

이윽고 현수가 입을 열었다. 바람결을 타고 들려온 그녀의 음성에 승민이 고개를 갸우뚱했다.

"그럼 정말로 있지. 내가 거짓말했을까 봐?"

"서울 갔다고 해서…… 약속을 잊은 줄 알았습니다."

"너랑 한 약속인데 어떻게 잊어?"

당연하다는 듯한 그의 말이 현수의 가슴 위에 묵직하게 내려앉았다. 현수는 한 걸음 다가갔다가 생각을 바꾸고 걸음을 멈췄다.

"김채영 씨가…… 화 안 냅니까?"

내뱉고 나서 아차 싶었다. 이런 걸 물어보면 안 되는 건데. 질투하는 마음을 고스란히 드러내고 말았다. 승민이 놀란 표정으로 물었다.

"내가 채영이 만난 거, 어떻게 알았어?"

"……."

"너 진짜 나 염탐하는 거 아냐? 내 몸에 카메라 같은 거 설치해 뒀냐?"

승민이 자기 몸을 이리저리 두드렸다. 현수는 작게 한숨을 내쉬며 승민에게 다가갔다.

"가죠."

"어딜?"

"친구들이랑 같이 있었습니다. 걔들 놔두고 온 거예요."

"그냥 거기 있지 그랬어? 내가 찾아가도 됐을 텐데."

"길 잃었을걸요."

"난 인간 내비게이션이라고 불리는 남자야."

승민은 이럴 때도 잘난 척을 놓치지 않았다. 현수는 한심하다는 눈빛으로 승민을 보다가 고개를 저었다.

"그러시겠죠."

"그런데…… 꼭 가야 되냐?"

"싫습니까?"

"아니, 뭐…… 아주 싫은 건 아닌데…… 좀…… 흠…… 우진혁, 그 친구는 불편해서…….."

"불편하긴 하죠. 그냥 말할 줄 아는 돌멩이라고 생각하면 금방 익숙해집니다."

"너 무섭다? 설마 나에 대해서도 그런 식으로 생각하는 건 아니겠지?"

"아닙니다."

"그래? 그럼 뭐라고 생각하는데?"

승민이 기대감 어린 시선을 보냈다.

"닭이라고 생각해요."

"닭?"

"네. 마승민 씨가 자기 입으로 잘난 닭이라고 했잖습니까. 그래서 잘난 닭이라고 생각합니다."

원하는 대답이 아니었는지 인상을 찌푸렸던 승민은 곧 표정을 풀었다.

"어쨌든 잘났다고는 생각하는 거네?"

"그렇게 됩니까?"

"그렇잖아. 잘난 닭이라고 생각한다며. 그럼 닭들 중에서도 내가 유독 특별하다는 거잖아."

자기 자신을 거리낌 없이 닭이라고 말하는 승민을 보니 웃음이
나왔다. 현수는 희미한 미소를 띠고 고개를 끄덕였다.

"네, 그렇게 생각하니까 특별하네요."

"그래, 그럼 됐어."

현수는 승민의 자동차 조수석 앞에 섰다. 차 문에 손을 대고 슬
쩍 고개를 들었다가, 이쪽을 보고 있는 승민과 눈이 마주쳤다. 승민
도 현수와 같은 자세를 취하고 있었다.

어째서일까?

승민의 검은 눈동자가 유독 깊어 보였다. 그 눈동자 안에 현수가
알고 있는 것이 아닌, 다른 감정이 담겨 있는 듯 보였다. 그게 조금
민망하기도 하고 기쁘기도 해서 가슴이 술렁거렸다.

"왜요?"

들뜨는 마음을 감추고 묻자 승민은 한 번 들어본 적 없는 목소리
를 들은 양 깜짝 놀랐다. 왜 저렇게 놀라지?

"그렇게 가기 싫습니까?"

친구들을 만나러 가는 게 불편해서 저러나 싶어 물었다. 승민은
고개를 갸우뚱하더니 위아래로 가볍게 움직였다.

"응. 둘이……."

마침 자동차 한 대가 지나가 뒷말은 들리지 않았다. 현수는 어깨
를 으쓱하고 물었다.

"가고 싶은 데 있습니까?"

"이 시골에 갈 데가 있냐?"

하여간 말 안 예쁘게 하기는. 난 왜 저런 남자가 좋은 걸까?

현수가 새삼스레 고민하느라 대답이 늦었더니 승민이 덧붙였다.

"뭐, 그때 거긴 좋더라."

"거기요?"

"그…… 계곡."

계곡?

근처에 계곡이 꽤 많기 때문에 잠깐 생각을 해야 했다. 그러다가 승민이 말하는 '그' 계곡이 지난번 그가 갑자기 입맞춤을 한 그 계곡이라는 걸 깨달았다. 그날의 영상이 머릿속에 가득 찼다. 저 혼자 생각하곤 흠칫 놀라 조수석에 대고 있던 손을 떼었다.

저 남자는 그날의 일을 기억하고 있을까?

무표정한 걸 보니 기억하지 못하는 것 같았다. 승민에게는 그 일이 유별나게 행동할 만한 일은 아닐 것이다. 그저 가벼운 입맞춤이니까.

'난 첫키스였다고…….'

키스라고 할 만한 농밀함은 없었다. 아주 잠깐, 가볍게 입술이 부딪친 것 정도. 하지만 지금도 그 감각이 생생하게 떠오를 만큼 현수에게는 의미가 컸다.

"그래요. 가죠."

싫다고 말하면 그 일을 의식하는 꼴이 되어 버릴 것 같아 현수는 아무렇지도 않은 척 고개를 끄덕였다. 어둑한데도 승민의 표정이 밝아지는 게 보였다. 그건 아마도 온 신경이 승민에게 집중되어 있기 때문일 것이다. 그러니까 작은 표정, 작은 변화 하나하나 놓치지 않고 받아들이게 되는 거겠지.

"대신 내가 운전할게요."

조수석에 가만히 앉아 있으면 자꾸만 키스 생각이 나서 안절부절못하게 될 것 같았다. 자기 차를 자기 몸처럼 아끼는 승민이 열쇠를 줄 리 없다고 생각했지만 한 번 던져본 말. 승민은 의외로 순순히 대답했다.

"그래, 네가 해."

저 남자가 웬일이래?

의아하게 생각하며 운전석으로 향했다. 자동차 앞으로 돌아서 가다가 마찬가지로 걸어오는 승민과 팔꿈치가 부딪쳤다. 닿은 부분이 뜨거웠다.

자동차에 타자마자 현수는 심호흡을 했다.

자, 진정하자, 진정해. 그때랑 달라진 거 하나 없는 사람인데 왜 이렇게 긴장하는 거야?

승민을 앞에 두고 아무렇지도 않았던 때가 언제였는지 이제는 기억도 나지 않는다. 담담하던 순간이 있기는 있었을까? 그때의 나는 어땠더라?

핸들을 잡았어도 긴장은 풀리지 않았다.

"괜찮은 거냐?"

마음의 동요가 겉으로 드러난 건지 승민이 걱정스레 물었다.

"사고라도 날까 봐 그럽니까?"

"운전은 항상 긴장하고 해야 돼. 세상에 운전 오래한 사람은 있어도 운전 잘하는 사람은 없어. 언제 어디서 사고가 날지 모른다는 거지."

"마승민 씨는 참……."

"생각이 깊지?"

"말이 많네요."

"……."

"잔소리 심하다는 말 많이 듣죠?"

그때부터 승민은 입을 다물었다. 단단히 삐친 모양이다. '나 엄청 삐쳤어.'라고 주장하는 듯 가슴 위에 팔짱을 끼고 가만히 앉아 있는 승민이 회사에서의 승민과 겹쳐졌다.

회의를 진행하는 중에 격하게 의견이 오간 적이 여러 번 있었다. 기분 되게 안 좋겠다, 싶은 순간에도 승민의 표정은 변하지 않았다. 승민은 항상 담담하게 회의를 이끌었다.

'정말 같은 사람 맞나? 영혼 두 개가 들어가 있는 거 아냐?'

여러모로 알 수 없는 사람이라 생각하며 차를 세웠다.

현수가 좋아하는 계곡은 예전에는 찾는 사람이 많았지만 어느 해부터인가 피서객들이 하나둘 줄어들었다. 우후죽순 생겨났던 근처의 상점들도 문을 닫아, 한때의 떠들썩함이 꿈인 것처럼 느껴질 만큼 조용했다.

한철 장사를 하던 상인들은 한때의 꿈이었다며 본업으로 돌아갔다. 마을의 발전을 꾀하던 몇몇 사람들은 한숨을 지었지만 현수는 피서객들이 줄어들어서 다행이라고 생각했다. 피서객들이 많아지면서 계곡물이 눈에 띄게 더러워졌기 때문이다.

사람들의 발길이 확 줄어든 후, 계곡은 다시 깨끗함을 되찾았다. 바람에 스쳐 웅성거리는 나뭇잎과 자박자박 밟히는 흙이 현수는 좋왔다.

가로등도 없는 어두운 길을 현수와 승민은 묵묵히 걸었다. 둘 사이에 대화는 없었지만 전해지는 온기가 따뜻해서 그것만으로도 충분히 행복했다.

이렇게 같이 걸을 수 있어서 다행이야.

현수는 그리 생각했다.

그래, 이걸로도 충분해. 이 정도 사이로도, 아주 가끔 이렇게 단둘이서 거리를 걸을 수 있는 것만으로도 나는 괜찮아.

걸어가면서 흘끗 승민을 쳐다봤다. 승민은 무슨 생각을 하는지, 입을 꾹 다물고 정면만 바라보고 있었다. 그의 생각이 궁금해서,

"무슨 생각합니까?"

하고 물었더니 승민이 걸음을 멈췄다. 안 그래도 가까이 서 있었는데 조금 더 가까이 다가오는 통에 당황했다. 뒤로 물러나려는 현수의 어깨를 승민이 강하게 움켜쥐었다.

현수는 마른침을 삼키며 승민을 올려다봤다. 어둠 속에서도 승민의 검은 눈동자가 또렷이 보였다.

"현수야."

"……에, 네?"

"너……."

승민의 음성이 낮게 가라앉았다.

이 남자가 무슨 말을 하려고……

심장이 쾅쾅 울렸다. 간간이 불어오던 바람도 멈춘 듯, 속삭이던 나뭇잎도 입을 다문 듯 고요했다. 그래서 심장이 뛰는 소리가 더 크

게 들렸다.

들키면 어쩌지? 마승민 씨 귀에도 이 소리가 들리면 어쩌지?

걱정을 하는 현수의 귀를 승민의 낮은 목소리가 건드렸다.

"안 무섭냐?"

생각지도 못한 질문이라서 무슨 의미인지 깨닫지 못했다. 멍하니 그의 입술을 바라보고 있었더니 승민이 다시 말했다.

"이렇게 캄캄한데 안 무서워?"

아아, 그런 거였구나.

예상에서 벗어난 말이었지만 실망을 하진 않았다. 그냥 웃음이 나왔다.

어두워서 무서웠구나. 조용해서 무서웠구나.

여자와 단둘이 걷는다는 긴장감보다 어두움과 고요 때문에 공포를 느끼는 것이 너무도 승민다웠다. 그리고 마승민다운 것은 현수를 즐겁게 했다.

현수는 피식 웃으며 승민의 가슴에 손바닥을 댔다. 승민의 심장 울림이 손바닥을 타고 전해졌다.

"노고 씨. 겁이 많네요."

"거, 겁은 무슨! 내가 너한테 말을 안 해서 그렇지, 미국에 있을 땐 갱단이랑 붙을 뻔하기도 했어!"

"붙을 뻔한 거지, 붙은 건 아니잖습니까."

"평화주의자거든."

"그러시겠죠. 그렇다면 노고 씨 어깨에 매달려 있는, 피 흘리는 처녀 귀신한테도 그렇게 말해 보시죠."

놀려 주려고 한 말인데 승민의 얼굴에서 핏기가 가셨다. 얼마나 바짝 쪼그라들었는지, 핏기 가시는 소리가 현수의 귀에까지 들릴 지경이었다.

"나 그런, 장난, 정말, 싫어한다."

승민이 한 자, 한 자 강세를 주며 말했다. 어쩌면 무서워서 떨리는 목소리를 감추기 위한 걸지도 모르겠다.

"장난 아닌데요. 이 계곡의 전설, 마 교수님께 못 들으셨습니까? 꽤 유명한 얘기인데."

이야기에 신뢰를 주는 법은 아는 사람을 끌어들이는 것.

"삼십 년쯤 전에 있었던 일입니다. 그때만 해도 이 근방이 발전이 안 돼서 지금보다 인적도 드물고 길도 험했죠. 이 마을에 한 여자가 살았는데, 약간 정신이 이상한 여자였대요. 하지만 얼굴은 꽤 예쁘장했다죠. 그래서인지 장난삼아 그 여자를 꼬드기는 남자들이 있었나 봐요. 그중에 저 아랫동네 김씨 아저씨네 집 옆집에 살았던 청년이 그 여자를 차지하겠노라고 선언을 했답니다. 주위에서는 그러지 말라고 말렸지만 그 청년이 좀 막무가내였나 봐요. 그래서 늦은 밤에 그 여자를 이끌고 이 계곡으로 왔는데……."

생각나는 대로 주절주절 떠들던 현수는 이야기를 끝맺을 수가 없었다. 현수의 입술을 뚫어지게 쳐다보던 승민의 얼굴이 갑자기 가까워졌고, '뭐지?' 하는 순간에 입술 위에 따뜻한 것이 닿았기 때문이다. 도톰하고 부드러운 것이 현수의 입술을 막아 버렸다.

움직일 수가 없었다. 마법에 걸린 것처럼 온몸이 굳어 버려서 승민을 밀쳐낼 수 없었다. 아니, 밀쳐내야 한다는 생각조차 들지 않았다. 아주 가까운 곳에서 전해지는 그의 향기가, 그의 체온이, 그리고 입술에 닿은 뜨거움이…… 그 모든 것이 강렬한 전율을 일으켰다.

전기가 통한 듯한 짜릿함과 솜사탕을 먹는 듯한 달콤함이 동시에 현수의 입술을 강타했다. 지난번처럼 잠시 닿았다가 떨어질 줄 알았던 그의 입술은 떨어질 생각을 하지 않았다. 그 역시 마법에 걸린 것처럼, 움직일 수 없는 것처럼 현수의 입술에 조심스레 자신의 입술을 포개고 있었다.

겹쳐져 있던 입술이 서서히 벌어지고, 촉촉하고 따뜻한 것이 현수의 입술 사이로 밀고 들어왔다. 그제야 정신을 차린 현수는 두 손으로 승민의 가슴을 밀었지만, 미는 힘은 터무니없이 약했다. 승민의 가슴 위에 얹은 손은 가벼운 저항만으로 의무를 다했다는 듯 움직임을 멈췄다. 거기에 용기를 얻은 듯, 승민은 좀 더 강하게 현수의 입술을 탐했다.

현기증이 일었다.

처음으로 하는 농밀한 키스는 현수에게서 많은 것을 빼앗아갔고 그 대신 많은 것을 안겨 주었다. 힘이 빠지고 의지가 사라졌지만 달콤한 두근거림이 그 자리를 채웠다. 온몸이 심장이 된 듯 두근거렸다.

어떤 이유로든 감정이 격해지면 의도하지 않은 눈물이 흐르는 모양이다. 울고 싶은 기분도 아닌데 눈물이 차올랐고, 그걸 의식하기도 전에 흘러내렸다. 볼을 타고 흐른 눈물이 입술까지 내려갔다. 그 짭짤함을 깨달은 건지 승민이 황급히 입술을 떼었다.

따뜻했던 입술 위에 찬 공기가 닿았다.

"아…… 미안……."

현수의 눈물을 오해한 승민이 괴로운 표정으로 중얼거렸다.

"미안해……."

그의 사과가 현수의 심장을 움켜쥐었다. 현수는 가슴에 통증을 느끼며 손등으로 눈물을 닦아냈다.

"대체 왜……."

현수는 뒷걸음질쳤다. 현수의 어깨를 잡고 있던 승민의 손이 힘없이 떨어졌다.

"왜 나한테 이러는 겁니까?"

"나는……."

"내가 그렇게 가볍게 보입니까?"

"그런 게 아니야. 나는……."

"이런 거 하고 싶으면 김채영 씨한테나 하세요. 나 가지고 놀지 말고!"

돌아서서 뛰어가려는 현수를 승민이 붙잡았다. 잡힌 손목이 아팠지만 현수는 비명을 참고 승민을 노려봤다.

"뭡니까?"

"내가 왜 이런 걸 김채영한테 해야 되는데?"

현수는 기가 막혔다. 그걸 몰라서 물어?

"김채영 씨랑 사귀잖아요."

"뭐?"

"김채영 씨가 쿨해서 아무 여자랑 키스해도 된답니까? 그래서 나한테 풀려는 거예요?"

"그게 무슨 소리야? 내가 왜 김채영이랑 사귀는데? 언제부터?"

승민의 혼란스러움은 꾸며낸 게 아니었다.

"……사귀잖아요."

"그러니까…… 내가 왜 김채영이랑 사귀냐고? 네가 정한 거야?"

"누가 정해 줘야 사귑니까? 원래 사귀는 사이잖아요."

"……사귄다는 의미를 넓게 해석한다면…… 걔랑 나는 회사 동료니까 사귀는 게 맞겠지."

이 남자가 무슨 말을 하는 거지?

현수는 그 자리를 떠나야 한다는 것도 잊고 멍하니 승민을 쳐다봤다.

"하지만 좁은 의미에서의 사귐을 말하는 거라면…… 김채영이랑 난 사귀는 거 아니야."

승민이 단호하게 말했다.

"하지만…… 사귄다고…….."

현수가 입술을 달싹거렸다. 승민의 미간이 좁아졌다.

"누가 그랬는데?"

"다들."

"다들? 다들 누가?"

"회사 사람들도 그렇고 세찬 오빠도…….."

현수의 말에 승민은 충격받은 듯 눈을 크게 떴다. 하고 싶은 말이 있는 듯 달싹거리던 입술이 황당한 질문을 만들어 냈다.

"박세찬은 오빤데 나는 왜 그냥 마승민 씨야?"

이 남자가 진짜……!

"……지금 그게 중요한 게 아니잖습니까?"

"그래, 이게 중요한 게 아니지. 회사 사람들이 나랑 김채영 사이를 그렇게 알고 있단 말이야?"

"네. 확신하고 있던데요."

"대체 왜?"

"그걸 제가 어떻게 압니까?"

"기가 막히는군."

승민이 짜증스럽게 머리를 쓸어넘겼다.

"사귄 적이 있기는 해. 하지만 헤어진 지 오래됐어. 이별했다는 걸 여기저기 알리고 다니는 것도 웃겨서 가만히 있었던 건데, 아직까지도 사귄다고 생각했단 말이야?"

"이별했다고 안 알렸으면 그럴 수도 있죠."

목소리가 떨리는 이유는 기쁨 때문이었다. 승민의 반응으로 봐서는 현수가 알고 있던 것이 사실이 아닐 가능성이 높았다. 어차피 들통 날 일을 거짓말할 사람은 아니니까.

'사귀는 게 아니었어.'

어두워서 다행이다. 밝았더라면 기뻐서 붉어진 얼굴이 고스란히 드러났을 것이다.

승민이 현수를 좋아한다고 고백한 것도 아닌데 고백을 들은 것처럼 기뻤다. 연인이 없는 남자라면 마음껏 좋아해도 되니까. 그것이 비록 짝사랑일 뿐일지라도 죄책감을 느낄 필요가 없으니까.

자꾸만 입꼬리가 올라가서 고개를 숙였다.

"미안해. 울지 마라."

현수가 운다고 생각한 모양이다. 승민은 현수의 어깨에 손을 올리려다가 멈추고 작게 한숨을 쉬었다. 어째서인지 그의 한숨에서 괴로운 기색이 묻어나왔다. 여자가 자꾸 우는 게 그에게는 마음에 안 드는 일인지도 모르겠다. 질질 짜는 여자를 좋아하는 남자는 없으니까.

오해를 풀어야 한다고 생각하면서도 고개를 들 수가 없었다. 붉어진 얼굴을 들키지는 않더라도 웃는 모습은 들킬 것 같았다.

"앞으로는 안 그럴게. 절대로. 네가 자꾸 입술을 오물거리면서 말하니까…… 나도 모르게 그만…… 정말 미안하다."

괜찮아요, 라고 대답할 뻔했다.

괜찮아요. 키스해도 돼요. 당신이랑 키스하는 거, 기분 좋아요.

그렇게 솔직하게 고백해 버릴 뻔했다. 현수는 당황했다. 키스하는 게 기분이 좋았다고?

사랑하는 사람과 키스를 하는 게 기분 나쁠 리 없다. 하지만 그건 서로의 마음이 통했을 때의 얘기다. 상대가 이쪽을 어떻게 생각하는지 모르는 상황에서 입맞춤이 기분이 좋다는 건, 도대체 어떻게 받아들여야 하는 걸까?

'혹시…… 마승민 씨도 날 좋아하는 걸까? 그래서 자꾸 키스를 하나?'

문득 떠오른 의문을 곧바로 떨쳐냈다.

'입맞춤 몇 번에 이런 생각을 하는 것도 웃긴 거야. 이 남자는 워낙 생각이 자유로우니까 하고 싶으면 해도 된다고 생각했겠지. 가

벼운 남자 같으니.'

승민은 첫 만남에서부터 현수 같은 여자는 딱 싫다며 고상하고 품격 있는 여자들에 대해 설파했다. 그런 승민이 자신을 좋아할 리 없다고 현수는 선을 그었다. 그러지 않으면 들뜬 마음이 걷잡을 수 없이 커져 버려, 언젠가 펑 터질 것만 같았기 때문이다.

"가죠."

현수는 술렁이는 마음을 감추며 딱딱하게 말했다. 현수가 집으로 돌아갈 거라 생각한 승민이 현수의 어깨를 잡았다. 하지만 계곡 쪽으로 걷고 있다는 걸 깨닫자 다시 손을 뗐다. 현수가 승민을 돌아봤다.

"왜요?"

"아니……."

승민은 뭐에 놀란 건지 자기 손바닥을 내려다보며 중얼거렸다. 정전기라도 난 걸까?

"집에 가려는 줄 알았어."

"계곡 가자면서요."

"어? 어…… 그랬지."

"그냥 집으로 가도 되고요."

"아니야. 계곡 가자."

승민이 서둘러 대답했다. 현수는 다시 걸음을 옮겼다.

물이 흐르는 소리가 들려오기 시작했다. 졸졸졸 흐르는 물소리가 쏴아아 흔들리는 나뭇잎 소리에 섞여 자연스러운 음악을 만들어 냈다. 어둠 속이라 그런지 그 소리가 더 또렷했다.

자박자박.

현수의 발자국 소리와,

저벅저벅.

승민의 발자국 소리도 음악에 합세했다.

"이젠 안 무서운가 봅니다."

열심히 따라오는 승민이 기특해서 말했더니 승민이 싱긋 웃었다.

"응, 이젠 안 무섭네."

또다시 가슴이 술렁거렸다. 바람에 흔들리는 나뭇가지보다 세차게.

승민보다 반발자국 앞서서 걸어가며 현수는 생각했다.

아, 기분 좋다.

뭘까?

열심히 걷는 현수의 뒤를 따라가며 승민은 방금 전 현수의 어깨에 닿았던 자신의 손바닥을 내려다봤다. 현수의 어깨에 닿는 순간 짜릿한 기분이 손바닥을 타고 전해졌다. 뜨겁고 짜릿해서 온몸이 부르르 떨리는 강렬한 감각.

지금껏 이런 식의 느낌을 받아본 적이 없다.

'사랑하는 여자를 만지면 이런 기분이 드나?'

하지만 전에 현수를 만질 때는 이 정도로 강렬하지 않았다.

'뭔진 몰라도 되게 좋네.'

한 번 더 만져 보고 싶지만 현수가 또 울면 큰일이기에 주먹을 꽉 쥐고 충동을 참아냈다.

현수의 눈물은 승민에게 있어서 큰 충격이었다.

박세찬이라는 연인이 있는 정현수. 키스를 하면 안 되는 사이라는 걸 안다. 현수가 그 입맞춤을 몸서리치게 싫어하리라는 것도 안다. 그러나 멋대로 움직이는 몸을 어찌할 수가 없었다. 게다가 이번에는 현수도 승민을 밀어내지 않았다. 거부가 없으니 자연스럽게 농밀한 키스로 이어졌다.

보드라운 입술이 놀랍도록 달콤해서 정신을 차리고 보니 정신없이 빨아들이고 있었다. 분명 물질감을 갖고 있는데 입 안에서 사르르 녹아 버릴 것만 같았다.

그러다가 입 안으로 들어온 짭짤한 눈물에 현수가 운다는 것을 깨닫고 입술을 떼어낸 것이었다.

정말로 울 줄은 몰랐다. 화를 내며 때릴 줄 알았는데. 항상 덤덤한 모습을 보이던 현수가 눈물을 흘리는 게 놀라웠다. 신선함을 넘어서서 가슴 찌릿한 통증까지 일었다.

무슨 일에든 눈물부터 보이는 여자는 딱 질색인데 눈물을 흘리는 현수는 가슴이 저밀 만큼 사랑스러웠다. 난 여자의 우는 모습을 좋아하는 변태였나 의심이 될 정도로 현수가 귀여워서, 하마터면 현수를 꼭 끌어안을 뻔했다.

환한 낮이면 좋을 뻔했다. 그러면 커다란 눈동자에서 흐르는 눈물을 볼 수 있었을 텐데.

'아, 나 진짜 변탠가? 남이 우는 걸 봐서 뭘 하겠다고!'

승민이 자책하고 있을 때 현수가 걸음을 멈췄다.

"다 왔습니다."

퉁명스러운 목소리가 들려왔다. 평소보다 더 낮은 음성이 마음에 걸렸다. 화가 많이 난 걸까? 우는 얼굴 보고 싶다고 하면 정말로 화내겠지? 그때야말로 이 계곡이 진짜 내 무덤이 될지도 몰라.

"무슨 생각을 그렇게 합니까?"

말없는 승민이 의심스러운 듯 현수가 눈을 가늘게 뜨고 물었다. '너 우는 거 보고 싶어. 한 번 더 울어 봐.'라는 말을 할 수는 없기에, 승민은 '아냐.' 하고 물가로 다가갔다.

"조심하세요. 그러다가 미끄러집니다."

"내가 애냐? 이런 데서 미끄러지게."

말하기가 무섭게 이끼 묻은 돌에 발이 미끄러졌다. 물 쪽으로 쓰러지려는 승민의 손목을 현수가 거칠게 낚아챘다. 현수는 그대로 승민을 끌어당겼고, 비틀거리던 승민은 현수의 몸에 안기는 자세가 되고 말았다.

그 순간 승민은 떠올렸다.

'와, 정현수…… 왕자님 같다…….'

현수의 힘은 놀랍도록 셌다.

"애 맞네요. 이런 데서 미끄러지기도 하고."

현수는 구태여 승민을 떼어 낼 생각이 없는 듯, 손목을 잡은 채로 말했다. 승민은 현수의 어깨에 턱을 댄 구부정한 자세로 대답했다.

"여기 돌이 엄청 미끄러워. 너도 미끄러질걸."

"난 안 미끄러집니다. 이런 데서 미끄러져 본 적이 없어요."

"그래? 그럼 한 번 가봐."

"······그럼 비키세요. 가서 보여 줄 테니까."

"잠깐. 조금만 더 이렇게 있어."

"······왜요?"

기분 탓인지 모르겠지만 현수의 목소리가 조금 떨렸다.

"어지러워서······."

"빈혈 있습니까?"

"그런가? 요새 잘 못 먹어서."

"밥 좀 잘 챙겨 먹고 다니세요. 남자가 비쩍 말라서는."

"이래 봬도 몸 좋다는 소리 듣거든?"

"안 듣는 소리가 있긴 합니까? 무슨 말만 하면 다 들었대."

현수와 밀착해 그녀의 마른 어깨에 얼굴을 대고 있는 그 시간이 좋았다.

이 순간이, 이 분위기가 영원히 지속되었으면. 이대로 시간이 멈추었으면.

그런 바보 같은 생각을 하며 현수가 자신을 밀어내지 않도록 서둘러 대화를 이끌었다. 말을 멈추면 현수가 뒷걸음질을 칠 것 같아서 저절로 말이 빨라졌다.

"너야말로 밥 좀 잘 챙겨 먹어. 넌 먹는 거에 비해서 살이 안 찐다? 나 몰래 운동하냐?"

"운동이 나쁜 짓도 아닌데 왜 몰래 하겠습니까? 대놓고 합니다. 대놓고!"

"그래?"

"네, 그래요."

"그렇구나."

"네, 그렇습니다."

할 말이 생각나지 않았다. 짧은 침묵의 시간 동안 승민은 가슴을 졸였다. 이제 할 말도 없으니 현수가 뒤로 물러나겠지. 그럼 더는 이렇게 가깝게 붙어 있지 못하겠지.

예상과는 다르게 현수는 움직이지 않았다.

안도감과 동시에 또 다른 생각이 찾아왔다.

왜 안 움직이지? 얘도 이러고 있는 게 좋은 건가? 아니, 그럴 리 없지. 남자친구가 있으니까. 그것도 박세찬이라는 멋진 놈이. 나랑 이러고 있는 게 좋을 리 없어. 하지만…… 남자친구 있다고 해서 딴 남자 좋아하지 말라는 법은 없잖아. 의외로 날 좋아할지도 몰라. 아니지, 정현수는 의리가 있는 애 같으니까 애인을 놔두고 날 좋아할 리가 없지.

그냥 속 시원히 물어보면 될 일이지만, 괜히 물어봤다가 이 분위기가 깨어질까 봐 두려웠다.

그 상태로 말없이 얼마나 시간을 보냈을까. 계곡 앞이라서 공기가 유독 차가웠고, 현수가 감기에 걸리지 않을까 걱정되기 시작했다.

"안 춥냐?"

"네, 안 춥네요."

춥다고 하면 따뜻한 곳으로 갈 생각이었는데 현수는 춥지 않단다. 게다가 승민을 꼼짝 못 하게 만들 말을 덧붙였다.

"이러고 있으니까 따뜻하네요."

하마터면 '정말? 그럼 안아줄까?'라고 물을 뻔했다. 승민은 입 안에 맴도는 말을 삼켰다. 주책 부리지 마, 입술아. 괜한 말로 이 좋은 분위기를 망가뜨리지 마.

말은 하지 않더라도 안아주고 싶었다. 더 따뜻하게 해 줄게, 라며 두 팔로 끌어안으면 현수는 어떤 반응을 보일까? 차게 식은 눈으로 승민을 쏘아보며 '죽어 버려, 노란 고무줄.'이라고 말할까?

예전이었다면 그런 반응만 떠오르겠지만, 지금 이렇게 가만히 있는 현수를 보고 나니 다른 반응도 떠올랐다. 조용히 승민의 품에 안겨 있는 정현수. 부끄러운 듯 상기된 볼을 승민의 가슴에 대고 있는 정현수.

상상하는 것만으로도 사랑스러웠다. 그래서 정말로 현수를 끌어안고 말았다.

'안 돼!'

한 조각 남은 이성이 비명을 질렀다.

'왜 좋은 분위기를 깨고 그래? 이제 끝났어! 현수가 화를 내면서 널 밀칠 거라고! 경멸 어린 눈으로 널 쳐다볼 게 분명해!'

이성의 외침을 들으며 승민은 현수를 더 세게 안았다. 그래, 어차피 경멸을 받을 거라면 원 없이 안아보자. 실컷 안고 죽으면 그건 그것대로 괜찮겠지.

하지만 현수의 반응이 돌아오기 전, 그 분위기가 깨졌다. 현수의 휴대폰이 울리기 시작한 것이다.

두 사람은 마법에서 깨어난 것처럼 서로에게서 떨어졌다. 현수는 머쓱한 듯 머리를 쓸어넘기며 주머니에서 휴대폰을 꺼냈다. 휴대폰의 빛이 현수의 얼굴을 비췄다. 기분 탓인지 모르겠지만 현수의 볼이 약간 상기되어 있었다.

"어. 마승민 씨 만났어. 지금 잠깐 나와 있어. 거기 못 갈 것 같은데 재희한테 미안하다고 전해 주라."

진혁에게 걸려온 전화인가 보다. 역시 그 녀석이랑은 안 맞는다. 번듯한 얼굴로 낄낄거리고 있을 진혁이 몹시 얄미웠다.

그러다가 문득 첫 만남 때가 떠올랐다. 그때 진혁은 현수를 데리고 가라며 승민을 부추겼었다.

'그렇게 나쁜 녀석은 아니지.'

그러고 보니 현수와 첫 만남 때는 두 사람을 밀어주려는 사람들이 많이 있었다. 아버지도, 진혁도 현수와 승민을 맺어 주려 했다. 그때 기회를 잡아버릴걸.

때늦은 후회를 반복하는 동안 현수가 통화를 끝냈다. 딱히 할 말이 없었기에 두 사람은 멀뚱히 서로의 얼굴을 쳐다봤다. 한참 승민을 올려다보던 현수가 엄지로 계곡을 가리켰다.

"그럼…… 계속 볼까요?"

"응, 그러자."

그 이후 두 사람은 계곡과 눈싸움이라도 하는 것처럼 흘러가는 물을 노려보기만 했다. 어둠 속이라서 뭐가 보이는 것도 아닌데 둘의 시선은 계곡의 물로만 향해 있었다.

대화를 하는 것도 아닌데 시간이 빠르게 흘러갔다. 꼭 신체적인 접촉이 있는 게 아니라도, 그저 함께 있는 것만으로도 행복하다고 생각하면서.

현수를 데려다 주고 집으로 향하는 동안, 승민의 얼굴에서는 미소가 떠나지 않았다. 주차를 하려고 백미러를 봤다가 깜짝 놀랐다. 미소가 헤실헤실 떠오른 얼굴이 말도 못 하게 바보스러웠다.

"날이 안 밝아서 다행이네. 이런 얼굴 봤으면 정 떨어졌을 거야."

안 그래도 정 떨어질 모습을 많이 보였는데 거기에 하나 더 추가할 수는 없다. 앞으로 현수에게 놀랍도록 멋진 모습만 보여 주겠다고 다짐하며 집으로 들어갔다.

늦은 시간인데 거실의 불이 환하게 밝혀져 있었다. 아들이 늦는다고 기다려 줄 부모님이 아니기에 의아하게 생각하며 안으로 들어갔다. 마 교수가 혼자 소파에 앉아서 책을 읽고 있었다.

"다녀왔습니다."

마 교수는 돋보기안경 너머로 승민을 흘끗 보더니, 지나가는 말처럼 물었다.

"너, 현수 좋아하냐?"

뜨끔했지만 이제 와서 숨길 일도 아니란 생각에 고개를 끄덕였다.

"사랑합니다."

"그래?"

그럼 결혼해라, 라는 말이 돌아올 줄 알았는데 마 교수는 다시 책으로 시선을 돌릴 뿐이었다.

"그게 답니까? 전엔 결혼하라고 야단이더니."

"요새 세상에 부모들이 결혼하란다고 결혼을 하는 게 웃기는 거지."

"그럼 전엔 왜 그러셨습니까?"

"널 놀리는 게 재미있으니까."

"전 재미를 위해 아들을 결혼시키려는 좋은 아버지를 뒀네요."

"쓸모가 없으니 아버지한테 재미라도 줘야지."

"제가 왜 쓸모가 없습니까? 제가 생활비 드리는 거 몰라요?"

"뭣? 네가 우리 생활비를 준다고?"

마 교수가 처음 듣는 얘기인 것처럼 눈을 크게 떴다.

"왜 모르는 척하세요? 한 달에 사십만 원씩 꼬박꼬박 자동 이체시키고 있는데."

"이런…… 이 나쁜 여편네가…….."

"어머니가 말씀 안 드렸습니까?"

"어쩐지 요새 못 보던 옷이 보인다 했어! 이렇게 감쪽같이 속을 줄이야…….."

아내의 배신을 알게 된 마 교수가 부들부들 떨며 안방을 노려봤다. 승민은 고개를 절레절레 저으며 마 교수의 허벅지를 툭툭 두드렸다.

"이해하세요. 아버지 조교 시절에 어머니 도움 많이 받았다면서요."

"세상이 이렇다, 승민아. 부부 간에도 속고 속이는 세상인 거야. 사랑 따위!"

승민은 웃음이 나왔다. 마 교수가 이렇게 말은 해도 정말로 화가 나지는 않았을 것이다. 진심으로 화가 난 마 교수는 이보다 더 무섭다.

승민의 생각대로 마 교수는 금세 표정을 풀고,

"그래, 여자는 나이가 들어도 여자니까 예쁘게 하고 다니는 게 좋지."

라며 다시 책을 읽기 시작했다.

현수와의 시간 덕분에 마음이 들뜬 승민은 이대로 방에 들어가고 싶지 않아 마 교수의 옆에서 빈둥거렸다. 마 교수는 빈둥거리는 아들이 신경 쓰여 결국 책을 덮었다.

"나한테 뭐 할 얘기 있냐?"

"뭐, 특별한 건 아니고요…… 아버지, 제가 현수 좋아하는 건 어떻게 아셨습니까? 그렇게 얼굴에 드러나요?"

승민의 질문에 마 교수는 허를 찔린 듯한 표정을 지었다가 곧 미소를 지었다.

"그래, 드러난다. 아주 훤히 드러나."

마 교수의 눈빛은 걸음마를 막 떼기 시작한 아들을 보는 것처럼 온화한 기쁨으로 빛났다. 어린애 취급을 당한 것 같지만 기분이 상하지는 않았다. 아마도 현수 덕분에 마음이 들떠서 그런 모양이다.

"그럼 들어가 보겠습니다. 아버지도 일찍 주무세요."

"할 얘기는 그게 끝이냐?"

"네, 뭐…… 달리 할 이야기가 있겠습니까?"

아무리 아버지라지만 연애 상담을 할 수는 없었다. 아니, 아버지라서 연애에 대한 이야기를 더 못 꺼내겠다.

현수에게 애인이 있대요. 그런데 난 그걸 알면서도 현수한테 키스를 했어요. 그것도 세 번이나!

이런 이야기를 맨정신으로 할 만큼 뻔뻔하진 않았다.

씻고 눕자마자 현수 얼굴이 떠올랐다. 아니, 사실은 헤어짐과 동시에 현수가 떠올랐고 돌아서자마자 그녀의 얼굴이 보고 싶어졌었다. 같이 있는 데도 그 얼굴이 그리워서 몇 번이나 흘끔흘끔 쳐다본 것을 현수는 알고 있을까? 아마도 모르겠지.

승민의 입가에 또다시 미소가 떠올랐다. 승민은 이불을 꽉 끌어안고 중얼거렸다.

"아아. 현수 보고 싶다."

이야기 일곱, 사랑할 수밖에

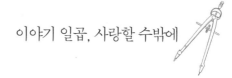

아침에 눈을 뜨자마자 승민의 얼굴이 떠오른다는 게 신기했다. 하얗고 곱상한 그의 생김새 중에서도 입술이 유독 강렬하게 부각되었다. 현수의 입술을 뜨겁게 탐하던 그의 입술. 지난밤의 키스가 생각나자 얼굴이 화끈거리고 심장이 격하게 뛰었다. 마치 이 순간 입맞춤을 하는 것처럼.

아침에 일찍 일어나 운동을 하는 것이 하루 일과의 시작인데, 오늘은 운동을 하고 싶지 않았다. 침대에 누워서 그를 떠올리고 싶다.

곰인형을 꽉 끌어안고 그동안의 일들을 떠올렸다. 했던 생각을 하고 또 하고, 머릿속에 가득 각인이 될 정도로 계속 되풀이하는데도 지치지 않았다. 혼자 누워 있는 시간이 이토록 빠르게 흘러가기도 한다는 걸 처음 알았다.

승민과 함께했던 지난날들의 기억, 그 마지막은 항상 그와의 키스로 끝났다. 부드럽게 부딪쳐 오던 뜨거운 입술. 약간 말랑말랑하고 촉촉한 감촉. 그리고 그때의 두근거림.

"아, 죽겠네……."

이제 그만 좀 생각하고 싶은데 자꾸 생각이 나서 이러다가 정신이 이상해지지는 않을지 걱정스럽다. 현수는 곰인형을 베개에 앉히고 엎드린 자세로 인형을 올려다봤다.

"있잖아, 그 사람이 자꾸 생각나서 죽겠어. 이러다가 얼굴만 봐도 얼굴이 빨개질 것 같아서 걱정이야. 어떻게 해야 될까? 내일 회사에서도 볼 텐데…… 다른 사람들 있는 데서 얼굴 벌게지면 어떡하지? 진짜 바보 같아 보일 텐데……."

현수가 곰인형과 대화를 시도하고 있을 때, 재희와 진혁이 들이닥쳤다. 진혁은 재희에게 끌려온 듯 부루퉁한 얼굴로 구시렁거리고 있었다.

"웬일이냐, 이 시간에."

아직 씻기 전인 현수가 흐트러진 머리를 넘기며 묻자 재희가 눈을 반짝반짝 빛내며 바짝 다가섰다.

"왜, 왜? 오늘 약속 있어? 마승민 씨랑? 이렇게 일찍부터 보기로 한 거야?"

"뭐…… 네가 마승민 씨를 어떻게 알아?"

재희의 행동에 당황한 현수가 뒷걸음질을 치며 물었다.

"어떻게 알긴…… 엄청 잘생겼다면서? 차도 좋은 거 끌고 다니고 키도 크고, 게다가 디자이너. 아, 멋지다. 디자이너라니……."

"그렇게 멋진가?"

"당연하지. 디자이너라고 하면 왠지 있어 보이잖아. 게다가 잘생긴 디자이너. 그런 사람을 이런 데서 만나볼 수나 있겠어? 진짜 소름 끼친다."

"소름 끼치는 건 네 얼굴이겠지."

찌푸리고 서 있던 진혁이 투덜거렸지만 재희는 안중에도 없다는 듯 진혁을 무시했다.

"어때? 잘해 줘? 데이트는 어디서 해? 선물 같은 거 막 사 주고 그래? 진도는 어디까지 나갔어? 막 네 몸을 디자인해 주겠어, 이런 말도 하고 그래?"

현수는 황당해서 입을 벌린 채로 재희를 쳐다봤다. 얘가 뭔 소리를 하는 거야. 그 남자가 왜 내 몸을 디자인해!

"아무래도 디자이너니까 손길이 섬세하지? 어때? 응? 대리만족이라도 하게 얘기 좀 해 봐."

현수는 작게 한숨을 쉬며 진혁을 노려봤다. 분명 진혁이 입방정을 떨었을 거라고 생각했기 때문이다. 현수의 시선을 느낀 진혁이 파랗게 질린 얼굴로 두 손을 붕붕 휘저었다. 아냐, 아냐. 난 아무 말도 안 했어.

하지만 현수는 진혁을 조금도 신뢰하지 않았다.

"우진혁, 너 서울 가는 길에 보자."

"하하하하하. 서울엔 내일 갈 거야. 공강인 날이 있다는 것이 직장인은 누릴 수 없는 대학생의 특권이지."

진혁이 자신만만하게 엄지를 세우고 외쳤다. 현수의 입가에 서늘한 미소가 맺혔다.

"그럼 평생 나랑 단둘이 되는 순간을 피하면서 살아 봐. 단둘이 되는 순간……."

"왜, 왜 말끝을 흐리고 그래? 그렇게 웃지 마! 그렇게 웃으면 안 예쁘다, 정현수."

"안 예쁘긴. 지금 현수가 얼마나 예쁜데! 여자가 가장 예뻐지는 순간이 사랑에 빠져 있는 순간이라고!"

재희가 진혁을 밀어내고 침대에 걸터앉았다.

"자, 자. 앉아 봐. 얼른 얘기해 봐."

눈동자를 반짝반짝 빛내는 걸 보니 사랑에 빠진 건 현수가 아니라 재희인 것 같다. 자기가 더 들떠 있는 모습이 황당하기도 하고 웃기기도 했다.

"어때? 역시 끝내줘? 사진 없어? 얼굴 좀 보자."

재희는 제멋대로 현수의 휴대폰을 만지작거렸다. 하지만 찾던 사진이 나오지 않자 인상을 찌푸리고 현수의 이마를 꾹 눌렀다.

"현수야. 남자친구 사진 한 장 정도는 저장을 해 놔야지. 넌 무뚝뚝한 게 매력이기는 한데, 너무 무뚝뚝하면 남친이 서운해한다?"

"……네가 뭔가 오해를 하는 것 같은데, 마승민 씨랑 나는 사귀는 사이 아니거든?"

"에이, 부끄러워하긴."

"부끄러운 게 아니라……."

"천하의 정현수가 전화를 받자마자 친구를 내팽개치고 뛰어나갔는데 아무 사이가 아니라고? 말도 안 돼. 자, 자. 어서 솔직담백하게 털어놓아 봐."

"털어놓을 것도 없어. 그냥…… 내가 혼자서 멋대로 좋아하는 거야."

고백을 하는 건 현수인데 재희의 얼굴이 발갛게 물들었다. 재희는 귀여워서 죽겠다는 듯 현수를 끌어안았다.

"아아, 우리 현수. 완전 사랑스러워!"

"그만 좀 해라. 주책 맞기는."

진혁의 핀잔에도 재희는 아랑곳하지 않았다.

"하여간 내가 혼자 좋아하는 거니까 해 줄 얘기도 없다. 그거 들으러 온 거면 그냥 가."

친구와 연애에 대한 이야기를 해 본 적이 없어서, 친한 친구들 앞에서라고 해도 승민의 이야기를 꺼내는 게 쑥스러웠다.

"그냥 가긴. 혼자 좋아하는 것만으로도 대사건이지! 우리 현수, 언제 여자가 되나 했는데…… 나 완전 신 나는 거 알아?"

그저 짝사랑일 뿐인데도 이렇게 좋아하는데, 진짜 사귀기라도 하면 아주 난리가 나겠다.

"마승민 씨가 너한테 아주 관심이 없는 건 아니잖아. 그치? 그러니까 저녁에 연락도 하고 만나고 하는 거지."

"그런 건 아냐. 그냥…… 마승민 씨는 나한테 미안한 게 있어서……."

"미안한 거? 왜? 무슨 짓 했어?"

'무슨 짓'이라는 말에 가장 먼저 떠오른 건 갑작스러운 입맞춤이었다. 하지만 재희에게 그 일을 말해 줄 수는 없었다. 지금의 행동을 보아하니 키스의 '키' 자라도 입 밖에 냈다가는 당장 식을 올리자며 식장을 예약할 것이 분명했다.

"서울 가자고 했을 때, 하명 자동차 본사에서 같이 일하자고 했거든. 그런데 이런저런 사정 때문에 지방으로 출퇴근을 하게 됐어. 그것 가지고 미안해하는 것 같아. 난 괜찮은데……."

"그래, 그것부터가 심상찮다니까. 너한테 관심이 없으면 그렇게 미안해하지도 않지. 어쨌든 취직도 시켜 줬으니 된 거다, 그렇게 생각했을걸. 주말에 따로 널 만난다는 건 너한테 관심이 있다는 거야."

그런가?

재희의 말을 듣고 보니 그런 것 같기도 했다. 승민이 채영과 사귄다고 알고 있을 때는 승민의 행동이 전부 '미안함'에서 비롯된 거라고 생각했다. 하지만 이제는 상황이 바뀌었다.

승민은 필요 이상으로 현수에게 잘해 주었다. 이른 아침 찾아와 보온병을 건넸고, 감기에 걸리지 말라며 따뜻한 옷도 사 주었다. 게다가 서울까지 올라갔으면서도 현수와의 약속을 잊지 않고 돌아왔다.

하지만 김칫국을 마시긴 싫었다. 승민이 자신을 좋아하고 있는 게 분명하다고 자만하다가 그게 아니라는 사실을 알았을 때 느낄 절망은 상상하는 것만으로도 끔찍했다. 부끄럽고 창피하겠지만, 그보다 가슴 아픔이 더 클 것이다. 승민과 채영이 어울리는 모습을 볼 때보다 훨씬 더 큰 고통이 찾아올지도 모른다.

아픈 건 싫다.

"난 겁쟁인가 봐."

현수가 중얼거렸다.

"왜?"

"괜히 기대했다가 가슴 아파질까 봐 무서워."

현수의 솔직한 말에 재희가 까르르 웃었다. 소녀 때로 돌아간 듯 청량한 웃음소리가 현수의 마음을 조금 편하게 해 주었다.

"그게 왜 겁쟁이야. 원래 누구 좋아하면 다 그래. 나도 누구 좋아할 때마다 무섭고, 겁나고 그래서 고백할 때까지 얼마나 망설인다구."

"……그래?"

"당연하지. 서로 좋아한다고 고백하고 사귀게 돼도 그래. 나는 이 사람을 이렇게 많이 좋아하는데, 이 사람은 나만큼 나를 좋아하는 게 아니면 어떡하지? 내가 이렇게나 사랑하는데, 이 남자가 나를 배신하면 어떡하지? 그런 생각들을 얼마나 많이 한다구."

"그게 뭐야…… 그럼 서로한테 신뢰가 없는 거잖아. 그게 사랑이야?"

"어쩔 수 없잖아. 내가 내 남친의 마음을 읽을 수 있는 것도 아닌데. 내 온 신경이 사랑하는 사람한테 집중되어 있으니까 그 사람의 작은 행동 하나에도 신경이 쓰이고 마음이 가고 걱정이 되고…… 그렇지 않겠어?"

"그러면 왜 사귀는데? 차라리 혼자 사는 게 낫겠다."

"하지만 그런 것들보다 행복하다는 생각이 드는 게 더 크거든. 같이 있으면 행복하고 즐겁고 세상을 다 가진 것 같고. 사랑만이 아니라 세상일이 다 그렇잖아. 내가 좋아하는 일을 한다고, 내가 원하던 일을 한다고 항상 즐겁고 행복한 건 아니야. 이 길이 맞는 걸까, 괜찮을까 걱정이 되기도 하고, 다 그만두고 싶기도 하고. 하지만 그것을 성취해 냈을 때의 기쁨이 있으니까 하는 거잖아."

애는 언제 이렇게 어른스러워졌을까? 지금껏 생각 없이 깔깔 웃는 어린 시절의 모습만 보여줬었는데.

오랜 친구가 부쩍 어른이 되어 버렸다. 자신은 그때 그대로인데 친구들만 한 발씩, 두 발씩 성장해나가는 것 같다.

친구들의 세상이 이렇게 커지고 있을 때 난 무얼 하고 있었을까?

그 답은 알고 있다.

아버지가 아들을 원한다고, 남자로 태어났으면 좋았을 뻔했다고, 남자가 되고 싶다고, 그렇게 헛된 망상을 하고 있었다.

그리고 또 아는 것이 있다면 그 헛된 망상이 승민으로 인해 깨어졌다는 것이다. 승민은 담담히 현수가 만들어 놓았던 망상의 벽을 무너뜨렸다.

그래서인가 보다. 전혀 제 취향이 아닌 남자를 사랑하게 된 건. 덤덤하게 은근슬쩍 벽을 부수고 들어온 승민은 사랑할 수밖에 없는 남자였다.

"여하튼 밀어붙이는 거야. 겁이 나면 겁이 나는 만큼 더 세게!"

"현수가 넌 줄 아냐?"

"내가 왜? 난 연애에 관해선 백전백승이거든? 아니다. 현수한테 차였으니까 구십구 승."

"놀고 있다. 현수한테 이상한 거 시키지 마. 그리고 승민 형님, 애인 있어. 그것도 같은 회사 동료. 적당히 해서는 현수만 상처받을 걸.”

“아니, 그게……! 마승민 씨, 김채영 씨랑 아무 사이 아니래!”

둘의 대화에 현수가 다급히 끼어들었다. 더 설명을 하려다가 흥분해서 목소리가 높아진 것을 깨닫고는 얼른 입을 다물었다.

“그래? 형님이 그랬어?”

“응.”

“언제? 어제?”

“아, 으응.”

“왜? 왜 갑자기? 헤어진 거래?”

“아니. 그…… 헤어진 지 오래됐대.”

“헤에…… 어떤 상황에서 그런 말이 나온 건데?”

탐정이라도 되는 듯 파고드는 진혁을 째려봤지만, 진혁은 흥미롭다는 시선을 거두지 않았다. 자세한 상황을 설명하려면 키스 얘기까지 해야 했기에 현수는 뭉뚱그려 대답했다.

“뭐, 그런 상황이 있었어. 하여간 아무 사이 아니래.”

“호오.”

“흐응.”

진혁과 재희가 기묘한 감탄사를 내며 눈을 맞췄다. 재희의 눈이 가늘어졌다.

“그럼 마승민 씨가 굳이 자기, 애인 없다는 설명을 했다는 거네? 맞지?”

“아니, 뭐, 굳이라고 할 것까진 아니고…… 어쩌다 보니…….”

“하여간 얘기했다는 거잖아. 너한테 관심이 없었으면 ‘굳이’ 변명을 할 필요도 없는데 말이야. 오히려 오해를 풀지 않으려고 하지. 나 애인 있는 남자니까 거리를 유지하시게, 하면서."

"그건 그때 상황이…… 좀 그랬어."

"대체 그때 상황이 어떤 상황인데? 네가 망치 들고 애인 있는지 없는지 말하라고 협박이라도 했어?"

"……협박은 너한테 하고 싶다."

"거 봐. 목숨을 위협받지 않는 상황인데 그런 얘기를 했다는 게 중요한 거야. 그러니까 이제부터 넌 최선을 다해서 마승민 씨한테 고백해!"

"안 돼! 우리 현수는 고백을 받아내야만 돼! 여자가 무슨 고백이야, 고백은!"

진혁이 절규를 하며 재희의 말을 끊었다. 재희는 옆에 있던 베개를 꺼내 진혁의 얼굴을 묻어 버렸다.

"고백하는 데 남자 여자가 어디 있어? 좋아하면 하는 거지. 그치, 현수야?"

"그거야 그렇지."

"그러니까! 너 그 사람 좋아한다며? 그 사람 애인 없다며? 문제없잖아."

"문제는 네 머리에 있겠지."

간신히 베개에서 빠져나온 진혁이 투덜거리며 머리를 정돈했다.

"넌 시끄럽고. 정현수! 고백할 땐 이 언니한테 말해야 된다? 내가 진짜 예쁘게 꾸며 줄게. 마승민 씨가 깜짝 놀라서 눈도 깜빡거리지 못하게."

재희의 기세에 밀려 현수는 그만 고개를 끄덕이고 말았다.

"어, 응…… 그럴게……."

더 얘기하고 싶어 하는 재희와 진혁을 가까스로 내보내고 한숨을 돌리는데, 승민에게서 전화가 왔다. 한 번의 벨이 울리기도 전에 서둘러 전화를 받았다.

[서울 몇 시에 올라갈까?]

"여섯 시쯤 출발할 건데…… 같이 가시게요?"

[그럼 따로 가? 데리러 갈 테니까 정비소 앞에서 여섯 시에 봐.]

데리러 온다는 말은 자기 차를 타고 가자는 말이겠지?

이곳으로 내려올 때 몰고 온 차를 놔두고 가자니 당장 내일 출퇴근할 생각에 걱정이었지만 승민과 같은 자동차를 타고 싶은 마음이 더 컸다.

그래, 당분간 출퇴근할 때 대중교통 이용하면 되는 거지, 뭐. 언제부터 열심히 차를 끌고 다녔다고.

앞으로의 불편함보다 승민과 함께할 3시간 남짓이 더 소중했기에 현수는 길게 생각하지 않고 대답했다.

"네, 그럼 여섯 시에 정비소에서 봐요."

"이거 어디서…… 나신 겁니까?"

세찬은 최민석이 건넨 디자인화를 한참 동안 노려보다가 물었다. 목소리에 경멸이 담겼지만 최민석은 눈치채지 못한 듯 빙글빙글 웃었다.

"덕망이 쌓이면 내가 말하지 않아도 나를 위해 일을 해 주는 사람들이 생기는 법이야. 자네도 열심히 해 봐, 곧 나처럼 될 수 있을 테니까."

'덕망이 쌓인 게 아니라 장가를 잘 간 거겠지.'

세찬은 꼼꼼히 디자인화를 살펴봤다.

월요일 아침 출근을 하자마자 최민석이 불렀다. 무슨 일인가 싶었더니 디자인화를 내밀며, 이번 신차 개발 때 응용할 만한 부분이 없는지 물었다. 말이 응용이지 이건 도용이나 다름없다.

"누구 디자인입니까?"

배트카를 연상케 하는 세련된 자동차이지만, 판매까지는 가지 못할 것 같은 모양이었다. 그럴듯한 디자인 한 번 그려 본 적 없는 최민석의 머리에서 나왔을 성 싶지는 않아 물었다.

"뭐, 회사 사람이지."

최민석은 누구라고 딱 잘라 말해 주지 않았다.

문득 승민이 떠올랐지만 곧 그 생각을 지웠다. 승민과 팀이 된 사람들 중에는 승민을 배신할 만한 사람이 없었다. 다들 과묵하고 회사 내에서는 따로 노는 사람들. 최민석에게 잘 보일 이유가 없는 사람들로만 구성되어 있었다.

'나도 그 팀에 들어가고 싶은데……'

얼마 전 현수의 문제로 승민에게 대들기는 했지만 그렇다고 승민에 대한 존경심이 사라진 건 아니었다.

'선배님도 황당하겠지. 여자 때문에 화를 낸 주제에 여전히 존경

한다고 하면.'

"난 말이야. 이 문짝이 마음에 들거든."

최민석의 말에 상념에서 벗어났다. 세찬은 디자인화를 넘겨 문 부분을 확인했다.

"무리입니다."

문의 디자인을 보는 순간, 세찬은 생각해 볼 것도 없다는 듯 딱 잘라 대답했다. 최민석의 얼굴이 일그러졌다.

"무리라니. 생각은 해 보고 말해야지, 이 사람이……."

"무립니다. 우린 지금 서민형 자동차를 만들고 있습니다. 제작비도 저렴해야 하고 판매 가격도 낮춰야 되죠. 일단 이 자동차는 예쁘지만 실용적이지는 않습니다. 게다가 이 문은……."

옆으로 여는 문이 아니라 날개처럼 위로 올라가는 자동개폐식 문이었다.

"정말 쓸모없어요. 제작비만 올라가게 될 겁니다. 지금 디자인에 이 문을 덧붙이면 개미한테 호랑이 발을 붙인 격이 될 거예요."

"지금 내 디자인이 개미라는 거야?"

"……그런 뜻이 아닙니다. 우리 팀은 어디까지나 서민형 자동차를 만들어야 하는 입장입니다. 과장님도 아시잖습니까."

"서민형 자동차라고 꼭 수수하라는 법은 없잖아. 이 문을 붙인다고 제작비가 확 올라가는 것도 아니고. 서민들 입장에서는 자동으로 개폐되는 문의 자동차를 가졌다는 자부심도 생길 거고. 잘 생각해 봐. 애들 데리고 타는 사람들이 많을 텐데, 한 손엔 짐 들고 다른 손엔 애 안고 문 열기가 얼마나 힘들겠어? 그럴 때 쓰라고 자동문이 있는 거야. 우리 차도 그렇게 홍보를 하면 되는 거고. 내가 홍보 문구도 다 생각을 해 놨어. 나도 다 생각을 한 게 있어서 이 디자인을 보여주는 거라니까!"

세찬은 인내심을 가지고 최민석을 설득했다. 하지만 말이 통하지 않았다. 최민석은 자신이 가지고 온 디자인에 홀린 사람처럼 거기에 있는 디자인을 어떻게든 끌어다가 쓰고 싶어 했다. 결국 자기 이름을 걸 자동차니까 너는 시키는 대로 하라는 말까지 나왔다.

쫓겨나듯 최민식 과장 사무실에서 나온 세찬의 관자놀이에 격통이 일었다. 세찬은 한 손으로 관자놀이를 누르며 한숨을 쉬었다.

최민석은 자기 자동차라고 하지만, 사실상 책임을 지고 회의를 이끌어가는 사람은 세찬이다. 지금의 디자인에 이 차 문을 덧붙인다고 하면 설계팀에서 어떤 반응이 나올지 안 봐도 뻔하다. 그들의 비난도, 경멸도, 조소도 전부 세찬이 감당해야 했다.

"때려치우고 싶다."

세찬은 디자인화를 구기려다가 생각을 바꿨다. 어느 누구의 디자인인지는 모르겠지만 그 사람이 있는 힘껏 그린 디자인화일 것이다. 그걸 구겨 버린다는 건 그 사람의 자존심을 뭉개 버리는 것과 마찬가지.

"누군지는 몰라도 죄송합니다. 지켜 줄 힘이 없네요."

세찬은 이 디자인화를 그렸을 인물에게 사과를 하며, 팀원에게 커피라도 사 주고 회의를 시작하기 위해 밖으로 향했다.

보일러 켜는 걸 잊고 잔 바람에 아침에 눈을 뜨니 바닥이 냉골이었다. 으슬으슬 떨리기는 하지만 다행히 감기에 걸린 것 같지는 않다. 현수는 옆에 떨어져 있던 옷을 주워 입고 조깅을 하러 나갔다.

동네를 한 바퀴 돌고 돌아와 샤워를 하고 출근 준비. 매일 똑같은 일상인데도 유독 즐거운 이유는, 회사에서 승민을 볼 수 있기 때문이다. 그것도 '김채영과 사귀지 않는 마승민'을.

"이젠 두 사람이 같이 있는 모습을 봐도 가슴이 답답하지 않을 거야."

콧노래가 절로 나왔다.

흥얼거리며 출근 준비를 끝내고 밖으로 나온 현수는 아침의 신선한 공기를 한가득 들이마셨다. 이제 해가 짧아져서 어둑한 골목에 출근을 하는 사람들이 오갔다. 환기를 시키느라 연 창문으로 아침 식사를 준비하는 달그락 소리도 들려왔다.

출근을 할 때마다 봐온 풍경이 오늘따라 즐겁고 활기차게 느껴졌다. 씩씩하게 가방을 등에 메고 전철역을 향해 걷던 현수는 맞은편에서 오는 자동차를 보고 걸음을 멈췄다.

'설마……'

승민의 자동차처럼 보였다. 하지만 이 시간부터 승민이 찾아올 리 없으니까 그 생각을 애써 떨쳐냈다. 승민을 보고 싶은 마음에 다른 자동차인데도 승민의 자동차라고 생각한 것 같다.

'하긴. 요샌 뭘 봐도 그 사람이랑 연관을 짓게 되니까.'

정장을 입고 걸어가는 남자의 뒷모습을 보면 승민이 아닐까 싶고, 흰색 자동차를 보면 승민의 자동차가 아닐까 싶고. 뭘 봐도 승민이라고 생각하게 되는 것 같아서 조금은 부끄러웠다.

역시나 맞은편에서 오던 차는 승민의 것이 아니었다. 옆을 스쳐 지나갈 때 보니 승민의 CM3와는 완전히 다른 차였다. 그저 흰색 자동차.

"아, 중증이다, 정말. 자동차 종류를 구분하지 못하다니."

현수는 머쓱하니 머리를 쓸어넘기며 다시 걸었다. 골목을 막 빠져나왔을 때, 입구로 들어서려는 자동차가 있었다.

빵빵.

옆으로 비켜줬는데도 경적을 울려서 한껏 인상을 쓰고 노려보려다가 깜짝 놀랐다. 이번엔 진짜로 흰색 CM3다. 그리고 창문이 내려가며, 계속 그리워하던 얼굴이 나타났다.

"왜 벌써 출근해?"

승민이 의아하다는 듯 물었다. 하지만 더 의아한 건 현수였다.

"아침부터 여긴 웬일입니까?"

"웬일은…… 너 태우고 가려고 왔지. 서울에 차 안 가지고 왔잖아."

왜 당연한 걸 묻고 그러냐는 듯한 말투였다.

"그거야 그렇지만…… 그냥 전철 타고 가면 되는데요."

"어떻게 그래? 날도 추운데. 조금만 늦었으면 못 만날 뻔했네. 얼른 타."

승민은 이 모든 것이 당연하다는 듯 자연스럽게 행동했다. 그 자연스러움이 현수의 가슴을 더 설레게 만들었다.

조수석에 앉아 운전을 하는 승민의 옆모습을 바라봤다. 이 남자, 정말로 나한테 관심이 있는 걸까? 아니면 그저 여자에게 친절한 것 뿐인 걸까?

새록새록 싹트는 의문 위로 재희가 했던 말들이 내려앉았다. 마음이 없으면 애인 없다고 설명하지도 않았을 거라고, 굳이 전화해서 만나자고 하지도 않았을 거라고.

'좋아한다고 말해 볼까?'

어릴 적엔 좋아하면서도 속으로만 앓는 친구들을 보며 답답하다는 생각을 했다. 그냥 탁 까놓고 편하게 '나 너 좋아해. 나랑 사귀자.' 그렇게 말하면 되는 걸 가지고, 용기도 못 내고 끙끙 앓는 게 한심하기도 하고 신기하기도 했다. 그때 그 친구들의 마음을 이제야 알게 되었다.

쉽게 꺼낼 수가 없는 말이다. 당신을 좋아해요. 길지도 않은 문장이 그 어떤 말보다 어려웠다.

입술만 달싹거리다가 다물기를 여러 번 하는 동안 회사에 도착했다. 고백을 위해 얼마나 용기를 짜냈던지, 장거리를 온 것도 아닌데 힘이 쫙 빠졌다.

먼저 내린 승민이 조수석의 문을 열었다. 무심코 내리면서 자신이 어느새 승민의 친절을 자연스럽게 받아들이게 됐다는 걸 깨달았다. 전엔 승민이 친절한 모습을 보일 때마다 손등에 닭살이 돋았었는데.

"좀 일찍 도착했는데…… 커피나 한 잔 할래?"

승민이 손목시계를 보면서 물었다.

"커피요?"

"응. 커피 몰라? 검은색 물."

"……설마 모르겠습니까?"

"마셔 본 적은 있고?"

이 남자가 누굴 아프리카 오지에 사는 원주민으로 아나?

현수가 가만히 노려봤더니 승민이 작게 웃으며 주차장 입구 쪽을 가리켰다.

"커피나 한 잔 하고 들어가자. 일찍 가 봐야 할 것도 없으니까."

이른 아침이라 사람이 별로 없을 줄 알았던 커피숍에는 의외로 출근하는 길에 들르는 손님들이 많았다. 약간은 북적대는 입구를 지나 창가에 있는 바 형식의 자리로 가서 앉았다. 승민은 카운터로 커피를 사러 갔는데 승민을 알아본 회사 사람들이 승민에게 인사를 건넸다. 승민은 현수가 이중인격이라고 생각하게 된 그 표정을 짓고 동료들의 인사를 받았다.

커피를 사 들고 온 승민이 현수의 옆자리에 앉았다. 둘은 따뜻한 종이컵을 쥐고 창밖의 경치를 구경했다. 바삐 걸음을 옮기는 직장인들, 졸린 듯한 학생들, 엄마에게 안겨 유치원에 가고 있는 아이들. 모두 다른 표정, 다른 느낌으로 두 사람의 눈앞을 지나갔다.

출근 시간이 되기까지 30분 동안 둘은 한 마디도 나누지 않고 그저 앉아 있었다. 하지만 묘하게 많은 대화를 나눈 것 같은 그 기분이 좋았다.

계속 이대로, 쭉 지금만 같았으면.

둘은 서로가 같은 생각을 하고 있을 줄은 꿈에도 모른 채 그렇게 나란히 앉아 시간을 보냈다.

들어오는 길에 세찬을 봤다. 주말 내내 세찬에 대해 새까맣게 잊고 있었다. 세찬을 보니 월요일의 일이 떠올라서 긴장했다. 하지만 세찬은 깊은 고민에 빠진 듯 잔뜩 찌푸리고 둘을 스쳐 지나갔다.

"무슨 문제 생겼나?"

현수와 마찬가지로 긴장해 있던 승민이 멀어지는 세찬을 돌아보며 중얼거렸다.

"그러게요. 들어가죠."

승민은 현수가 세찬의 뒤를 따라갈 거라 생각했다. 사랑하는 사람이니까 걱정스러운 마음이 들 것이다. 하지만 현수는 세찬의 뒷모습을 흘끗 쳐다봤을 뿐, 다시 회사 안으로 걸음을 옮겼다.

현수가 그 자리에서 세찬을 선택하지 않은 게 기쁘면서도, 한편으로는 의아하기도 했다. 왜 안 따라가지? 보통 연인한테 무슨 일이 있는 것 같으면 따라가야 하는 거 아냐?

고민 끝에 회사에서는 둘의 사이를 너무 드러내지 않기로 했나 보다고 결론을 내렸다.

승민의 마음을 새까맣게 모르고 걸어가는 현수의 뒷모습을 보며 승민은 작게 한숨을 내쉬었다.

'짝사랑은 힘든 거였군.'

이제 완연한 겨울이 되었다.

승민의 프로젝트는 차근차근 진행이 되고 있었다.

세부적인 디자인까지 정해졌다. 승민과 윤 과장은 조립팀 책임자를 만나 조율을 하러 다니느라 바빴다. 지난주에는 회사에서 승민을 보지 못했을 정도다.

승민도 없고 윤 과장도 없는 회사. 현수는 무인도에 홀로 덩그러니 서 있는 듯한 기분을 느꼈다. 승민과 친한 윤 과장은 현수를 잘 챙겨 주었지만, 다른 직원들은 현수와 적당한 거리를 유지했다. 같은 팀이기는 해도 현수가 결국 조립팀으로 돌아갈 사람이라고 생각하고 있기 때문이다.

그런 직원들에게 서운함을 느끼지는 않았다. 그저 다들 바쁜데 저 혼자 쓸모없는 사람이 된 것 같아서, 뭐라도 해야 할 것 같아 초조했다.

설계팀 구석에 마련된 임시 자리에 앉아 컴퓨터를 켜고 승민의 디자인화를 불러왔다. 최초의 디자인부터 완성된 디자인까지 하나도 삭제하지 않고 저장해 두었다. 승민에게는 말하지 않았지만, 집에 있는 컴퓨터에도 복사해 뒀다. 두고두고 보기 위해.

현수는 완성된 디자인보다 최초의 디자인이 더 마음에 들었다. 거기에는 승민의 강렬한 소망과 꿈이 담겨 있었다. 허황되기에 더욱 눈부신, 유치하기에 더욱 아름다운 그런 어린 날의 꿈.

그렇다고 완성된 디자인이 나쁜 건 아니었다. 전자동 시스템을 구축한 미래형 자동차는 누구라도 시선을 빼앗길 만큼 화려했다. 최민석의 팀에서 어떤 자동차를 가지고 나올지는 모르겠지만, 사람들은 그 자동차에 눈길도 주지 않게 될 것이다.

'하지만 그 팀엔 세찬 오빠가 있잖아. 그 자동차가 잘 안 되면 세찬 오빠가 속상하겠지?'

세찬이 원한 일이 아니더라도 어쨌든 세찬은 최민석의 팀. 현수는 딜레마에 빠졌다. 세찬이 좋고 그가 하는 일이 잘되었으면 하지만, 최민석은 싫다.

최민석을 싫어하게 된 계기가 단순히 최민석이 승민에게 한 행동 때문만은 아니었다. 최민석이 승민에게 한 짓을 들었을 때는, '아, 사회에는 그런 놈들도 있구나. 진짜 싫겠다.' 정도의 느낌을 받은 것이 전부였다.

최민석이 진짜로 싫어진 건 그저께의 만남 때였다.

승민과 윤 과장이라는 기둥이 없어서 잡담처럼 이어지던 회의가 짧게 끝났다. 채영은 현수에게 시선도 주지 않고 이훈영 디자이너와 함께 돌아갔고, 설계팀 직원들은 자기들끼리 수다를 떨며 담배를 피우러 나갔다. 담배를 피우지 않는 현수는 그들을 따라나가기도 어색해서 회의실에 남아 있었다.

그게 사달이었다.

10분쯤 지났을까?

회의실 문이 열리고 한 남자가 들어왔다. 40대로 보이는 중년의 남자로, 딱 봐도 계산적으로 보이는 눈빛을 가지고 있었다. 남자는 회의실에 누가 있을 줄 몰랐다는 듯 인상을 찌푸렸다가 곧 의뭉스러운 미소를 지었다.

"아, 그 친군가? 마 대리가 데리고 왔다는 정비소 알바."

승민이 현수를 그런 식으로 소개하진 않았을 것이다. 남자는 현수의 속을 긁으려는 듯 기분 나쁜 단어들을 골라가며 말했다.

"그 대단한 마 대리가 직접 섭외했다기에 얼마나 대단한 사람인지 궁금했는데…… 뭐야, 이건. 그게 회사에 오는 차림이야?"

옷 지적을 채영이나 윤 과장이 했더라면 조금 민망하고 부끄러웠을지도 모르겠다. 하지만 남자의 지적은 조금도 현수에게 타격을 주지 못했다. 현수는 그 남자를 보는 순간, 그가 자신에게 적의를 품고 있다는 걸 알았다. 적의를 품은 사람의 지적 따위 두려워할 이유가 없다.

현수가 말없이 응시하자 남자는 민망한지 시선을 옆으로 피했다.

"회사가 애들 장난도 아니고…… 마 대리도 키만 컸지, 생각은 덜 컸어. 그러니까 제대로 된 자동차 한 대 못 뽑아내고 만년 대리에나 머물러 있지."

남자가 중얼거리는 말에 상처를 입진 않았다. 그저 현수는,

'아, 좋아하는 사람을 욕하는 소릴 들으면 이렇게까지 화가 나는 거구나.'

라는 생각을 했을 뿐이었다. 하마터면 여기가 회사라는 것도 잊고 남자의 얼굴에 주먹을 날릴 뻔했다.

"가서 용접이나 하지, 여긴 왜 기어 들어왔어? 여긴 머리 잘 쓰는 사람들이나 들어오는 데야."

용접의 중요성을 모르다니. 이 남자는 자동차에 대해 잘 모르는 사람이겠구나 싶었다. 그때만 해도 그 남자가 디자인팀 과장인 최민석일 줄은 꿈에도 몰랐다.

"최 과장님, 안 들어가고 뭐 하세요?"

남자의 뒤에서 채영의 목소리가 들려왔다. 현수는 반사적으로 벌떡 일어났다.

회의실에 들어온 채영은 아직까지 남아 있는 현수를 보고 눈을 크게 떴다.

"어머, 현수 씨. 아직 여기 있었어?"

"네."

"왜? 설계팀 직원들이 괴롭혀? 내가 혼내 줄까?"

"아뇨. 그런 거 아닙니다. 가 보겠습니다."

현수는 꾸벅 인사를 하고 최 과장과 채영을 스쳐 회의실에서 나왔다. 등 뒤로 두 사람의 시선이 꽂히는 게 느껴졌지만 돌아보지 않았다. 의문이 현수의 머릿속을 가득 채웠다.

'왜 김채영 씨가 회의실에서 최 과장이란 사람을 만나는 거지?'

그 의문은 최 과장의 이름이 최민석이라는 걸 들은 후에 더 증폭되었다. 이틀이 지난 지금도 여전히 궁금하다.

'둘이 사귀다가 헤어졌어도 여전히 친한 동료인 것 같았는데…… 그런 김채영 씨가 마승민 씨를 괴롭히는 최 과장을 따로 만날 이유가 있나? 아니, 이상하게 생각하는 게 이상한 걸지도…… 어쨌든 같은 디자이너니까 따로 만나는 게 당연한 건지도 모르잖아. 내가 옹졸해서 괜히 김채영 씨를 나쁘게 만들고 싶어 하는 건가?'

누구한테 속 시원히 터놓고 이야기하고 싶었다. 하지만 그럴 만한 사람이 없었다. 세찬은 최근에 굉장히 기분이 안 좋은 듯 보였다. 얼마 전 박 교수의 집에서 마주쳤을 때도 다른 생각에 빠져 현수의 이야기는 듣는 둥 마는 둥 했었다. 큰 고민을 하는 사람에게 다른 고민까지 안겨 줄 수는 없는 일이다.

진혁에게 얘기해 봐야 헛소리만 해댈 테고, 재희는 쓸데없는 생각 말고 마승민 씨 꼬실 생각이나 하라며 재촉할 게 뻔했다.

'아, 내 주위엔 정말 정상적인 인간이 없구나.'

현수가 깊은 한숨을 쉴 때였다. 누군가 어깨를 톡톡 두드렸다.

예기치 못한 접촉에 화들짝 놀라 뒤를 돌아봤다. 채영이 서 있었다. 방금까지 채영의 행동을 의심하고 있던 터라 채영을 대하는 게 어색했다.

"뭘 그렇게 놀라?"

"아닙니다."

"디자인 보고 있었어?"

"아, 네에."

"왜? 문제라도 있어?"

"혹시나 해서요. 더 괜찮아질 부분이 있을지도 모르고……."

"흐음. 열심이네?"

"저보다 다른 분들이 열심이죠."

채영이 설계팀 사무실에 들어온 후, 사무실의 분위기가 달라졌다. 제각각 세상에서 가장 편한 자세로 노닥거리거나 일을 하던 사람들이 갑자기 옷차림을 점검하더니 꼿꼿하게 앉아 업무에 열중한 척했다. 흘끗흘끗 채영을 훔쳐보는 시선들이 민망할 정도로 느껴졌다.

채영과 승민이 사귄다고 알고 있는 이 사람들까지 채영의 존재에 이렇게 반응하는 걸 보자 새삼스럽게 채영의 매력을 실감했다.

'정말 인기 많구나. 남자들은 이런 스타일을 좋아하나? 마승민 씨도 이런 스타일을 좋아하니까 사귀었던 거겠지?'

세련된 단발머리, 풍만한 가슴을 돋보이게 하는 딱 맞는 정장 재킷, 허벅지를 감싼 치마 아래로 늘씬하게 뻗은 종아리. 연애 기획사에 스카우트를 당해 봤다고 해도 당연하다고 생각될 만큼 예뻤다.

"설계팀 분들이 괴롭히나 보네."

"아닙니다."

"아니긴. 이쪽 익숙하지도 않은데 혼자 버려둔 걸 보면 괴롭히는 게 맞지. 무관심이 가장 심한 괴롭힘이라는 말 몰라? 나가자. 점심 사 줄게."

채영이 유쾌한 어조로 말했다. 현수는 미심쩍은 눈으로 채영을 쳐다봤다. 왜 갑자기 이러는 거지?

"왜? 나랑 같이 밥 먹기 싫어?"

"그런 건 아닌데……."

"걱정 마. 그냥 밥만 먹으려고 하는 거니까."

이렇게까지 말하는데 거절할 수는 없었다. 현수는 느릿느릿 일어났다.

무관심이 최고의 괴롭힘이라는 채영의 말에 자극을 받았는지, 몇몇 직원들이 현수에게 점심 잘 먹으라는 인사를 했다. 현수는 꾸벽 인사를 받고 사무실에서 나와 채영의 뒤를 따랐다.

늘씬한 몸으로 당당하게 걷는 여자의 뒷모습은 매력적이었다. 이런 여자라면 좋아질 만도 하지, 라는 생각이 절로 들었다.

'여자인 나도 눈을 못 떼겠는데…….'

채영이 데리고 간 곳은 회사에서 멀지 않은 곳에 있는 매운 갈비찜을 파는 작은 밥집이었다. 언젠가 세찬이 밥 사주겠다며 데리고 간 곳도 매운 갈비찜 식당. 하명 자동차 직원들 사이에 매운 갈비찜 붐이 일어난 걸까 생각하며 안으로 들어갔다.

자주 오는 곳인지 밥집 사장이 채영을 반겼다. 채영 같은 여자는 승민처럼 입맛이 까다로울 줄 알았는데 의외였다.

"매운 거 좋아해? 아, 이미 데리고 왔으면서 늦게 물어봤네. 미안."

"아닙니다. 매운 거 잘 먹습니다."

"그래, 그럼 매운 갈비찜으로 두 개 시킬게."

채영이 주문을 했다. 음식이 나오기를 기다리는 동안 채영은 말 없이 현수를 물끄러미 응시하고 있었다. 그녀의 눈동자에 안에 담긴 게 무엇인지 현수는 알아내기 힘들었다.

질투 같기도 하고, 동정 같기도 하고, 슬픔 같기도 하고, 분노 같기도 하고.

'아, 정말 모르겠네. 왜 저렇게 쳐다보는 거야?'

채영은 불편한 상대였다. 그런 여자를 앞에 두고 밥이 넘어갈 리 없다고 생각했지만, 막상 갈비찜이 나왔을 때는 아무 생각 없이 신나게 먹었다. 매운 갈비찜은 맛있었고, 너무 매워서 다른 생각을 할 여유가 없었다.

국물까지 깨끗이 비운 후에야 자신이 먹는 데에 너무 몰입했다는 걸 깨닫고 얼굴을 붉혔다.

'아, 난 정말 이래서 안 돼!'

먹을 거에 약한 건 아닌데 먹을 것이 앞에 있으면 다른 생각을 안 하게 된다. 이 얘기를 들은 진혁은,

"그런 걸 먹을 거에 약하다고 하는 거야. 이 멍충아."

라고 말했었다.

"정말 잘 먹네."

아니나 다를까, 채영이 놀란 듯 동그랗게 뜬 눈으로 현수를 보며 중얼거렸다.

"잘 먹으면 안 됩니까?"

"아냐. 잘 먹으면 좋지. 그런데도 살 안 찌면 더 좋고."

"그러는 김채영 씨도 다 드셨네요."

"응. 나도 잘 먹거든."

채영이 생긋 웃었다.

"현수 씨는 왜 하명 자동차에 들어온 거야?"

예상한 대로 채영은 밥만 먹고 일어나지 않았다. 현수는 긴장했지만 곧 표정을 풀었다. 이제 채영에게 죄책감을 가지지 않아도 되니까 긴장할 필요도 없다.

"돈 벌고 싶어서 들어왔습니다."

"돈 벌고 싶어서? 계약직이면 돈 별로 안 되잖아."

"그래도 시골 정비소보다는 돈이 되더라고요."

다소 반항적인 마음이 섞인 대답이었다.

사실은 승민 때문이었다. 승민이 만드는 자동차를 보고 싶어서. 하지만 그런 대답을 하면 채영이 비웃을 것 같았다.

"그래? 솔직해서 좋네."

"김채영 씨는 왜 하명 자동차에 다니시는데요?"

"나? 그거야 당연히 자동차를 아주 많이 좋아하니까."

"아…… 그러세요?"

"……라는 건 거짓말. 사실은 '하명'이라는 이름이 날 돋보이게 해 줄 것 같아서 들어온 거야."

생각지 못한 솔직함이었다.

"돋보이는 여자, 잘난 여자, 남자에게 기대지 않는 여자. 그런 여자가 되고 싶었어. 그런데 이제는 내가 뭘 하고 싶은 건지 알 수 없어졌어. 이상한 의도를 가지고 일을 시작하면 결국 이렇게 끝을 맺는 모양이야."

채영이 현수의 어깨 쪽을 응시하며 쓸쓸하게 말했다. 마지막은 거의 혼잣말에 가까웠다.

현수는 뭐라고 말해야 좋을지 알 수 없었다. 분명 승민의 이야기를 꺼내며 현수를 몰아붙일 줄 알았는데, 생각지도 못한 방향으로 대화가 진행됐다. 누군가에게 조언을 해 줄 만큼 생각이 깊지 않다는 걸 최근에 아주 뼈저리게 느끼는 중이다. 그래서 입술만 달싹거리다가 결국 입을 다물어 버렸다.

"아, 내가 자기한테 뭔 소리를 하는 거래. 우울한 소리만 했네. 들어가자. 설계팀 사람들한테는 내가 한소리 해 둘게. 자기 혼자 두지 말라고."

'자기라고? 왜 나한테 자기라고 하는 거지?'

채영이 승민에게 자기라고 말하는 건 자주 들었다. 연인이라서 사용하는 호칭인 줄 알았는데, 현수에게까지 사용하는 걸 보면 그런 의미가 있는 호칭은 아닌 모양이다.

계산은 채영이 했다. 현수가 제 몫의 돈을 꺼내려 하자 돈도 얼마 못 벌면서 괜한 오기 부리지 말라는 얄미운 말이 돌아왔다. 현수는 그래, 많이 버는 당신이 실컷 써라, 라는 심정으로 지갑을 도로 집어넣었다.

회사로 돌아갈 때도 나올 때와 마찬가지로 채영보다 한 발 뒤에서 걸었다. 채영은 여전히 당당한 자세로 걸었지만 조금 외로워 보였다.

"저기요."

회사 입구에 막 도착했을 때, 현수가 채영을 불러 세웠다. 채영이 귀찮은 기색 없이 현수를 돌아봤다.

"응?"

"김채영 씨가 솔직하게 말해 줬으니까 저도 솔직하게 말씀드릴게요."

"뭘?"

"이 회사에 들어온 이유요."

"그래? 뭔데?"

"마승민 씨가 만드는 자동차를 보고 싶어서 들어왔습니다. 언젠가 굉장한 자동차를 만들게 될 텐데, 그 자동차를 만들 때 저도 조금 거들 수 있다면 좋을 것 같아서요."

"아아, 그래?"

채영이 고개를 살짝 옆으로 기울이며 웃었다. 채영의 미소가 뭘 의미하는지 알 수 없었지만 현수는 계속해서 말했다.

"그리고 김채영 씨는 그런 여자입니다."

"그런 여자?"

"돋보이는 여자. 잘난 여자. 남자한테 기대지 않는 여자."

"뭐야, 현수 씨. 아양도 떨 줄 아는 거야?"

"제 생각을 말하는 것뿐입니다. 제 눈에는 그렇게 보입니다. 전 평범한 사람 중 하나니까 아마 다른 사람들 눈에도 그렇게 보이겠죠. 어떤 의도로 일을 시작했든, 그 자리에서 꾸준히 열심히 그것을 잘해낸다면 그건 그걸로 좋은 거라고 생각합니다. 뭘 하고 싶은 건지 알 수 없어졌다는 건, 이미 목표를 달성했기 때문 아닐까요? 그럼 다른 목표를 찾으면 되는 거고요."

채영은 빈정거리지 않고 현수를 물끄러미 응시했다. 현수는 채영의 시선을 피하지 않았다.

"그래, 현수 씨 말이 맞아. 나는 이미 완벽해졌나 봐."

이윽고 채영이 싱긋 웃었다.

"이제 정말 다른 목표를 찾을 때가 된 거겠지. 씩씩하게 말해 줘서 고마워. 현수 씨 말투는 정말 사람 푹 빠지게 만든다."

감사 인사 뒤에 무슨 뜻인지 모를 말을 덧붙이고 채영은 휙 돌아서서 회사로 들어갔다. 한결 개운해진 것 같은 채영의 뒷모습을 보며 현수는 생각했다.

'이 회사 다니는 사람들은 다 저렇게 자기가 완벽하다는 걸 기본 바탕으로 삼고 있나? 마승민 씨도 그렇고……'

하마터면 현수의 앞에서 눈시울을 붉힐 뻔했다. 어쩌면 와앙 울어 버렸을지도 모르겠다.

현수에게 그런 위로를 받게 될 줄은 몰랐다. 자신이 현수를 싫어하는 것만큼, 현수도 자신을 싫어할 줄 알았다.

채영은 빠르게 걸어 엘리베이터로 향했다. 현수가 뒤를 따라오는 게 느껴졌다. 다행히 현수가 옆에 와서 섰을 때는 북받치는 감정을 억누른 후였다.

"그럼 수고하세요."

층에 도착해 내리는 채영의 뒤로 현수의 목소리가 들려왔다.

남자 같은 말투에 남자 같은 행동거지. 승민이 그런 여자를 사랑하게 되었다는 걸 부정하고 싶었다. 가장 화가 나는 건 현수를 사랑한다고 당당하게 고백하는 승민의 모습이 그 여느 때보다도 멋지다는 것이었다. 두 사람의 행복을 빌어 주고 싶을 만큼.

현수가 중요한 순간에 세찬을 선택하면 펑펑 울 거라며, 천하의 마승민이 절대 하지 않았을 말을 거리낌 없이 털어놓는 모습. 그 모습이 숨 막히게 멋졌다.

'난 정말 아까운 남자를 놓쳤구나.'

그날 이후 몇 번이나 그런 생각을 했다. 현수와 저녁 약속이 있다며 서둘러 돌아가는 승민보다 아무 죄 없는 현수가 원망스럽고 싫었다.

더 싫어질 줄 알았다. 그래서 회의 때 현수와 마주해야 한다는 현실이 꺼림칙했다. 이미 끝이라고 선포한 남자가 사랑하는 여자. 그런 여자를 질투하는 여자가 되고 싶지 않았다.

다행히 현수가 더 싫어지는 일은 없었다. 이미 싫어할 만큼 싫어하고 있었던 모양이다. 그래서 마음 편히 현수를 관찰했다. 마승민은 도대체 정현수의 어떤 부분을 사랑하게 된 걸까?

그러다 보니 그동안 몰랐던 것들을 발견하게 되었다.

현수는 퉁명스러운 듯해도 사람들을 잘 챙겼고, 일도 열심히 했다. 회의를 진행할 때 열심히 듣고, 모르는 부분은 공부하고 오는 건지 이튿날에는 더 나은 모습을 보였다.

눈을 반짝반짝 빛내며 회의에 참관하는 모습을 보자, 그리는 게 좋아서 계속 그림을 그렸던 어린 날의 자신이 떠올랐다. 부족한 부분이 있으면 밤을 새워서라도 수정하고 공부하던 모습들.

현수는 채영이 잊고 지낸 날들의 단상이었다.

자동차가 좋아서 몰입하는 그 자체가 젊은 날의 추억이고 그리움이었다. 패기 어리고 유치하고 그래서 즐거웠던 순간들. 다시 한번 돌아가고 싶어도 절대로 돌아오지 않을 그 순수한 나날들.

어쩌면 승민은 현수에게서 그런 것을 발견했는지도 모른다. 그저 자동차가 좋아서, 그저 그리는 게 좋아서 그리고 또 그리던 어린 날의 자신. 그저 파일첩에 들어가 잊힐 그림인데도 꼼꼼히 수정해 가며 몰입하던 청량한 마음.

오늘 같이 점심을 먹은 이유는 현수에 대해 더 알고 싶었기 때문이었다. 나쁜 의도는 전혀 없었다. 처음에는 채영의 의도를 의심한 듯했던 현수는 채영이 솔직한 심정을 고백했다는 이유로 자신도 솔직하게 속마음을 털어놨다.

그 순진함이라니.

'아, 정말……'

사무실 문을 여는 채영의 얼굴이 일그러졌다.

'정말 사랑할 수밖에 없는 애잖아.'

채영이 자신을 싫어하는 걸 알면서도 현수는 채영을 비난하지 않았다. 오히려 채영이 멋진 여자라고 칭찬했다. 그렇게 칭찬을 하는 현수의 옅은 갈색 눈동자는 조금도 흔들리지 않았다. 바라보는 것이 죄스러울 정도로 그녀의 눈동자는 투명하고 맑았다. 자신의 어두운 마음이 그 눈동자에 모두 비칠 것만 같았다.

이런 얼굴을 하고 사무실에 들어갈 용기가 나지 않아서 문을 잡은 채 가만히 서 있는데, 뒤에서 세찬의 목소리가 들려왔다.

"선배님. 안 들어가십니까?"

낮고 정중한 음성. 채영은 얼른 표정을 바꾸고 세찬을 쳐다봤다.

"아, 뭔가 잊고 온 것 같은데 그게 뭐였는지 생각이 안 나서. 점심 먹었어?"

"네, 방금. 그런데 선배님, 하나 여쭙고 싶은 게 있습니다."

"뭔데?"

"그게……"

세찬은 말하기 힘든 듯 망설이다가 결국 고개를 저었다.

"아니, 아닙니다. 제가 착각한 것 같네요. 먼저 들어가세요."

"응, 그래."

채영은 아무 일 없는 듯 문을 열고 안으로 들어갔다. 사무실에 들어올 것처럼 말하던 세찬은 들어오지 않았다. 대신 열린 문밖에서 채영의 뒷모습을 물끄러미 응시하고 있었다. 묻고 싶은 것이 아주 많은 사람처럼.

조립팀 부장은 승민이 건넨 디자인화를 보고 고개를 갸우뚱했다.

승민과 윤 과장은 나란히 앉아 부장의 대답을 기다렸다. 조립팀에서 부품이 충분한지, 시간이 얼마나 걸릴지를 알려 줘야 그에 맞춰 다음 일을 진행할 수가 있다. 하나하나 수작업을 해야만 하는 디자인이라서 부장이 부정적인 반응을 보이면 큰일이었다.

"멋있긴 한데 이거……."

너무 화려하지 않나? 너무 유치하지 않아? 그런 식의 말이 들려올 줄 알았다. 하지만 조립팀 부장은 승민도, 윤 과장도 전혀 예상치 못한 말을 했다.

"그거랑 비슷하네. 그거……."

"배트카요?"

"아니. 그거…… 그, 최 과장 팀에서 만드는 거."

"네?"

잘못 들은 줄 알았다.

"최민석 과장 말이야. 최 과장, 이번에 신차 들어가잖아. 저번 주
에 오퍼 받았거든. 서민형 자동차라고 해서 그런 줄 알았는데 아주
대단하더라고. 화려해, 아주."

"그게 무슨…… 말씀이신지……?"

화려할 리가 없었다. 최민석의 디자인은 승민의 것을 도용한 디
자인이었다. 말이 도용이지, 거의 복사해서 붙인 것이나 다름없었
다. 서민형 자동차치고는 세련됐지만 조립팀 부장의 입에서 화려
하다는 칭송을 들을 만한 디자인은 아니었다. 시중에 저렴한 가격
으로 내놓는 만큼 원가를 절감하는 방향으로 구성했다.

"깜짝 놀랐어. 서민형 자동차인데 문짝이 자동이더라고. 이거처
럼 날개 달린 느낌으로다가. 기잉, 훅, 그런 느낌. 이것도 그런 거잖
아."

부장이 승민의 디자인화를 톡톡 두드렸다.

"그리고 그쪽도 엠블럼 넣었다가 빼는 기능 도입했던데? 창문도
이런 모양이고. 그러고 보니 거의 비슷하네. 누가 도용한 거야?"

부장은 농담처럼 말했지만 승민은 사색이 됐다. 말을 잇지 못하
는 승민 대신 윤 과장이 입을 열었다.

"잠깐만, 고룡. 최민석 신차가 이거랑 비슷하다는 말이지?"

직급은 부장이 한참 위였지만, 대학 때부터 친구였던 윤 과장은
고용우 부장을 편하게 불렀다. 부장은 건성으로 고개를 끄덕였다.

"기다려 봐, 보여 줄게."

부장이 일어나 옆방으로 가서 디자인화를 가지고 와 사무실 중

앙에 있는 원형 책상 위에 펼쳤다. 승민은 비척비척 일어나 책상으로 걸어갔다.

최민석의 디자인화는 승민의 것과 달랐다. 하지만 그것은 언뜻 봤을 때일 뿐, 자세히 보면 비슷한 부분이 많았다. 자동차를 아는 사람이라면 상당 부분이 똑같다는 것을 눈치챌 것이다.

"똑같네. 이걸 최민석이 가지고 왔단 말이야?"

"그렇다니까? 왜? 그 작자가 또 마 대리 거 베낀 거야?"

CM 시리즈가 승민의 디자인이라는 건 간부들 사이에선 공공연한 사실이었다.

"뭐, 그건 중요한 게 아니고…… 그 디자인으로 원가 절감이 가능하기는 해? 문이 전자동이라니…… 이천만 원 안팎으로 출고할 거 잖아."

"그러니까 속이 끓는 거지. 어떻게든 그 가격에 출고할 수 있게 원가를 맞춰 보라는 거야. 그 작자 고집 알잖아. 우리 애들 그것 때문에 발품 팔면서 거래처 뛰어다니고 난리 났어. 어떻게든 맞출 수는 있겠지."

부장이 한숨을 쉬었다. 묵묵히 디자인화를 내려다보던 승민이 입을 열었다.

"만드실 겁니까?"

"그럼 어쩌냐? 사장님 부마이신데."

"……문제가 생길 겁니다."

승민이 쥐어짜듯 목소리를 냈다.

"모르지. 싼 부품이라도 제대로 마무리만 하면 문제없을지도."

"외형 때문에 원가 절감을 하면 결국 안전과 기능을 포기한다는 거 아닙니까. 에어백 싸구려 쓰면 사람 목 부러집니다."

"마 대리, 가만있어."

승민의 도전적인 말투에 부장의 표정이 험악해지자 윤 과장이 승민을 말렸다. 하지만 승민은 그만두지 않았다.

"아무리 최 과장님이 사장님의 사위라도, 이런 걸 만들어냈다가는 큰 사고가 날지도 모릅니다!"

"그럼 자네가 나서보지그래?"

"네?"

"자네도 최 과장 싫어하잖아. 몇 달 전에 때려치운다고 나갔다면서? 그런데 다시 돌아왔잖아. 결국 자네도 최 과장 눈치 보면서 사는 거 아냐?"

"……."

"난 처자식이 있어. 책임질 사람이 없는 자네도 권력 앞에서 고개를 못 드는데, 나라고 별수 있겠어? 내가 최 과장한테 대들다가 잘리면 우리 마누라랑 자식들은 누가 먹여 살리는데? 자네가 돌봐줄 거야? 아니면 좋은 차를 타게 된 사람들이 책임져 주나?"

승민은 대답할 말을 찾을 수가 없었다. 이럴 때 현수는 뭐라고 할까? 하지만 그조차 알 수 없었다.

이 순간 가장 의심이 되는 사람이 현수였다.

정보의 유출. 승민이 가장 신경 쓰던 부분이었다. 설계팀 직원들 중에선 의심할 만한 사람이 없었다. 그들은 윤 과장만 있으면 되니까 굳이 자기들을 깔보는 최민석에게 잘 보일 이유가 없다.

채영이나 훈영도 마찬가지였다. 채영은 최민석을 싫어하고, 부 잣집 아들인 훈영은 굳이 최민석에게 아양을 떨 필요가 없다.

현수가 최민석에게 디자인을 보여줬다고 생각하는 건 아니다. 문제는 현수와 사귀는 세찬이었다. 세찬은 최민석의 팀. 현수는 세 찬과 데이트 도중에 무심코 승민의 디자인을 보여줬을지도 모른 다. 아무 생각 없이, 연인이니까, 연인은 모든 걸 공유하니까.

세찬은 자신의 상사인 최민석에게 그 디자인을 보여줬을 거고, 승민의 것이라면 뺏고 보는 최민석은 옳다구나 하고 디자인을 채택 했을 것이다.

현수를 의심하고 싶지 않았다. 하지만 상황이 그랬다.

머릿속이 안개가 낀 것처럼 뿌옇게 흐려졌다. 몇 번이고 안개를 걷어 내려 노력하지만 헛수고였다. 안개는 아무리 팔을 휘저어도 사라지지 않았다.

가슴이 아팠다.

언젠가 채영이 그런 말을 했다. 현수가 중요한 순간에 세찬을 선 택하면 어쩔 거냐고. 그때는 펑펑 울면 된다며 멋진 척 말했지만, 막상 그런 상황이 되자 가슴이 아파서 어떻게 해야 좋을지 알 수 없 었다.

찢어지는 듯한 격통이 온몸을 관통했다. 심장만 아플 줄 알았는 데 온몸이 다 아팠다. 보이지 않는 거대한 손이 온몸을 과격하게 두 들겼다. 불과 몇 초도 안 되는 사이에 승민은 만신창이가 되었다.

부장과 윤 과장이 없었다면 온몸을 부여잡고 울었을 것이다. 너 무 아파서 울음소리도 내지 못한 채, 속에서 울리는 절규에 뒹굴었

을 것이다. 미처 밖으로 나오지 못한 울음과 절규는 몸속에서 커다
란 불꽃이 되어 내장을 새까맣게 태웠으리라.

아니, 지금도 타고 있다.

당장이라도 현수에게 달려가 따지고 싶었다.

왜! 왜 이런 짓을 한 거야?

하지만 물은들 소용없다. 만나서 얘기하다가 무심코 보여줬어
요. 그런 대답을 들으면 화도 내지 못한 채 지금 느끼는 고통을 또
한 번 느끼게 될 테니까.

나락이구나. 이런 걸 나락이라고 하는구나.

승민은 모든 것에서부터 도망치고 싶었다. 자동차든, 현수든, 세
찬이든, 최민석이든. 그 어떤 것도 없는 곳으로 가서 울부짖고 싶었
다.

하지만 그럴 수는 없었다.

"죄송합니다, 부장님. 제가 생각이 짧았습니다."

아픔을 삼키며 승민은 정중하게 고개를 숙였다.

"제 디자인은 제가 직접 생각해서 그린 겁니다. 절대 도용한 것
이 아닙니다. 현재 있는 부품으로 힘들다면 제가 돌아다니면서 부
품을 대 줄 만한 곳을 섭외해 보겠습니다. 조립을 맡아 주시면 감사
하겠습니다."

승민의 정중한 사과에 부장은 흠흠 헛기침을 했다. 윤 과장이 부
장의 팔을 퍽 소리 나게 때렸다.

"지위가 사람을 만든다고…… 때 묻었어, 고룡."

"너만 깨끗한 척하지 마, 윤썩. 너도 내 상황 되면 똑같았을걸. 하

여간 나도 마 대리한테 예민하게 군 것 같아. 미안해. 최 과장 자동차 만들 거 생각하면 골치가 아파서."

여전히 고개를 숙이고 있는 승민의 어깨에 부장이 손을 올렸다.

"자네 마음은 알았어. 어떻게든 해 볼 테니까 걱정하지 마. 어차피 콘셉트카니까 한 대만 만들어도 되잖아. 내가 직접 나서서 최고의 자동차로 만들어 주지."

부장과 이야기를 끝내고 나와 회사로 돌아가는 동안 승민은 말이 없었다. 승민의 기분을 이해한 윤 과장은 아무 말도 하지 않고 승민의 옆에 앉아 있었다. 저 멀리 회사가 보일 때쯤에 윤 과장이 입을 열었다.

"누가 유출을 했을까? 우리 팀엔 그럴 만한 사람이 없는데……."

승민은 현수인 것 같다는 말을 하지 않았다. 현수도 이런 식으로 이용될 줄은 몰랐을 것이다. 이제 막 일을 배우고 있는 현수가 설계팀에서 힘든 일을 겪게 하고 싶지 않았다.

"글쎄요. 어쨌든 부장님이 잘해 주신다니 믿고 맡겨 봐야죠."

"그거야 그렇지만…… 내부에 적이 있는 상태인데 일이 되겠나?"

"그래도 해 봐야죠. 다른 팀원들에게는 내일 제가 알리겠습니다."

"그래. 혹시…… 고민 있으면 말하고."

고민이요? 고민이야 많죠. 그런데 그 고민의 주제가 항상 정현수인 게 문제죠. 그런 고민을 말할 수는 없잖아요.

승민은 속마음을 감추고 쓰게 웃으며 고개를 끄덕였다.

"신경 써 주셔서 감사합니다."

마음이 혼란스러워서 사무실에 앉아 있기 힘들었다. 채영은 회사에 입사하고 처음으로 조퇴를 했다. 한 달에 한 번씩 격한 생리통을 겪을 때도 조퇴를 한 적이 없던 채영이었다. 남자와 질투 때문에 인생에 없을 줄 알았던 조퇴까지 하는 자신이 한심스러웠다. 하지만 어쩔 수 없었다.

몸이 아픈 것보다 마음이 아픈 것이 더 힘들다. 그걸 이제야 알게 되었다. 떠난 남자 때문에 울며불며 식음을 전폐하는 여자들도 다 이유가 있어서 그런 거였다.

'힘들다, 정말. 나 왜 이러니? 한심하게…….'

오늘따라 차를 끌고 나오지 않았다. 운치 있게 쌀쌀한 거리를 걷고 싶은 마음에 대중교통을 이용했는데, 괜한 짓을 했다. 이럴 줄 알았으면 차를 끌고 오는 건데.

거울을 보지는 못했지만 표정이 얼마나 형편없을지 짐작이 갔다. 엉망진창으로 일그러진 얼굴은 누구에게도 보이고 싶지 않았다. 특히 현수에게는.

그녀의 맑디맑은 눈동자는 채영이 왜 표정을 구기고 있는지 알아낼 것만 같았다. 가슴속 깊은 곳까지 꿰뚫어 보는 듯한 눈동자가 끔찍이도 싫었다.

'하지만 날 격려해 줄 때는 좋았잖아.'

사람 마음이 참 간사하다. 칭찬을 받을 땐 흔들리지 않는 눈동자가 사랑스럽다는 생각을 했으면서, 이제는 꿰뚫어 보는 것 같아서 싫다고 하다니.

'아, 내 꼴 진짜 우습네.'

실소가 터져 나왔다. 멋지게 살고 싶다고 했으면서 질투심에 견디다 못해 회사를 뛰쳐나오는 꼴이라니. 정작 채영의 말 없는 괴롭힘을 받은 현수는 의지할 곳 없는 회사에 꿋꿋이 버티고 앉아 일을 하고 있었다. 예전에는 눈길도 주지 않았던 촌스러운 여자애와 자신을 비교하게 된 것이 웃겨서 더 웃음이 나왔다.

실성한 사람처럼 실실 웃으며 로비를 지나쳐 나오다가 앞을 가로막는 거대한 덩치의 남자 때문에 걸음을 멈췄다. 고개를 한참 올린 후에야 남자의 얼굴을 확인할 수 있었다.

"너는……."

"이야. 오랜만이에요, 누님! 뭐 좋은 일 있습니까?"

유쾌한 말투, 근사한 미소.

"저 기억하시죠? 진혁입니다, 우진혁."

얘가 왜 여기에 있는 걸까?

당연히 기억한다. 오래전 바에서 현수, 세찬과 마주쳤을 때 함께 있던 청년. 청년이라고 하기에는 어린 티가 묻어나는 미소를 짓던 근사한 남자.

"여긴 어떻게……?"

"현수 일하는 곳 구경하러 왔죠."

"아아, 그래. 설계팀 사무실에 있을 거야."

지금 가장 피하고 싶은 인물이 현수였기에 채영은 서둘러 대답하고 그곳을 빠져나가려 했다. 하지만 진혁은 채영을 보내 주지 않았다.

"에이, 사무실까지 찾아갈 수는 없죠. 일하는 거 방해하면 절 죽이려고 들걸요? 설계팀이면 근처에 도구들 좀 있지 않아요? 아니, 그건 조립팀에 있는 건가? 하여간 걘 뭐 하나 집으면 다 무기로 쓰는 녀석이라서요. 그냥 회사 주변만 둘러보다가 끝날 시간 되면 연락해 볼까 하고요."

진혁은 두 번째로 만나는 채영의 앞에서 주절주절 잘도 떠들었다. 그러고 보니 첫 만남 때도 참 말이 많다고 생각했던 것 같다.

"그, 그래? 그럼 천천히 둘러봐."

"에이, 누님. 그렇게 나오면 서운하죠. 한가해 보이는데 구경 좀 시켜 주세요."

십몇 년 전에 유행하던 '야, 타!'족처럼 진혁이 건들거리며 말했다. 정말 넉살도 좋다.

"난 조퇴하고 가는 거라서 나중에 기회가 되면 구경시켜 줄게."

"조퇴요? 어디 아프세요?"

"그런 건 아니고…… 그냥 좀 마음이 힘들어서."

저도 모르게 속마음이 튀어나왔다. 채영은 아차 싶어서 입을 다물었다. 진혁은 현수와 친하니까 채영과 나눈 대화를 현수에게 전할 것이 틀림없었다. 게다가 진혁은 수다스럽기까지 했다.

"마음이 힘드시다고요? 그거 큰일이네요. 집에 가시는 거예요?"

"응, 가서 좀 잘까 봐."

좀 비켜 줬으면 좋겠는데, 진혁은 채영이 걸음을 옮기는 곳마다 막아서며 흐음, 흐음, 이상한 소리를 냈다. 채영은 슬슬 짜증이 나기 시작했다. 얘는 정말 왜 이러는 거야?

"마음이 힘들 때 혼자 있는 건 정말 안 좋습니다, 누님. 그럴 때는 전혀 상관없는 사람을 만나서 신 나게 수다 떨고, 신 나게 놀아 줘야 돼요."

내가 넌 줄 아니?

채영은 한 마디 쏘아붙이고 싶었지만, 그럴 기운도 없었다. 진혁이 너무도 자연스럽게 채영의 팔에 팔짱을 꼈다. 채영의 키도 170센티미터로 여자치고는 큰 키인데, 진혁의 키가 워낙 커서 진혁이 구부정한 자세가 되었다.

"왜 이래?"

날카롭게 외치며 팔을 빼내려 했지만 채영이 진혁의 힘을 이길리 만무했다.

"가요, 누님. 제가 그 힘든 마음, 시원하게 털어 드리겠습니다."

"현수 만나러 왔다면서?"

"뭐, 내일 만나면 되죠. 시간이야 남아도니까."

정말 시간 남아도는 것처럼 보인다. 두 번 만난 사이에 웬 오지랖일까.

문득 이런 애와 오랜 기간 동안 친구로 지낸 현수가 조금은 안쓰럽다는 생각이 들었다. 현수는 생각한 것보다 훨씬 착하고 마음이 넓은 아이인가 보다. 이런 애를 참아 주면서 지금껏 관계를 유지해 온 걸 보면.

진혁은 휘몰아치는 태풍 같은 행동력으로 채영을 이끌었고, 채영은 진혁에게 이끌려 어딘가로 가는 수밖에 없었다.

〈다음 권에 계속〉